中国当代文学中的“屋”与“人”

邓玉环　著

商務印書館
创于1897 The Commercial Press
2014年·北京

图书在版编目(CIP)数据

中国当代文学中的“屋”与“人”/ 邓玉环著. —北京：商务印书馆，2014
ISBN 978 - 7 - 100 - 08957 - 9

Ⅰ. ① 中… Ⅱ. ① 邓… Ⅲ. ① 中国文学－当代文学－文学研究 Ⅳ. ① I206.7

中国版本图书馆CIP数据核字（2014）第058804号

中国当代文学中的“屋”与“人”

邓玉环　著

商　务　印　书　馆　出　版
（北京王府井大街36号　邮政编码　100710）
商　务　印　书　馆　发　行
三河市尚艺印装有限公司印刷
ISBN 978 - 7 - 100 - 08957 - 9

2014年5月第1版　开本 880×1230　1/32
2014年5月北京第1次印刷　印张 9 1/4

定价：30.00元

目录 Contents

序　论
“屋”与“人”的多重文学话语

一、“屋”与“人”关系的历史溯源与文学话语

屋，是人类生活的最基本的领域，是人类定居生存繁衍和社会发展最基本的物质要素之一。虽然“四处漂泊”被海德格尔看作人类的一个组成部分，但他更坚定地认为“定居是人类存在的基本特征”，“建筑的本质是让人类安居下来”。[1] 在人类漫长的进化过程中，人与大自然一直处于对抗与妥协的紧张关系中。在大自然的原生空间里，危机四伏，而人脆弱的身体却毫无遮掩地暴露于天地之间，忍受着风吹日晒、雨打雷击，而且还常常面对凶猛野兽袭击的威胁。在这样一个陌生而又极为险恶的环境中生存，对于那些流离中的原始人群来说，除了食物之外，还有什么能比一个相对安全、舒适甚至温馨的栖身之地更为必需的呢？关于房屋的起源无论有多少种想象和猜测，可以确定的一点是，它起源于人的生存需要，人的需要

[1] 〔美〕卡斯腾·哈里斯：《建筑的伦理功能》，申嘉、陈朝晖译，华夏出版社 2001 年版，第 150 页。

是促成人类行为动机的根本性因素之一。人是自然界最为脆弱但同时又是最为智慧的生物，利用工具进行创造性的劳动使人与动物相区别。从天然洞穴到自为的建筑，人的房屋就如同原始初民使用工具一样，在创造性上同出一理——从使用天然工具到自己创造工具。人类从远古走来，从择木而栖转为穴居，再从洞穴转为构建适宜生存的砖瓦房屋、高楼大厦，人类住居的历史演变使我们看到人类征服自然过程的一部精彩生动的文明进化史。

古代《易·系辞下》记载：“上古穴居而野处。”庄子和韩非子，对上古先民的生活和住居作了这样的描述：“古者禽兽多而人少，于是民皆巢居以避之，昼拾橡栗，暮栖木上。”[1]《礼记》：“昔者先王未有宫室，冬则居营窟，夏则居橧巢；未有火化，食草木之实，鸟兽之肉，饮其血，茹其毛……”虽然人类祖先最初选择洞穴这样的天然容身之地，但是人类就在这一天然庇护所内开创自己的文明，人类的智慧已经在黑暗的洞穴中开始生辉了。随着人类掌握更多的征服自然的手段（如火的使用），获得更强的生存能力，建造屋宇才成为可能，才能“上栋下宇，以待风雨”。建造的房屋预示着人类完全可以创造自己的生存环境，把握自己的命运。屋因为人的需要而具有了存在的价值和意义，人因为有屋的庇护而得以生存繁衍、安居乐业。《淮南子·齐俗训》中说：“广厦阔屋，连闼通房，人之所安也。”人类从巢居、洞穴、树栖到搭建简陋的草棚、木屋，人类的住居史也随之拉开帷幕。

[1] 《庄子·盗跖》。

其实建筑不只是人所特有的创造，动物营建巢穴的技术也是非常高超的，但是，人的建筑和动物的建筑从一开始就有着本质的区别，建筑是“人的尺度”，也是“人的确证”，建筑以其物质性的外在形态和经久的时间证明着人自身。它更多的具有精神性内涵，无论是旧时茅店、草庐瓦舍，还是豪宅别墅、摩天大厦，它们其实都是“人的本质力量对象化”的具体体现，“在自己创作的世界里关照着自己”。[1] 人类对“屋”有一种深刻而久远的感情，我们可以称之为“家园之感”。“屋”作为相对于自然界的屏障，具有和人类一样久远的历史，它不仅为人的生命繁衍、定居栖息提供了一个空间，此外还具有更丰富的功能和包容性。[2] 没有哪一种建筑不是为了谋求某种特定的生存空间才建造的，不同类型的建筑形态都承载了特定的历史内容和文化意味。

关于“屋”的文学话语在历代文学作品中都不鲜见，那些形态各异的“屋”给我们提供了意趣丰富的想象空间：神话传说中带有强烈神秘色彩的“仙洞魔窟”，童话中富有浪漫色彩的“小木屋”，传奇说部中热闹喧嚣的“勾栏瓦肆”；巍峨高耸、金碧辉煌的“皇宫圣殿”，王公贵族车水马龙的“豪宅府邸”，文人雅士栖身隐居的“草庐瓦舍”，市井平民嘈杂群聚的“弄堂胡同”、“大杂院”，

[1] 转引自田旭桐、侯芳：《老京城建筑·门窗》，广西美术出版社 2003 年版，第 4 页。

[2] 日本的住居学研究先驱吉阪隆正在 20 世纪 60 年代中叶，提出了生活的三种类型，即把人的生物性基本行为划分为第一生活；家务、生产、交换、消费等辅助第一生活的行为和活动作为第二生活；把表现、创作、游戏、构思、冥想等精神活动划分为第三生活。这三类生活构成了人们在居住中的行为特征，并以房屋为空间载体。参见张宏：《性·家庭·建筑·城市——从家庭到城市的住居学研究》，东南大学出版社 2002 年版，第 3 页。

现代都市高楼林立的商业住宅、花园别墅……不同时代有不同的建筑形态，而形形色色的“屋”则与不同的“人”的身份、地位、性别、审美志趣、精神追求等具有同构性关系。文学中“屋”的文学话语在不同时代背景下，作为文本故事构成中一个不可或缺的表意要素，具有或隐或显地喻示人类生存状况的功能。黑格尔说建筑是“心灵凝神关照它绝对对象的适当场所”，是“心灵的绝对对象”。[1]半个多世纪以来，中国当代文学中人类生存的空间——“屋”与生活于其中的“人”的关系发生着历时性的变化，当代人的现实生存状况和精神状态就在“屋”与“人”的对话关系中被形象地表达凸现。

二、关于“屋”的意象的文化分析

“屋”这个词语意象里积淀了深厚的文化蕴含。“建筑是时代的镜子，是不用文字书写的历史。”通过建筑这面无言的时代之镜，我们可以接收和感受到折射出的历史与文化内涵的反光。现代建筑学认为，建筑表达了语言文字无法企及的文化内涵，是器物、制度和观念三层文化的集中体现。例如中国古代建筑，就鲜明地体现了中国古代“天人合一”、“师法自然”、崇尚和谐的哲学思想。[2]法天而

[1] 转引自魏毅东：《A 空间：关于建筑》，厦门大学出版社 2002 年版，第 11 页。

[2] 参见韩增禄《中国建筑的文化内涵》一文，韩增禄、何重义主编：《建筑·文化·人生》，北京大学出版社 1997 年版。

建、追求天地人三者的和谐统一，被认为是建筑的最高宗旨。中国传统文化向来崇尚自然，认为宇宙是一个严整、有序、整体有机的因应结构。中国古代哲学家老子主张：“人法地，地法天，天法道，道法自然。”（《老子·二十五章》）这种尊重自然的观念，在建筑方面有着多方面的体现。中国古典名著《红楼梦》第十七回，在游览大观园过程中，贾宝玉坦言不喜欢大观园中稻香村的原因，就是因为它“非其地而强为其地，非其山而强为其山，虽百般精巧而终不相宜”[1]，有悖于古人所云“天然图画”中的“天然”二字。中国文化以“和谐”为美，中国建筑非常讲究“天人之和”——人与其周围自然环境之间的和谐关系。如在住宅的台基高矮以及室内空间的大小方面，强调阴阳之和，即主张以高矮大小适当为宜，不主张盲目地追求高大。在“身心之和”方面，则往往采取文化象征的方式来强调其和谐气氛，或以文化方位之和谐意境来弥补其自然方位之不足，使人获得某种文化心理上的和谐感与欣慰感。[2]

除了中国古典哲学观念对房屋建构的深层影响之外，从制度的文化层面上看，中国古代建筑还与儒家“礼”的精神相通。“礼”是一种政治哲学和道德、伦理秩序。它提倡君贤臣忠、父慈子孝、兄友弟恭、夫义妇顺、朋友有信的社会秩序与人伦和谐。中国传统建筑的建筑名称、开间、尺度、用材、群体规模、形制、色彩、装饰等等，都作了严格、分明、有序的规定，体现着传统观念内部结构体系的控制和社会理想的轨迹。

[1] 曹雪芹：《红楼梦》，岳麓书社 1987 年版，第 118—119 页。

[2] 参见韩增禄《中国建筑的文化内涵》一文。

秦汉以来等级制度愈演愈烈，“宫室”成了帝王居处的专用词，“第宅”则专指王公贵族们的住所。汉代明确规定，列侯公卿食禄万户以上且门当大道之住宅可称“第”，食禄不满万户且出入里门的只能称“宅”，而普通士大夫和民人的住宅一律称为“舍”。[1] 在古代礼制和生活规范中，建筑的尺度规模有着严格的规定：“匠人营国，方九里，帝三门，国中九经九纬，经涂九轨。”（《乐记·乐礼篇》）数字是最抽象的东西，所以它易被建筑用作象征性符号。中国的古典建筑，从整座城池的设计与营造，到皇宫、王府乃至普通百姓的住宅建筑，都被数字象征主义所笼罩着。[2] 色彩的使用同样如此，皇宫建筑的屋顶使用黄瓦，王府建筑的屋顶只能用绿瓦，平民百姓不论贫富，其住宅建筑的屋顶则只能使用灰瓦。这些屋顶上瓦的颜色就暗示或者说象征着他们的贵贱等级。而住居中的“北屋为尊，两厢次之，倒座为宾”的空间位置序列，完全是一种“礼制”精神在建筑上的反映。[3] 住居中方位次序与居住者的年龄、性别、身份相一致，《西厢记》中崔莺莺邀约张生的诗中写道：“待月西厢下，迎风户半开。隔墙花影动，疑是玉人来。”[4] 封建时代遵行男尊女卑的纲常观

---

[1] 孙丽萍：《屋宇春秋——山西老宅院》，山西人民出版社 2002 年版，第 18 页。

[2] 唐代《营缮令》中规定：国都的每个城门开三个门洞，大的州县开两个门洞，县城开一个门洞。五品以上的官吏所住的房宅，宽不能超过五间，用歇山屋顶；六品以下的官吏至民宅的正堂只能宽三间，用悬山屋顶。明代《明会典》规定：公侯，前厅七间或五间，中堂七间，后堂七间（“间”在古代指房屋的宽度，两柱之间为一间）；一品、二品，厅堂五间九架（“架”指房屋的深度）；三品至五品，厅堂五间七架；六品至九品，厅堂三间七架。见田旭桐、侯芳：《老京城建筑·门窗》，第 4 页。

[3] 李允鉌：《华夏意匠》，香港广角镜出版社 1982 年版，第 40 页。

[4] 正堂左右的耳房是长辈的居室，堂屋左右是东西厢房，男性晚辈住在东厢房，女性晚辈住在西厢房。主仆厢房的高度乃至门阶高矮都有明显区别。

念也在宅院建筑中打上了深深的烙印。总之，不可逾越的严格礼制无处不在地渗透到中国传统建筑的每一个细节之中，建筑物的各种构成要素都不同程度地体现着传统的礼制精神和生活规范，成为具有深刻象征意味的外在标志。

不同的建筑类型既体现出相同文化传统的影响，又因其不同的建造目的、“身份”而显现出时代和文化意义上的差异性：金碧辉煌的宫殿宣示着帝王的尊贵；豪宅府邸显示着王公贵族的威仪；巍峨肃穆的教堂代表着宗教的神圣；草庐瓦舍却独显文人雅士的节操和意趣；胡同小院与弄堂街巷充满了市井的嘈杂气息；现代都市的高楼大厦、公寓别墅显示着业主的职场身份……纷繁多样的“屋”的意象各自构筑和承载着不同的身份想象和文化内涵。

中国古代的封建帝王认为自己有代表上天统治人间的权力，在各个方面都尽量表现自己的行为“循天道”、“合阴阳”，以强化其政治统治的“天然合法性”。帝王的宫室不仅要与普通百姓的居室相异，还要与文武百官的宅邸形成非常明显的等级差别，富丽堂皇的宫殿方能显出王者的霸气和风范、帝王应有的尊严和威权。秦始皇统一中国后，在都城咸阳以南的渭南修建了阿房宫，唐代诗人杜牧的《阿房宫赋》写道：“蜀山兀，阿房出，覆压三百余里，隔离天日。”可见阿房宫规模之巨，气势之雄。“骊山北构而西折，直走咸阳。二川溶溶，流入宫墙，五步一楼，十步一阁，廊腰缦回，檐牙高啄，各抱地势，钩心斗角。”结构繁复、壮观恢宏的阿房宫在文学性的描述中动人心魄。这座象征着封建帝王威权的大殿，仅在历史和文学文本中留下它曾经辉煌的身影。而一些幸存下来的著名的官员府邸或富贾大院，在时代风雨侵袭过程中，或外观建制、内部格局因主人身份的改变而不断变换，或破败衰颓，有的甚至已经面目全非。作为一种历史变迁的见证者，宫殿、豪宅的意象往往与空间化的历史相连，更与国运兴衰、政权的强弱更迭密切相关，它是前段历史终结的表征，而空间化的历史正是现实合法性的依据。

住宅是人类生活的最基本的领域，人的住宅也是人类实物文化的重要组成部分，是制度、观念和社会习俗的承载物，是历史文化的依托形式。历史上的民宅类型多种多样，如窑洞、茅屋、草庵、竹楼、四合院、弄堂、单元楼、豪华别墅等等。“住宅”这面镜子、这本无字之书，因其更直接更真切地面对普通人生，所反映的时代、所描述的历史应该说更为真切翔实，所体现的群体文化心态也就特别率真而质直，反映的地域特色更加突出。

中国历代文人雅士似乎对最简陋的住宅——草庐茅舍“情有独钟”，“茅屋”在中国古典文学中成为一个独特而意义鲜明的意象。在中国古典文学中，涉及屋——人的生活空间，这个关系到人类生存繁衍的、古老而又年轻的话题最为著名的一部作品，就是在公元761年8月秋夜，唐代大诗人杜甫悲怆地长吟过的《茅屋为秋风所破歌》。[1]这首诗不仅成为中国文学史上写“屋”、写人民疾苦的名篇佳作，同时它所蕴含的“兼济天下”的儒家思想和高尚节操也成为后

[1] 公元759年岁末，杜甫流浪到成都，在成都西郊浣花溪畔建造了一座茅草小屋。公元761年8月一场秋风卷去屋上茅草，诗人感慨而作此诗。杜甫草堂至今犹在，诗因秋风破屋而作，茅屋凭诗人高风亮节而传。

代知识分子所信仰和推崇的精神原则。诗人从眼前“床头屋漏无干处”，从风雨飘摇中的个人茅屋想到连年战乱中的整个国家，彻夜难眠，迸发出“安得广厦千万间，大庇天下寒士尽欢颜，风雨不动安如山”的呼喊。这无私高尚的思想是在“四海困穷”的现实基础上产生出来的，诗人的痛苦，已经超越了个人一己的痛苦，他的目光穿越了风雨飘摇中的茅屋和漆黑的雨夜投向光明的未来，他向往着能够将天下的苦难神奇性地一夕化解，“何时眼前突兀见此屋，吾庐独破受冻死亦足！”这种博大的胸怀和情操减弱了对个人现实的痛苦的关注，诗作具有了一种对社会的抨击力度和精神的超越性。南宋爱国诗人郑思孝画《杜子美〈茅屋为秋风所破歌〉图》所题的一首诗云：“雨卷风掀地欲沉，浣花溪路似难寻；数间茅屋苦饶舌，说杀少陵忧国心。”此诗明确指出了杜甫作为一个中国古代典型知识分子所具有的精神特征：数间茅屋并不是诗人所要饶舌的目的，沉郁的忧国忧民之思才是诗人披肝沥胆所要表达的本质。

北宋爱国诗人辛弃疾的《清平乐·绕床饥鼠》一词中所再现的是这样一幅场景：屋内饥鼠绕床、屋外是“松风吹急雨”的恶劣环境，诗人虽独宿茅庵但心怀“万里江山”，往昔“塞北江南”金戈铁马，而今“归来华发苍颜”。“茅庵”仅成为诗人被现实困囿的象征符号，意旨仍是英雄失意与报国无路的精神层面。

受儒家思想熏陶的中国古代文人大多怀有“匡社稷、济苍生”的政治使命感，他们抱着积极的入世理想，为了实现其“鸿鹄之志”，仗剑去国，背井离乡，饱尝“独在异乡为异客”的辛酸和心怀不为当政者所用的焦虑。即使一朝功成名就身居官场，现实的污秽和朝政的腐败，使他们备感“高处不胜寒”的凄凉，也很容易产生疲惫和厌倦之感。中国古代文人大多执信于孔子“天下有道则见，无道则隐”（《论语·泰伯》）的教诲，在遭遇到理想与现实的严重错位之后，他们或被动（如被贬谪的白居易）或主动（如陶渊明）走上了“独善其身”的归隐之路。虽然身居茅屋，这些文人却能够胸怀天下，并不因为身居草舍陋室而消沉自弃，相反，在他们的笔下“有琴有书”（陶渊明《答庞参军》）、自足自适的陋室生活是值得羡慕和留恋的，充满了诗意和闲情，这几乎成了中国古代文人的一种精神渴求。他们常常在诗词文章中书写这种在简朴生活中求得闲适的人生志趣，并形成了中国古代文人特有的“茅屋情结”。唐代著名诗人刘禹锡的《陋室铭》就是这种知识分子自足精神的经典之作。

对于“德”、“道”的精神追求使古代文人对物质生活的朴素甚至抱有一种自觉的价值取向。如田园诗人陶渊明的诗句：“草庐寄穷巷，甘以辞华轩。”（《戊申岁六月中遇火》）表明自己对官场奢华生活的拒绝和远离、甘居穷巷草庐的心志。他另有诗句：“弊庐何必广，取足蔽床席。”（《移居·其一》）陋室何必要宽大？只要能遮风避雨，有一张安心睡觉的床就行了，从中可见诗人对物质生活的需求几乎达到了最低限度。清代郑板桥亦有诗句：“室雅何须大，花香不在多。”从“魏阙”里出来，走进“茅屋”，这其实是一种无奈的选择。因为走进“茅屋”的同时也就意味着他们的生活将要与清贫为伴，远离舒适优越的物质生活。而在遭遇到物质上的困顿时他们能够怡然自适，是因为他们更看重精神上的满足，这种满足感来自获得的身心自由和人格独立。众多遭遇贬谪的官员和仕途坎坷的文人都在诗文中表达了一种不为世俗名利、官场纷争所累的超然和独立，如王羲之的《兰亭集序》、唐代诗人白居易的《庐山草堂记》、宋代诗人苏舜钦的《沧浪亭记》、北宋文学家王禹偁的《黄州竹楼记》、欧阳修的《醉翁亭记》、苏轼的《凌虚台记》、范仲淹的《岳阳楼记》……这些书写“亭台楼阁”的诗文，同样可以看作“茅屋情结”的另一种表达。被剥夺了向外“入世”的资格和权利的诗人转向进行关注内心世界的精神活动，无论是简洁质朴的草庐瓦舍还是清幽脱俗的亭台楼阁，无论是“物我两忘”的闲适自得还是归隐乡间、纵情山水的旷达豪情，对身心自由、人格独立的精神追求，始终是诗作焕发光彩的根本原因。厕身于“茅屋”并非为忘世之举，而是一种抗世的姿势。自建简单住宅，或隐居乡间草舍的低调姿态背后，其实是知识分子“威武不能屈，富贵不能淫，贫贱不能移”（《孟子·滕文公下》）的人格精神。归隐田园或者寄情山水成了他们摆脱异化的一种象征，同时也成了他们对“道”的一种捍卫方式。[1]

与“茅屋情结”有着内在精神联系的另一个特殊的、封闭性的屋的意象——“铁屋”，则是一个具有特定时代寓意的抽象所指，它是在黑暗中沉睡的、故步自封的旧中国的形象比喻。“五四”时期，“科学”、“民主”的口号振聋发聩，“启蒙”、“救亡”的历史使命迫在眉睫，革命者的当务之急是“唤醒铁屋子里沉睡的人们”，从精神上对民众予以疗救和唤醒。建立一个民主富强的民族国家的信念

[1] 参见潘水根：《中国古代文人的“茅屋情结”》，《杭州师范学院学报》2000 年第 4 期。

和历史使命使人们的目光投向“屋”以外的世界，现代文学史上写满了青年男女如何“冲破铁屋的束缚”、“摆脱封建大家庭的羁绊”、投身革命、追求自由和光明的斗争经验。“屋”内的生活是压抑的、扼杀人性的、腐朽没落的，封建旧家庭在20世纪二三十年代的作家笔下，常常是“专制的封建王国”，是人间地狱，置身其间的青年男女只有毅然决然地“出走”，才会有光明的前途与自由的爱情，才能获得新生，回头的结局只能是悲剧性的毁灭。[1]“出走”已经成为顺应历史潮流、呼应时代的感召、追求精神自由与人格独立的象征性行为。

住宅能够真切地反映出大众的生活和群体文化形态，庭院式住宅是中华民族自古以来最习见的居住方式，庭院式住宅也就是广义的四合院[2]。四合院这种居住方式之所以在中国能如此长久而普遍地存在，是与中国人的家族观念与传统的社会生活方式密切相关的，它包含了最深厚的中国传统文化中的家庭制度、宗法血缘关系，最能体现传统中国人对家庭生活的理解。赵园在《城与人》中指出：

---

[1] 例如鲁迅小说《伤逝》。最具有代表性的作品当属巴金的《家》。范伟指出：“巴金跃居文坛发出的第一信号，就是个体和‘家’的紧张对立。背叛家庭，以个体的独立人格投身到社会革命的时代激流中，成为他早期作品中一再回旋的主调。巴金之所以产生和家庭的这种对立态度，主要基于以下认识：一、家庭是一个黑暗的专制王国，离家出走，成为觉悟了的青年们改变个人命运的唯一出路。《激流三部曲》反复表现了个体本位取替家族本位、主体精神的觉醒与追求这一人生历程。二、认识到自己曾经生活过的官僚地主家庭是建筑在对别人的盘剥掠夺基础上的。”见《出走与回“家”——巴金人格的精神困境》，《东方论坛》2001年第3期。

[2] 四合院是中国汉民族的典型民居建筑。在汉代已渐成熟，唐代时广泛使用。中间有院，院周围四面盖房形成四合院。四合院大都为封闭式格局，布局严谨，优雅美观。四合院形制固然以北京为最完备，但它事实上也是北方城市民宅的普遍形式。

“四合院式的家庭组织形式和家庭生活秩序在传统社会最具普遍性。——正如凝结于建筑形式的，严整刻板而又充满人际依存与人情熨帖。”[1]“四合院”和“里弄”可称为中国市井文化的典型房屋意象。[2]

在40集电视连续剧《大宅门》中，我们看到院落层层组合，井然有致，功能分区明确，自成系统又相互联结。黄色的琉璃瓦屋顶，暗红色的家具，四棱见方的桌椅，青灰色的台阶等等，以对称、平衡、有序为其特征，拒绝旁逸斜出、不合法度。物质文化的庄重性赋予了在这种文化环境中活动的人物威严和权威，无形之中就有一种对异己文化力量的排斥。大宅门建筑的庄重性是宅门文化的外在表现，是对内在封建礼教和封建制度实质的具象性表达。封闭的整体结构，主次森严，内外有别的房舍布局，展现出家族制度中的伦理纲常和道德意识的力量。由苏童的小说《妻妾成群》改编的电影《大红灯笼高高挂》，张艺谋为这个颇有后现代意味的历史故事选取了一个山西大院作为它呈现的舞台，把封建家族制度灭杀人性和生命的故事场景，放置于黑森森笼罩着的封闭的高墙院落里。故事深层的寓意在无可逃遁的空间里次第展开，悲剧气氛浓重得令人窒息。道德伦理学的缩影在大院中无处不在，“大院文化张扬的是抽象的道德体系”[3]。

在海派的建筑语言中，有两个地域色彩浓厚的住居名称：“弄堂

---

[1] 赵园：《城与人》，北京大学出版社2002年版，第93页。

[2] “胡同、四合院文化，是中产及下层市民的文化。”见上书，第92页。

[3] 苏小和：《从大院文化到蓝色文明》，《新世纪》2004年第4期。

房子”和“亭子间”。[1] 鳞次栉比、此起彼伏的弄堂房子十分壮观，是上海这座城市“背景一样的东西”（王安忆《长恨歌》）。而“亭子间”则是指在楼梯顶端围出的一个小小空间，20 世纪二三十年代的亭子间曾是摇曳多姿的“亭子间文化”的发源地，而在当代作家的笔下，弄堂房子和亭子间既是用来制造怀旧氛围的重要背景，亦是展现当下市民生活的最佳舞台。

“先是人类塑造了建筑，然后建筑反过来又塑造了人类。”[2] 每一代人的心里都或多或少留有建筑的烙印，建筑在雕刻时光的同时，也在雕刻人们的心灵。过去的四合院式的宅院建筑彰显了礼尚往来、其乐融融的人际传统，而如今的楼房公寓则体现了现代人崇尚独立、自治、自由的生活理念。当物欲诉求在当下的商品社会和消费时代日益膨胀和凸显之际，“商业住宅”直截了当地与金钱联手，贫富差异的迅速分化表现在包括住宅等所有的消费环节中。同时城市越来越密集高耸的高楼大厦也正在一点点地吞噬着城市中有限的自由空间，切割着人们越来越狭窄的视野。摩天大楼或许是时代发展和经济实力竞争的标志性成果，但是让成千上万人在同一栋大楼里工作生活，是拓展了人类的居住空间，还是侵蚀压抑了人们的心灵？摩天大楼的意象是人类文明的象征，还是“反人性”的存在？

---

[1] 弄堂房子是那些多为立帖式结构，像兵营一样连立成行，对内交通自如，对外只有弄口抵达马路，大批兴建的集体住宅。亭子间一般设在底楼与二楼或二楼与三楼之间，往往处在厨房上面和楼梯转折处，也有些房主就在房顶搭建一个尖尖的屋顶，室内低矮局促，夏天闷热难当。

[2] 徐千里：《创造与评价的人文尺度——中国当代建筑文化分析与批判》，中国建筑工业出版社 2000 年版，第 183 页。

形形色色的“屋”需要向我们诉说关于它自己、关于我们以及这个世界的种种，“它绝不会是只是单纯的存在，它能沟通，有内容，也会传输信息”[1]，对一座具体“屋”的解读可以是多元化的，凝固的建筑就像一个开放的文本，从不同角度去看，总会给人多种想象和理解，而承载于其中的文化蕴含则是在解读的过程中最为重要的因素。

三、当代文学中关于“屋”与“人”的多重文学话语

“屋”是“人”一生的出发地和停泊地。作为一个自然人，从出生到死亡，一生绝大部分时间都在屋中度过，“屋”是生活自然的空间物质载体，是衣食住行中最为基本的生存要素之一；作为一个社会人，其独有的精神生活同样需要一处宽敞明亮的“房子”，使自由飞翔的灵魂拥有一方可以停泊歇息的安居之地。这两者对于独特的人类生存和价值观念来说都是极为重要的。屋与人的存在之间那天然的不解之缘，使对屋的意义的探索成为对人的生存与生命活动的一种整体揭示和敞开。在当代文学中，表达“屋”与“人”内在关系的文学话语大体上可以归结为“物质话语”、“性别话语”、“城市话语”和“精神话语”四个层面，而这四重话语之间并不能截然分隔开来，进行划分是为了论述方便且各有侧重。

---

[1] 魏毅东：《A 空间：关于建筑》，第 102 页。

建筑空间的创造活动是人类生存的必需，所以“屋”从诞生之日起就是和生存哲学紧紧捆绑在一起的。20 世纪的文学叙事虽不否认现实的物质特性，并把现实的物质环境作为人的生存前提，但实际上并不重视对人和物的关系考察，物只是外在于人的一种自然体系。中国 20 世纪现实主义文本明显存在着对“物质话语”的双重态度：一方面肯定物质对于人性存在的前提，另一方面又对人和物的自觉结合，对痴迷于物质的获得和占有的人进行思想批判。在“十七年文学”乃至解放区文学中，“反物质”成为一个基本的叙事模式，凡是落后的人物都有执着于追逐物质梦想的特点，而先进人物则都有蔑视物质享乐而一心革命的艰苦朴素的品质，抛弃物质追求和享受的过程就是一个人物思想进步、心灵纯洁、生命升华的过程。“社会主义道德”在不断地净化，“它不再是一种询唤和感召，而变为一种向人性和道德宣战的实践。社会道德的净化，是以排除全部日常生活为代价的，任何与人相关的情感和欲望，都被视为‘不洁’和不道德的”[1]。“物质变成衡量一个人先进 / 落后、革命 / 反革命、觉悟 / 愚昧、好 / 坏的鲜明界碑，现实主义成为清教徒生活哲学的文本传达。”[2] 内在性的私人家庭空间被忽略或被公共空间所取代。社会威权以非常态的社会压抑机制使得常态的人的自然本性、基本权利和日常生活被扭曲和变形。

新时期文学话语以“人”的叙事为核心，所寻找的正是如何从

[1] 陈晓明主编：《现代性与当代文学转型》，云南人民出版社 2003 年版，第 138 页。
[2] 蓝爱国：《忽略与遗忘：车与屋的故事——文学“物质话语”的历史性考察》，《天津社会科学》2000 年第 1 期。

“现代性”的另一个目标——“民族国家”的承诺中重新发现“个人”的位置。作为“伤痕的派生物”的人性论和人道主义，在20世纪80年代初期成为“纠正历史悲剧的根本方法”[1]。作家的目光落实到具体的人、普通的人的生活上来，“人”的生存问题开始如退潮后坚硬的岩石重新浮出水面，当代文学作品中曾经被遮蔽的“物质话语”开始逐渐复活。科技的飞速进步与物质生产的高度丰富，虽然显示了人的无限潜能，但又形成了人的物欲的急剧膨胀，造成了物对人的挤压与人的精神的日益贫困，并使人在精神上时时陷入生存的困境。巴尔加斯·略萨说过，“文学首先是社会的发言，其次才是文学本身”[2]，正因为社会物质发展的现实，使“物质”这个“硬件”在文学作品中开始“发言”，我们看到文学中关于“物”的书写越来越多，这正是文学对当下“物化时代”的社会现实所作出的正常反应。

我们看到李欧梵关于新文化史研究的成果《上海摩登》[3]，书中最为出彩的第一部分“都市文化的背景”，作者通过摩天大楼、咖啡馆、舞厅、电影院散发着甜腻的诱惑，和现代主义、新感觉、颓废与浮纨刺激起新奇的体验，让读者通过触摸历史的遗迹而进入上海，体验“上海摩登”。他改变了以往研究城市主要是从精神维度上进行文化阐释的方式，而开始涉及物质层面上的文化开掘。李欧梵认为，“现代性”既是概念也是想象，既是核心也是表面，“现代性”可以

[1] 陈晓明主编：《现代性与当代文学转型》，第24页。

[2] 《文论报》，1998年10月29日。

[3] 李欧梵：《上海摩登——一种新都市文化在中国（1930—1945）》，北京大学出版社2001年版。

通过物质层面、制度层面以及精神层面的多重依附与呈现。文学创作的观念与这种研究思想之间具有相似之处，随着“文学现代性”观念的提出和不断发展，在我国当代文学创作中，作家们不断反思和寻求新的文学创作途径，宏观论述“人”与“人”之间关系的单一哲学维度受到挑战，“物”与“人”之间的关系成为更重要的精神维度，人们越来越关注“物化时代”中物对人的挤压和遮蔽，关注二者之间更深层的内在关系，这不仅丰富和发展了文学所勘探的对象领域，而且也挖掘了探索人类精神世界新的可能性。

在当代文学作品中，作为一个长期紧缺的物质对象和严峻的社会问题，“房子”——居住空间的匮乏曾经在文本中被作家们焦虑地复写：通过何种方式人才能获得栖身的一席之地？在严重不足的居住空间中人是否还能维持生存的尊严？居住在同一屋檐下的人们既相互依存又因为环境的逼仄而相互排斥，在困窘的有限生存空间里人际间的复杂关系、人性和伦理亲情，在文本中以一种沉重的现实主义叙事方式予以披露和反映。小说、散文、戏剧乃至报告文学、电影等都集中地涉及了“房子问题”。从20世纪80年代初高晓声的《李顺大造屋》，讲述一个农民在近三十年的时间里，在实现“造屋”理想过程中不断遭受挫折的故事，到90年代刘恒的《贫嘴张大民的幸福生活》，写城市平民对生活产生的卑微的“知足常乐”的“幸福感”，作家开始在“屋”——居住空间中人的生存现状进行描述和反思的物质话语中，将人性最低欲望的存在给予合法化。

报告文学在20世纪80年代极具社会影响力，在一些报告文学中，作家用完全真实的笔触揭示严峻的平民生存困境，对新时期以来“房荒”问题出现的社会、历史、政治、经济、体制……诸方面的原因进行多元分析，用特写镜头摄下一组组触目惊心的“房荒图片”。也有一些作品以“房子问题”为中心，揭露社会上存在的种种不正之风（如“分房”不合理引发的干群矛盾、干部以权谋私的丑恶行径），赞扬改革者和落后思想、不正之风作斗争的勇气，顶住重重压力解决普通职工住房困难的魄力，推动改革朝向积极健康的方向发展的优秀品质。[1]

新时期之初，在文学还没有被“边缘化”的时代，作家满怀“干预生活”的理想主义激情，希望用文学的力量去间接改变人们艰窘的生存现状，发挥文学的功能和社会效用。作家仍然惯于采用“宏大叙事”的现实主义创作方式。随着市民社会的慢慢形成，以及中产阶级的崛起，人的物欲诉求逐渐取得合法化地位之后，日常生活与物质话语在小说中的书写也日益合法化——过去那种拒斥日常生活、把日常生活贬斥为黑暗、庸俗的代名词的写作思想宣告终结，日常生活的叙事方式成为“主流叙事”，虽然“日常生活的诗情被消解”，但在看似细碎的生活流中也不乏对生活的个人化体验和哲学思考。关于“屋”与“人”生存关系的物质话语在八九十年代以来的文学文本中形成了一个颇具规模的话语体系。

“屋”也是“家”的具体表象和物质载体，“原始住居的形成和发展与人类家庭的产生和演变密不可分。发展到一定阶段，家庭就成为了社会的基本细胞，而住屋是家庭生活的载体，作为家庭空间

[1] 电影《邻居》、小说《走进暴风雨》（冯骥才）、《人间烟火》（梁晓声）等都是这一题材的代表。

表现的住宅就成为社会的基本建筑类型了”[1]。在中国文化传统中，“家”是一个有超常稳定性的社会“能指”，处于道德伦理形态的中心位置，一直受到人们的特殊关注。“家”也是社会极为重要的组成部分。家庭作为人类生存的隐私空间，是男女两性共建的场所。人渴望平等，但人是不平等的。这种不平等体现在生物种群的关系中，也体现在人类的社会里。上古时代原始社会男性狩猎农耕、女性生育繁衍，社会分工和性别的天然差异决定了人类社会形成伊始就带有差异性，“而两性所组成的任何社会组织形式都意味着以某种等级的形式来明确这种差异性”[2]。女性牢牢地与“屋”、与“家”拴在了一起。在德国谚语中，女人是厨房、孩子、教堂的同义词；中国也有句老话，女人“宜室宜家”，这“家”和“室”就是女性最合理的空间。儒家学说维护婚姻的稳定，认为行为放荡会对家庭的安定、子嗣的绵延构成威胁，危及爵位和财产的世袭制以及社会的统治基础。明代的许相卿在家训《许云村贻谋》中讲到，妇女必须每天守在闺门之内，到老都不能逾出内门一步。[3]小姐绣楼通常修建得低矮狭窄，虽然精致小巧，却有不许女子出人头地、女子个性不得张扬等传统说教隐喻其中，她们的梦、幻想、对自由的向往、冒险的念头，被“以房屋为表征所包围”。

与女性屋内狭窄的生活天地相一致，中国古典女性文学的空间必然是封闭的、狭窄的、受到身份局限的。中国当代女性文学热潮

---

[1] 张宏：《性·家庭·建筑·城市——从家庭到城市的住居学研究》，第6—7页。
[2] 舒阳、李海英：《建筑·传统与诗意的文本》，中国纺织出版社1999年版，第6页。
[3] 参见王其均：《宗法、禁忌、习俗对民居型制的影响》，《建筑学报》1996年第10期。

的涌现与西方女性主义思潮的影响和女性意识的觉醒分不开，但20世纪女性写作仍然受到女性性别限制。80年代以来张洁、张辛欣尝试了具有女性意识的文学创作[1]之后，更多的女性作家登上文坛，并以充满鲜明女性意识的文本大胆颠覆男权社会的“菲勒斯中心”[2]体系。以陈染的《私人生活》、林白的《一个人的战争》以及伊蕾的组诗《单身女人的卧室》为代表的女性文学文本揭开了女性书写个人隐私、身体、女性室内生存景象的帷幕，女性写作中的一个突出现象，即女性作家往往将目光投注到个人生活的私密空间，常常流连于卧室、蚊帐、窗帘、镜子等具有隐秘性的意象，并以一种决绝的姿态在封闭空间中进行“身体敞开式”的叙述，在看似封闭的空间里进行超越性精神反思和颠覆。女性大胆、真实地在文本中将个人的生存实景、内心的隐秘和欲望、成长的痛苦经历、对美好的爱情和性的等待与追求，以及更为深入微妙的心理上、精神上的种种情态用她们灵动的、细腻的、尖锐的或理性的笔毫无顾忌地呈现，那扇千百年来紧锁的闺阁之门骤然开启，以往男性所想象和所描述的房内“红罗锦帐”的景致风光后面，是怎样的痛苦撕裂、挣扎弃绝，只有女性自己才有最真实的感受，女性真实的生存本相显出前所未有的真实、清晰、繁复和细密。

女性有“走出家庭”和“回到家庭”两条道路的选择，似乎这

---

[1] 张辛欣在《我们这个年纪的梦》中对“厨房”的描写充满厌恶、无奈，女作家正是通过从厌倦走向抛弃厨房，试图树立自己的自我意识的。

[2] “菲勒斯中心”，拉康使用“PHALLUS”一词，意为男性阳具的形象，作为象征秩序的代表，这一能指包含父权意识。

两条路只是对于女性而设置，不论是“回去”还是“回不去”，“家”总是与女性的生命相关，与爱有关。而男性似乎并不存在这样的选择和困惑，他们是来去自由的。男性与家的松散关系导致他们对家不像女性那样刻骨铭心、牵肠挂肚。男性眼里的家，似乎更多的是一种“责任”、“负担”，房子更多地与身份、地位、权力等等相联系，甚至拥有多大的住房面积能成为对男人“存在价值”的衡量标准之一。[1] 房子在他们眼中是实体的、物质的、有价的，是人生奋斗所获得报偿的一部分，而对女性而言，家几乎就是她生命的全部。玛格丽特·杜拉斯认为，男女间的最根本差异就是“屋”与“家”的区别：“男人可以建筑许多房屋，但不能创造一个家。”与此不同，“女人就是家。她过去是，现在仍然是”。[2] 杜拉斯的这一形象化表述虽含蓄而深刻，男性对于家以外的世界和情感更具有一种占有和征服欲，家是他们休养生息的港湾和生命最后的归宿。带着女性的自信杜拉斯告诉我们，“家”其实也就是“伊甸园”：“由女人创造出来供人安居其中的家，这就是所谓乌托邦的所在。”[3] 它不仅为男人所需要，同样也为女人自己所向往。关于“屋”的性别话语在当代文学尤其是女性文学中显现出前所未有的丰富性和深刻性。

进入 90 年代之后，城市更具现代消费社会特征的高楼大厦、公寓豪宅以及酒吧、咖啡屋、购物中心等建筑频繁地出现于小说的文

---

[1] 冯骥才的《我这个笨蛋》、池莉的《烦恼人生》、阎真的《沧浪之水》中的男性主人公都遭遇到这种有失男性尊严的尴尬。

[2] 〔法〕玛格丽特·杜拉斯：《物质生活》，王道乾译，百花文艺出版社 1997 年版，第 48—58 页。

[3] 同上书，第 48—57 页。

本之中，并且对城市人的生活方式和精神心理造成了不可估量的隐形影响。消费社会的“物”挤压、异化着人们，“屋”从过去对人的无限吸引、向往、魂牵梦绕的身体和心灵的归宿变成了人们想要逃离厌倦的、令人颓然和绝望的场所，个人常常会迷失在城市的某一间房子里找不到自我的方向。城市公共空间日益充分的发展总是指向对私人性的排斥，使得个人在其中渐渐找不到自己的位置。不少西方的文化学者对这个后现代主义时代的人与城市的隔绝状态纷纷表现出极大的关注。弗雷德里克·詹姆逊曾经引述过地理学家凯文·林奇在《城市的形象》这本经典著作中的一个观点：“异化了的城市首先是这样一个空间：人们在其中既不能（在他们的头脑中）绘出自己的位置，也不能绘出他们所处城市的整体。”[1] 90 年代以来城市文学中城市建筑与人的紧张关系成为文学中一个反复出现的主题，城市建筑 / 屋折射出人们在城市这个巨大而又繁杂的生存空间内的特殊生存景观，以及特有的心理和精神状态。和城市建筑崛起几乎同步的、关于屋的城市话语在当代文学文本中被不断生产出来，并具有可持续发展衍生的良好趋势。

文学文本中被无数次书写过的平房、筒子楼、四合院、里弄、亭子间……这些传统的古旧的住宅被洋房别墅、公寓大楼、商业小区等新的建筑物所代替，城市新建筑改变了传统住居方式以及人际关系和交往方式——胡同文化中最足自傲的部分。新建的住宅区严整美观却失去了老式住宅中的一种情调，由于缺少胡同里人与人间

---

[1] 〔美〕弗雷德里克·詹姆逊：《快感：文化与政治》，王逢振等译，中国社会科学出版社 1991 年版，第 200—201 页。

的熟稔、知根知底，现代城市便给人带来普遍的“异己感”[1]，而这种“异己感”使人产生对现代城市生活的排斥和恐惧心理。一座座高耸入云的摩天大楼是人类智慧与力量的结晶，但那冷冰的砖石，异人的尺度、高层夹住往往使人产生压迫感。专家们的统计显示，城市中有超过百分之九十的人出现过恐高症状，其中百分之十属临床性恐高。而心理学家则发现，现在人们所患的许多焦虑、妄想等心理疾病都与摩天大楼有关。对他人隐私的窥视（如铁凝的《对面》、刁斗的《移步换景》）和生命的威胁（韩东的《房间与风景》、邱华栋的《蝇眼·天使的洁白》），建筑样式完全一致的住宅竟然能够导致一个荒诞的故事（铁凝的《安德烈的晚上》），拥挤的都市里对于爱的无望寻找。在城市的玻璃山之间穿行，“屋”以冷漠的姿态俯视着芸芸众生，“无家可归”的感觉充斥着城市中的流浪者（如韩小蕙的《无家可归》[2]，邱华栋的《沙盘城市》、《环境戏剧人》等）。90年代同时上演着刘恒笔下“贫嘴张大民”的“幸福生活”和周大新讲述的“21大厦”中的传奇故事，邱华栋笔下的“玻璃山”和“沙盘城市”显得那样冷酷和虚无。

当代文学创作目前在消费主义的刺激下，城市话语对“屋”与“人”关系的书写，从本雅明的“把大街变成室内就是得以证明了的通俗文学的手法”中获得启发，“把内室变成大街（沉思、孤独、秘密、性，都变成了大街和市场上的商品一样），也同样是流行文学的手法。在今天的文学作品中，我们经常可以看到关于出租屋的性生

[1] 赵园：《城与人》，第22页。
[2] 文中除特殊标注和说明的文体之外，其余均为小说。以下各章都按此惯例。

活场面的描写，这与那些大量描写酒吧的饮酒场面在本质上是一致的”[1]。“将市场变成居室，或者将居室变成市场”正是商业性文学的经验写作，也是城市话语最热衷的操作方式。

文学的精神话语更为关注的当然是“屋”内“人”的精神领域和生命存在。从哲学上说，建筑于人，就是它为人提供了一个“存在的空间”，或者说是一个“存在的立足点”。《黄帝内经》说：“宅者，人之本。”房屋是人对生命的一种肯定。

在自身位置感模糊和空间感丧失、人类精神匮乏和信仰迷失的时代，作家更应当关注个体化的人在具体生存空间中的精神困境，关心个体性的人如何在生存的窘境中寻找精神出路，人如何才能实现真正的安居？德国哲学家海德格尔认为，“安居的真正困境不在于房屋短缺”，而在于“人们是否了解安居的本质，也就是他必须了解怎样定居”。卡斯腾·哈里斯说：“我们想要真正安居……必须不断学习怎样才是安居。真正的家园不是天生就有的。我们要认识到自己只是广大世界上跋涉的旅行者，我们还没有找到自己的家园。只有这样，我们才能解决‘安居的困境’的问题。”[2]与其说真正的定居就是守在家里，不如说它是一场生命之旅，不断地改变梦想，不断地去调整、追求的一个过程。

虽然当代作家在文学创作中也表现出对人类抽象性的安居空间——“精神乌托邦”的寻找和哲学思考的努力，对人类“安居的困境”和“存在”的主题有所触及，但应该说还是浅尝辄止，对深

[1] 张柠：《当代中国的都市经验》，《南方文坛》2003年第1期。
[2] 〔美〕卡斯腾·哈里斯：《建筑的伦理功能》，第162页。

度的探询还需要作家们形成一种自觉的公共意识和创作目标。“因为中国文学一直以来都缺乏直面灵魂和存在的精神传统”，“随着世俗化和消费主义的进一步推进，中国作家普遍在一种轻松的日常生活中漫步，或者在一些无关痛痒的事物中居住下来，存在的冲突被悬置，以致真正的当代中国人的灵魂状况被简化成了一些外面的遭遇，而更内在的存在的疾病和危机，在他们的作品中却是缄默的”。[1]昆德拉称小说家为“存在的勘探者”，而把小说的使命确定为“通过想象出的人物对存在进行深思”，“揭示存在的不为人知的方面”。在勘探和深思的过程中，在文学与社会的互动之外，应该加入一些命题，这也是伟大作品该有的最基本的命题，比如存在的意义、生与死、人性、宗教意识等等，都应当纳入当代写作的精神维度中去。

建筑是“人的本质力量对象化”的最突出的表现。建筑对人类审美意识的影响是巨大而深远的。作为“人的尺度”和“人的确证”，建筑以其庞大的体积和经久的时间证明着人是“人”。实际上一座座城市和一幢幢楼房，无非是一个个大写的“人”字。建筑如同一本打开的历史文献，我们从中可以看到人类生活的生动历史画卷。“人诗意地栖居在大地上”，海德格尔用“诗意”来强调人生存的意义，而我们透过文学中“屋”的多重话语，也在寻找着这种诗意。

---

[1] 谢有顺选编：《2003 中国中篇小说年选 · 序》，花城出版社 2004 年版。

第一章
日常生活与“屋”的物质话语

第一节 物质话语／日常生活的双重价值取向

人类理性向生活世界的回归是20世纪哲学中的一个重要转向。胡塞尔关于“生活世界”的现象学、维特根斯坦关于“生活形式”的语言哲学、海德格尔关于“此在”的存在主义、列菲伏尔和法兰克福学派的西方马克思主义及K. 科西克和A. 赫勒的东欧新马克思主义等20世纪重要的哲学流派；还有身处种种潮流之间又总是自外于团体、学派的吉尔·德勒兹，探讨“多重性的变身——同时单一性的滞留——重复不断的与差异不断的”变动不居的现象界。[1]这些哲学流派共同的学术取向是对日常生活世界的关注。它们各自提出的关于生活世界的构想理论和批判理论，把原退隐到人类生存“背景”上的日常生活世界重新推向了哲学的前台，拓展了当代哲学的视野。现象学家胡塞尔在其晚年的最后一部著作《欧洲科学的危机

[1] 参见台湾《当代》1996年第1期。

与先验现象学》中对生活世界的问题曾作过十分详细的深入的探讨。他强调“生活世界”始终在先被给予的、存在着的有效世界，它是人类进行科学认识以及各项艺术活动的重要前提，我们的日常世界是“唯一真实”的世界。把人的生活世界划分为日常生活世界和非日常生活世界，实际上也引入了一种透视人类生活的新视角。

年鉴学派的代表人物、法国当代最著名的历史学家费尔南德·布罗代尔认为，历史结构是一种“日常生活的结构”。人类的文明就是人们最平凡最普通的日常生活，它包括一个时代人们衣食住行的各个方面和细节。这种日常生活的结构限定了社会表层各种经济活动的可能范围，它是一种长时段的历史现象。布罗代尔说：“日常生活是由那些人们在历史时空中几乎不加注意的小事构成的。……这些每日发生的事情是不断重复的，它们越是不断重复就越成为一种普遍规则，或者毋宁说是结构。它渗透了社会的各个层次，并规定了社会存在和社会行为的各种方式。”[1] 可见，日常生活是其他一切历史活动的基础，它是由人的最普遍、最常见、最平凡的活动构成的。我们曾经一度主要关注如何从物质资料生产出发研究人类社会的结构，探讨生产与生产关系、经济基础与上层建筑的矛盾，而很少关注与每个人的生存息息相关的日常生活领域。实际上，日常生活世界对人的存在和人类发展是一个重要的“背景”或存在基础，它是人类社会的原生形态，而生产力和生产关系、经济基础和上层建筑所构成的人类社会结构则是从原始日常生活世界中

[1] 〔法〕布罗代尔：《十五至十八世纪的物质文明与资本主义》（第一卷），转引自刘昶：《人心中的历史》，四川人民出版社 1987 年版，第 316 页。

分化出来，并从文化层面上左右着人的活动方式。因此，要真实地把握人的存在状况及其历史运演，就应当同样重视日常生活这另一层面，从日常生活与非日常生活相互关系的视角去建构当代文化理论。回归生活世界才能真正摆脱本质主义造成的深刻的文化危机，“向生活世界回归”这一哲学观念无疑启迪了中国当代文学乃至文化批评范式的转向。

中国传统文学中对“日常生活”的态度存在两种并行不悖的态度，对于深受儒道两种人文精神交替影响的中国知识分子来说，这和“穷则独善其身，达则兼济天下”的进退皆宜的双重行为取向有关。在传统的中国文学中，“日常生活”这一概念具备了双重的能指功能：当知识分子的人文理想与社会现实处于严重对立并退而寻求“解放自己”的状态中，“日常生活”呈示出它的诗性内涵，成为某种诗意人生的象征；而在个人入世之心正强、浪漫主义重新构成知识分子启示真理与改造社会的两大主题时，日常生活又往往成了“士而怀居，不足以为士”，又成为某种桎梏理想、消磨壮志的象征，直接意指着庸俗化的现实人生状态，乃至于被批评扬弃。[1]文学对于日常生活的书写相应地出现特有的“物质话语”[2]体系，而当代文学对日常生活书写的态度也不是一以贯之地稳定不变，而

[1] 参见蔡翔：《日常生活的诗情消解》，学林出版社 1994 年版，第 19—22 页。

[2] 文学的“物质话语”意指文学对于“物质性”体系——人的基本生存物（衣食住行赖以产生的物质资料等），可持续发展的生产 / 社会制度（生产力诸要素的组织原则、社会规范等）和建立其上的生活观念（物质欲望、行为伦理、价值准则乃至心灵信仰等）——的表现和评价话语。见蓝爱国：《忽略与遗忘：车与屋的故事——文学“物质话语”的历史性考察》，《天津社会科学》2000 年第 1 期。

是经由了一个比较明显的从否定和冷淡到肯定和热衷的过程，继而这两种二元对立的态度随着社会价值观念的多元化而淡化融合于多元共生的写作场中。

尽管马克思主义理论早已成为普泛性“知识”，但由于20世纪文学存在格局的复杂性，使得文学的“物质话语”的表达和价值取向的双重性成为一个可以继续进行深入探讨的话题。与日常生活的双重能指功能相对应出现的，是中国20世纪现实主义文本中存在的对“物质话语”的双重态度：一方面以辩证的思想和态度肯定物质生活对于人性存在的前提性和重要性，直接表现当代生活本身的物质性的焦虑、经济发展进程中人民生活的困窘与贫瘠所造成的冲击与挑战，陈述“现代化”的紧迫性；另一方面又对人和物的自觉结合，对热衷或执着于物质的获得和占有的人进行思想批判，以“反庸俗化”的姿态否定/鄙视世俗日常生活及物质追求。

当代文学对物质话语的双重态度产生的原因在不同时间阶段各有差异，从整体上来看是受到中国传统人文精神的影响，中国知识分子习惯于把价值理想放在人生首位，不论是儒是道，都反对“心为行役”，而要求一种有意义的人生。对于知识分子来说，尽管当改造社会的理想遭到政权的压制和迫害时抽身而退，逍遥自得于安逸宁静的日常生活之中，并赋予其理想的价值形态。但这种诗意化的日常生活的背后，仍然隐藏着痛苦与不甘，隐藏着一种理想价值与行动实践分离导致的精神焦虑。“在中国知识分子对日常生活的肯定或拒绝中，事实上潜伏着一个共同的人文主题，这就是承认诗意人生的可能，承认乌托邦的可能，承认浪漫主义的可能，承认此岸和彼岸的对立存在，它意味着中国知识分子的某种主体定位和‘角色’自觉。……这种价值形态的反反复复，又正意味着知识分子对某种终极价值的追求，意味着他们对人生的某种终极性关怀。”[1] 中国知识分子所特有的精神特性影响和贯穿了整个中华民族发展的历程。

1949 年新中国成立后，建设社会主义新政权所提倡的一种新的“社会主义道德”准则被强化和突出，“社会主义道德在不断的净化中演变为一种道德的牵制力量，它不再是一种询唤和感召，而变为一种向人性和道德宣战的实践。社会道德的净化，是以排除全部日常生活为代价的，任何与人相关的情感和欲望，都被视为‘不洁’和不道德的”[2]。进入“当代”，随着“一体化”的形成与不断激进化，“反物质”成为一个基本的叙事模式，凡是落后的人物都有执着于追逐物质梦想的特点，而先进人物则都有蔑视物质享乐而一心革命的艰苦朴素的品质，抛弃物质追求和享受的过程就是一个人物思想进步、心灵纯洁、生命升华的过程。文学对于现实生活的表达并不注重物质的存在和发展逻辑，思考物质对于社会、人性的建构或瓦解作用，并一致采用了“超物质化”的思想情绪表达。在“样板戏”这样的“绝对革命”文本中，人几乎成为了阐释政治的思想符号。“物质变成衡量一个人先进 / 落后、革命 / 反革命、觉悟 / 愚昧、好 / 坏的鲜明界碑，现实主义成为清教徒生活哲学的文本传达。”[3]

---

[1]　蔡翔：《日常生活的诗情消解》，第 23 页。

[2]　陈晓明主编：《现代性与当代文学转型》，第 138 页。

[3]　蓝爱国：《忽略与遗忘：车与屋的故事——文学“物质话语”的历史性考察》，《天津社会科学》2000 年第 1 期。

20世纪“现代性”确立了自己以精神性、思想性、心灵性、理性为业的使命意识，似乎只有抛弃“物质”，对它的“腐蚀作用”充满警惕与敌视，人的精神思想境界才能得到相应的提高和升华，才能最终获得精神的救赎。

事实上这种“超物质化”的思想情绪表达早在20世纪初就已初露端倪，在中国现代文学中，日常生活的诗性色彩已经开始悄悄隐退，知识分子抱着改造社会、建立未来乌托邦世界的理想，努力寻找一种价值与行动统一的完美的人生模式典范，这种模式又显然以否定个人的日常生活为前提。鲁迅在1925年发表的《伤逝》中，已经涉及这个问题。单调而又繁琐的日常生活令人不可忍受，未加知识分子理想“装饰”（詹姆逊语）的日常生活侵蚀并消磨着诗性意味。因此鲁迅又提出其爱的“附丽”说，号召青年走向社会，投入改造现实的社会现实之中，这也正是时代的文化背景对现实的规约，日常生活的价值形态开始逐渐转移到社会实践之中。

1949年以后的中国当代文学，继续遵循着这一思想理路，在一段时期极左思想的影响下，在忽视物质对于个人存在的维护性、对于中国百年发展困境的制约性的前提下，日益趋近于自我心灵、心灵之间的拷问、争鸣和斗争。更加强调个人对集体的献身，或者说个人的解放必须服从于整个社会的解放。在这种革命浪漫主义的观照下，日常生活不仅不存在任何的诗意，相反，它是卑琐的，是庸俗的，它窒息人的精神并使人平庸化。内在性的私人家庭空间被忽略或被公共空间所取代。社会威权以非常态的社会压抑机制对常态的人的自然本性、基本权利和人的日常状态加以挤压和扭曲。拒绝平庸生活，追求诗意人生，这种浪漫主义的乌托邦倾向一直延续到80年代中期的文学创作，而这种追求本身就意味着彼岸（理想、终极真理、精神拯救）的存在可能，从而构成理想主义在这个时代的高扬和延续。

党的十一届三中全会确定了改革开放的政治路线，在全国范围内掀起了经济和政治的改革浪潮，随着国家改革开放政策的实施和关于社会主义发展方向的理论探讨，“贫穷不是社会主义”、“让一部分人先富起来”的政治理论阐述，由计划经济向社会主义市场经济的转型使笼罩在物质上的思想阴霾一扫而空，物质不仅成为现代化的主体，而且也迅速成为文学的话语中心，对日常生活进行书写的物质话语逐渐占据了新时期文学叙事的主体地位，文学“物质话语”的合法性地位得以确立。

中国“新时期”以来的当代文学，对物质文化生产及日常生活的“现代化”的整体性诉求始终非常强烈，这种强烈诉求的紧迫性从20世纪80年代初刘心武的《立体交叉桥》直到80年代后期方方的《风景》、90年代刘恒的《贫嘴张大民的幸福生活》……一直弥漫于“新时期”文学的写作之中，使得“新时期”文学的“伟大叙事”之中始终贯穿着一种强烈的“世俗关怀”，形成一种与中国的“第三世界”文化境遇相关的独特写作趋向。张颐武在其专著《从现代性到后现代性》一书中对新时期以来当代文学中所呈现出来的“现代性”特征进行了详细论述，他指出，新时期以来，“现代性”不再像五六十年代文学中所强烈表现出的对于“现代化”的世俗目标的“克服”与“超越”，而是对于现代生产力的强烈渴望，且这种目标不再具有终极性，将它的实现定在一个遥远的未来，而变得更为具体和实在。它所激起的强烈的物质性的世俗向往似乎是“新文学”的全部历史中最为强烈和具体的。它不再试图以“精神”性的追求“压抑”、“忽略”、“超越”物质生活的困窘及其所造成的焦虑，而是试图将之作为社会改造的动力。“日常生活”本身的不可逃避与缩减的种种问题均成为写作所关注的焦点。与此同时，作为物质层面的“现代化”话语及作为精神层面的“个人主体”话语二者之间有一种难以摆脱的内在的矛盾性。它们是作为“新时期”话语的“现代性”的不同的面向展开的，但这种展开又导致了新的“现代化”/“个人主体”话语的二元对立。“现代化”乃是一种世俗的、具有操作性的社会/经济/文化目标，它是具体的经验性的；而“个人主体”的话语则是一种不可操作性的神圣的终极性的承诺，它是抽象的超验性的。因此，在“新时期”中“现代化”/“个人主体”之间的矛盾体现为一种世俗性/神圣性、经验性/超验性之间的断裂与矛盾。而这种断裂与矛盾是显示“新时期”文学在平民化的日常生活目标与精英化的终极价值追求之间的摆荡与困惑。正是由于这种摆荡与困惑极度的紧张性，才导致了从“新时期”开始就已出现的二重性书写的无可解脱。一方面，“新时期”小说始终关注现代化的社会发展的目标的实现。世俗化的人格观念与经济社会变化间的关系被当时的批评者十分明确地肯定。另一方面，“新时期”文学话语中最为矛盾之处在于一种以“反庸俗”形态出现的对世俗“现代化”目标的批判性表述仍然在话语的边缘与缝隙中呈露出来。在“新时期”的开端时刻，这种对于世俗日常生活及物质性追求的否定就显露出来。[1]

对于物质话语 / 日常生活的双重价值取向的矛盾问题，在当代的不同时间段有着不同的表现形态，但随着时代发展，在世界“全球化”语境之中，中国当代文学的表现视野也更为广阔和多元化，现代化 / 个人主体、世俗性 / 神圣性、物质话语 / 精神话语……之间的紧张关系随着平民文化 / 精英文化、通俗文学 / 纯文学之间关系的缓解与界限的模糊，对于世俗生活 / 物质话语的双重性书写的矛盾也逐渐随着社会价值观念的多元化而淡化，融合于多元共生的写作场中，成为文学所表达的丰富内涵中的并行不悖的因素。

第二节　屋：人类生存状况的隐喻功能

一、栖居之所的匮乏现实在文学中的焦虑呈现

“住房似乎是人类最早具有的概念之一，是与食物的概念几乎是同等重要的一个概念。”[2] 同时，“建筑比其它原始艺术具有更强的人类生存状况的隐喻”[3]。从“房子”/ 建筑这一人类生存状况的隐喻意象观照中国新时期文学，在读者的阅读记忆中印象最深的应该是：对栖居之所匮乏的焦虑和社会重大现实问题的叙事视角。

---

[1]　张颐武：《从现代性到后现代性》，广西教育出版社 1997 年版，第 7—14 页。

[2]　〔法〕让 - 欧仁 · 阿韦尔：《居住与住房》，齐淑琴译，商务印书馆 1996 年版，第 9 页。

[3]　舒阳、李海英：《建筑 · 传统与诗意的文本》，第 7 页。

新时期以来，文学表现对物质文化生产及日常生活的“现代化”的强烈整体性诉求，首先表现在对人的生存问题的关注上，“人物所经历的苦难，总离不开物质匮乏所造成的苦难”。曹文轩认为：“新时期文学的基本主题，我们可以从各个角度去划分它——我们可以这样说：它包含了两个主题，一是房子问题，一是粮食问题（一个时期的文学，居然环绕这两大主题，这大概在世界文学中是独一无二的）。”[1] 新时期乃至90年代的中国当代众多文学文本中，关于普通百姓的生存状况的摹写，在以“真实地反映现实生活”为主旨的现实主义创作中，大都停留在美国心理学家马斯洛所说的关于人的最基本物质生存需要——衣食住行——匮乏的层面上。

从20世纪80年代初开始，高晓声的《李顺大造屋》拉开了文学反映“房子问题”（后出现一个更为形象的概念——“房荒”，一个“荒”字道出了这一物质匮乏的严重性）的序幕，之后“房子问题”作为一个重大的、普遍性的社会现象被作家们不断进行现实主义的描摹，焦虑的心情始终无法释怀。以住房问题为题材的文学作品层出不穷，影响深广，如梁晓声的《人间烟火》、刘心武的《立体交叉桥》、王安忆的《本次列车终点》、冯骥才的《走进暴风雨》、王蒙的《高原的风》、江灏的《纸床》、刘恒的《贫嘴张大民的幸福生活》、李肇正的《城市生活》……除了众多的小说文本之外，以韩小蕙的《无家可归》为代表的散文作品也是不可胜数；电影如《邻居》（根据剧本《厨房交响曲》改编）等通过镜头画面将住房艰难的现

[1] 曹文轩：《20世纪末中国文学现象研究》，北京大学出版社2002年版，第49页。

实困境直观地展示在观众眼前；80 年代蓬勃兴盛的文体——报告文学中，陈祖芬的《一九八七：生存空间——关于我国住宅商品化的可行性文学报告》、肖复兴的《海河边的小屋》、许晨的《居者有其屋》……都是将“房荒”这个最让人焦虑的现实物质匮乏现象作为文学所反映的重要内容；谌容的《人到中年》、刘心武的《钟鼓楼》这样在社会上影响广泛的优秀之作同样也涉及住房问题；以方方、池莉为代表的“新写实”小说中涉及房子、工资、孩子等鸡毛蒜皮日常生活的作品就更多了，如池莉的《烦恼人生》、刘震云的《一地鸡毛》、方方的《风景》……

从社会学的角度来看，“房荒”是“文革”后中国当代社会一个十分突出和亟待解决的现实难题，它牵涉到国家人口政策、住房制度改革和国家建设中的历史遗留问题。“房荒”是因为人口多、住房少而引起的，是人类自身的再生产与社会的物质生产和物质资源关系发生了失调。“在社会整体发展中，人口发展的速度和质量必须与物质资料的生产和物质资源的利用以及社会发展的需要保持一定的平衡。”[1] 我国是世界上人口最多的国家，据国家统计局统计，至 1987 年，全国总人口已超出了 10 亿。[2] 到 2010 年，第六次全国人

[1]　王步征主编：《人与社会》，上海社会科学院出版社 1989 年版，第 110 页。

[2]　人口问题是我国社会主义初级阶段最重大的社会问题之一。早在 20 世纪 50 年代，就有不少有识之士提出要重视这个问题，如马寅初先生的“新人口论”，主张要控制人口的增长，但未引起国家的重视。至 70 年代，人口问题已成为严重影响我国社会发展的重大问题。我国人口增长速度快，从 1949 年至 1986 年，全国共出生人口 6.6 亿，平均每年出生 1800 万人左右，平均生育率高达 27%，平均自然增长率也远远超出一般国家和地区同期人口增长水平。

口普查统计数据显示，我国人口已经增长至13.7亿。[1]中国人口庞大的特点导致了吃饭、就业、生育等一系列社会问题，导致社会发展缓慢。据统计，从新中国成立以来到80年代中期，全国国民收入的15%以上用于抚养新增的人口。由于消费基金不得不大量用于对新增人口的抚养，国民物质文化生活的改善和相应的物质供给十分困难。人口分布不均也导致社会发展不平衡，在一些偏远地区则由于人才和资金缺乏，自然资源得不到开发和利用，生产落后，人们生活贫困；在大城市及沿海地区人们的物质生活较富裕，精神生活也较充实。但由于人口密度过大，造成了住房紧张、交通拥挤、能源短缺、环境污染等一系列社会问题。

新时期以来，我国政府十分重视城乡居民的住宅建设，采取了一系列政策措施，加快建设步伐。[2]城市人均居住面积从1978年的3.6平方米提高到1998年的9.8平方米，农村人均居住面积由1978年的8.1平方米提高到1999年的24.4平方米。与此同时，国家还实施了“安居工程”，改善住房困难户的居住条件。根据中国政府制定的城乡住宅建设“九五”计划和2010年发展目标，到2000年，全国城市每户居民有一处住宅，70%的家庭能居住一套使用功能齐全的住宅，人均居住面积9平方米，人均使用面积14平方米；农村住宅在质量和使用功能方面将有新的提高和改善。到2010年，全国城

---

[1] 中华人民共和国国家统计局：《2010年第六次全国人口普查主要数据公报》（第1号）2011年4月28日发布。

[2] 1979—1999年，城市住宅建设投资达37173亿元，建成住宅建筑面积164亿平方米，农村新建住宅面积约138亿平方米。

市每户居民都有一处使用功能基本齐全的住宅，人均居住面积达到10平方米，人均使用面积达到15—18平方米，基本达到一人一间住房；农村住宅的质量有较大提高，使用功能基本齐全。[1]在政府总体性城乡住宅建设的规划下，城市与乡村之间住房建设还存在较大差异。政府对城市住宅建设投资大，比较注重城市发展的整体布局与规划，而农村虽然新建住房面积与城市发展相差不大，但是农村是以“自建房”为主，农村住宅建设方式落后、土地资源浪费较为严重，在规划上存在大量问题，并已经引起了国家的重视。

进入21世纪以来，“房荒”现象虽然已经随着国家住宅建设政策的实施有了很大的改善，但是住房问题仍然是我们现实生活中最能触动百姓的“焦点问题”之一，房价过热、住宅环境质量、买房还是租房、“住房社会保障”[2]等继续成为社会所关注的新问题，成为我国政府需要不断及时调整和出台相应政策予以宏观控制的“敏感区”。

从新中国成立以来至今，“住房”始终是一个人民日常生活中无法回避的现实问题，正因为它在现实生活中与百姓利益息息相关，是人的基本生存状态的直观显现，必然地被以“现实关怀”为己任的当代作家所重视。从20世纪80年代始，“房荒”已经成为多种文学题材、现实主义文学作品关注和表现的对象和创作题材，正如曹文轩所

---

[1] www.china.org.cn，中国网，中国简况。

[2] “中低收入阶层”的最基本住房需求，只能靠政府提供的廉租房或经济适用房等住房保障才能得到满足。然而目前，“与住房市场化改革相适应的住房保障制度建设进行缓慢，城市政府相关部门的住房保障职能还没有完全确立，仍有一部分低收入家庭的基本住房需求还没有得到解决”。见《南方周末》2005年4月28日，民生版。

说：“生活本身向文学家们提供的是平民化的图景。当西方影视不断出现豪华住宅、大饭店、游乐场时，中国人确实还在为几平方米的小屋而在日夜焦虑（由此一想，房子问题成为新时期文学的一大主题可以理解）。”[1] 艺术来源于生活，众多的文学艺术作品涉及普通百姓的居住条件和生存需要问题，是特定时代和社会现实的产物。

在20世纪80年代，中国当代文学各种文体蓬勃复兴中，报告文学作为一种文学与新闻的边缘文体因其特殊的文体特点而得到迅速发展，新的时代新的社会问题和真实的生活现象借助于文学性的表达方式吸引众多读者，形成一种创作热潮。“房荒”作为社会性重大问题在报告文学中得到了及时的反映，陈祖芬的报告文学《一九八七：生存空间——关于我国住宅商品化的可行性文学报告》（以下简称《一九八七》）、许晨的《居者有其屋》、陈晓轩的《巢歌》[2]、苏晓康的《神圣忧思录》[3]、肖复兴的《海河边的小屋》、张桦的《京华建筑沉思录》[4]等报告文学作品都是以完全写实的方式，将我国80年代以来居民住房改革问题的急迫性和必要性以及改革者先行实验的摸索过程记录在案，为国家住房制度的渐变存留了一份宝贵的实录性历史资料。

报告文学以其高度的真实性记录了都市人口激增后居住的拥挤程度，无房户、困难户，危房户，几代同堂、父母儿女同床、几对

---

[1] 曹文轩：《20世纪末中国文学现象研究》，第52页。

[2] 载《报告文学》1988年第2期。

[3] 载《人民文学》1987年第9期。

[4] 载《三月风》1987年第10期。

夫妻同室，床上复叠床、屋中又垒屋。[1]陈晓轩的《巢歌》写到了上海一户人均居住面积在2平方米以下的姓石的人家，父母与三对儿子儿媳、一个待嫁的女儿、三个孙儿孙女同住在一间15.3平方米的房间内，人均居住面积1.2平方米。全家是这样睡觉的：在房间中层搭起一块非常结实的长板子，女性一律在上，男性一律在下，媳妇随着婆婆，孩子跟着妈妈。一块隔板隔开这个家庭内部的所有夫妻，难以想象出这一家12口人如何起居，不可思议那三个欢蹦乱跳的孙子孙女是通过什么途径来到我们这个人世间的！在陈祖芬的《一九八七》里，上海的住房问题被称之为“上海1100万人口的天字第一号问题”。陈祖芬用了大量篇幅记录了采访中上海南市区穷街陋巷里，居民们那令人痛心的居住窘境。作家似乎只是随意展示了信手拈来的几帧片断，读者眼前就出现了一幕幕几乎令人无法想象的恶劣的居住环境场景，因年久失修而倒塌的房梁、开裂的墙板、密集如船舱的睡房、腐朽的地板，人均住宅面积仅为4平方米……拥挤、破败、低矮、危险的住房里的居民期盼政府尽快了解民情，采取改善措施。

“在加拿大，联邦统计局认为只要居住的人数超过房间数时，就应算作是拥挤的住房。”“在法国，国家统计局及经济研究所认为不能为一家提供一个住所、不能为十九岁的人提供一个房间以及不能

[1] 1949年，我国城市人均居住面积为4.5平方米。但1979年，我国城市人均居住面积为4.4平方米，比建国前还减少了0.1平方米。1986年第一次全国城镇房屋普查结果是，缺房户总数1054万户，占总户数的26.5%。其中无房户128万户，占3.2%；不方便户415万户，占10.5%；拥挤户511万户，占12.9%。

为两个同性别的孩子提供一个房间的住房均为拥挤住房。”[1] 这样的国际标准对于80年代的中国人（尤其是城市人口）来说未免有些天方夜谭了。上海作为中国居住最拥挤的城市面貌，在陈祖芬的笔下是以具体的一组组惊心动魄的数字和艰窘的生活图景展示出来的，而拆迁、调房、分房也都是“住房问题”中的一团乱麻似的难点。

中国的住房问题出在何处？解决的正确答案是什么？在报告文学《居者有其屋》中作者许晨这样分析：“‘先治坡，后治窝’，多年来，尤其是‘文革’期间的极左思潮，干扰了建房工作，欠账太多……”“‘批了一个人，多生几亿人’，由于计划生育工作的失误，我国人口增长过快，住房需求猛增……但是，这些都是表面上的因素。实际上，最主要、最根本的原因还是我们的住房制度存在着严重的弊端。”《住房·住房》一书指出，我国的住房制度没有理论渊源，有的只是战争时期的历史渊源及苏联的影响。因为住宅的商品属性是否还适用其经济，在马克思和恩格斯的著作里都没有解决，因此无论是在苏联，还是在中国，关于社会主义的住宅理论都是模糊的。这种理论上的模糊，再加上沿袭战争年代实行干部供给制的方法以及普遍的低薪水平等实际情况，形成了我国住房制度的现状。[2] 在《一九八七》中，陈祖芬深入分析问题的原因，思索和寻找解决这一问题的办法：“几十年的极左路线，使我们用限制城市发展来俯就农村的水平，用这种削高就低的办法来缩小城乡差别。……我们这种非城市化正好和发达国家随着工业化必然加快的城市化进

---

[1] 〔法〕让-欧仁·阿韦尔：《居住与住房》，第30页。

[2] 朱剑红、王国诤：《住房·住房》，辽宁人民出版社1988年版，第52—54页。

程，逆向而行。结果之一是，作为城镇外在标记的住宅，1982年人均住宅面积为4.39平方米，略低于解放初人均居住的4.5平方米。”[1]陈祖芬指出我们国家的住房体制在助长依赖和享受，房地产早已成为发达国家国民经济的三大支柱行业之一，而我国房地产部门却成为了一个福利行业。一包烟的房租，几乎等于免费入住。这种带着供给制色彩的、强加在社会主义制度上的优越性，取代了住宅的商品属性。作为第一消费品的住宅成为国家经济沉重的负荷，作者引用了恩格斯在《论住宅问题》中所说的“正是这种标志着德国发生工业革命的急性病似的住宅缺乏现象，使当时的报刊上登满了关于住宅问题的文章”这句话来说明，一切不合理的现状都会激起人们改革的热望，住房制度的改革、住宅走向商品化的探索势在必行。

《海河边的小屋》这篇短篇报告文学写于1982年4月，以第一人称的叙述方式讲述了一户人家关于住房的故事，没有任何虚构的色彩。关于一个家庭十几年真实生活的讲述，是由“淑云”——小屋中最令人尊敬的一位女性来完成的，口吻朴素平实，作品风格类似90年代以来流行的“口述实录体”。主人公谦逊、善良、无私的性格和温柔、贤淑的气质在女性的叙述口吻中悄然显现，作品极力排除了第三人称叙述可能出现的局外人的视角和情感的隔膜。

在淑云的讲述中，那些生活的极度艰窘、人与人之间因住宅空间的极度狭窄和逼仄引发的矛盾和摩擦都被作了“淡化”处理，然而，即使是发自内心毫不造作的轻描淡写，透过这层女性温柔贤淑

[1] 《当代》1987年第5期，第162页。

的薄纱，我们仍然可以感受到住宅的狭窄是如何逼迫着这一家人一再地压缩仅有的生存空间和个人最低生活要求的。由于两个月内两次娶亲，小屋让给一对新人入住，丈夫和四弟在四面透风的厨房里睡觉，而她则和奶奶、两个孩子、小姑、弟媳六口人挤在13平方米的小屋里，新婚不到一个月的四弟、弟媳只能分开。整个屋子搭成三层，如同魔盒一样容纳下三家人的全部家当！做饭、吃饭、睡觉、洗漱、做作业……一切生活不可省略的细节都构成了对人精神和心理进行折磨的因素！“狭窄的住房产生狭窄的心境。”(《一九八七》)老人和媳妇、丈夫和妻子、母亲与孩子之间都因为空间的过于拥挤而产生口角和矛盾，十几年艰窘生活的底色顽强地从这种“轻描淡写”中不可遏止地显露出来。我们为文中“遮掩叙述”下所显示出来的生存空间的非人性状态而惊诧，惊叹维持一个成分如此复杂、庞大家庭的日常生活正常秩序所需的艰巨的耐心和十几年如一日的心理承受力。正因为这种承受力是一般人难以具备的，所以才会出现“一间屋子造就一个‘新闻人物’”，因为“一间屋子”，一个普通的女性成为一个“受人尊敬”的知名人士的现象[1]，而这恐怕只有在中国这个特定时代、特定经济背景下才会出现的奇异现象！作品结尾，这个温柔坚韧的女性以一种最素朴平常的心态发出这样一番感慨：“如果，房子富余了，我的这间当年八角亭翻盖的小屋拆除了，平地盖起一座摩天大楼，会怎样呢？还会有我的这样一段含泪带笑

[1] 当然，她的资本家女儿的富裕出身与她在这种贫困环境中的行为更形成了鲜明的反差——最初嫁到这个赤贫家庭的她连粗糙的饭菜都咽不下去——更能显示她克服生活困难的精神上的难度。

的故事吗？没有了。那样，我依然是一个不被人注意的凡人。我愿意是一个凡人。……我只愿房子富余起来，国家富余起来……”[1]房子，成为人们热切盼望国家发展经济、走向富强的最基本的动力之一，由于切切实实的生存需要，人们把希望的目光寄寓在国家加快改革步伐、经济腾飞之后所带来的物质富足的前景上。

二、“代人民立言”：社会重大问题叙事视角下的“屋”

人与住宅之间有着相互影响、相互制约的内在关联，“屋”虽然从功能上来看只是提供给人类遮风挡雨的地方，但它不仅仅是一种无灵性的“物”，它的问题同样可以导致人类社会各方面的问题，“这些人化的、有灵性的住房，影响着我们的生活习惯、情感、心绪、性格、效率、健康，牵制着工作变迁，人才流动”[2]。20世纪80代初期以来，文学界一再表示寻求文学的独立自主品格，但实际上，文学与时代的意识形态关系依然非常密切。尽管作家们已经发现“屋”与“人”的复杂关系，但在新时期之初，作家在“代人民立言”的社会责任感的驱使下，仍然承继了“社会重大问题”的叙事视角，“房子”也作为社会意识形态的载体予以表现和书写，物质话语在文学话语系统中还未能处于一个本体的地位。

20世纪80年代初，当代作家高晓声写下一篇著名的有关屋子

---

[1] 肖复兴：《海河边的小屋》，百花文艺出版社1984年版，第248页。

[2] 陈祖芬：《一九八七：生存空间——关于我国住宅商品化的可行性文学报告》，《当代》1987年第6期。

得 / 失的故事——《李顺大造屋》，从文化心理背景上来透视中国人根深蒂固的乡土意识。众所周知，古代中国所处的山阻海隔的地理位置、以小农经济为主的生产方式，决定了中国人要生存下去必须恒定性地依附于土地。所谓“安居乐业”，首先是“安居”，然后才能“乐业”。对农民来说，盖房子是人生头等大事。新中国成立前连造屋梦都不敢做的农民李顺大，土地改革以后立了志愿，要用“吃三年薄粥，买一头黄牛”的精神造三间屋。新中国成立前父母和弟弟因为风雪夜无处栖身而冻死，家庭的凄惨遭遇使得李顺大翻身之后要造屋的决心“就是连火车也拉不动”！然而对于一个普通农民来说，在几乎贫瘠的物质基础上白手起家盖起三间砖房，实在是一场“艰苦卓绝的战斗”！在李顺大看来，搞社会主义就是“楼上楼下，电灯电话”，主要也是造房子。从 1951 年分到土地，到 1958 年，他靠着极为吝啬地省吃俭用，捡破烂换钱，挑着糖担四处卖糖，靠着妹妹 7 年的青春奉献，终于凑齐了盖房的材料。但是“大跃进”中，所有的材料都被“共产”，造屋的美梦破灭了，但李顺大并没有气馁。1962 年到 1965 年李顺大又积攒了差不多能造三间屋的钞票，但“文革”中他的造屋钱被砖瓦厂的“文革”主任耍手段掳掠一空，他的造屋决心和坚忍不拔的精神受到致命的打击。但造屋的梦想支撑着李顺大的人生，他生活中最重要的目标依然是造屋。直到 1977 年冬天，李顺大造屋的愿望似乎才有了实现的可能。这是篇关于“人在苦熬”的小说，我们看到当人在“苦熬”的时候，生命是多么卑微、多么没有尊严。

虽然小说从文本的故事层面上来说使用的是关于“屋”的物质

话语表达，文本的内核所阐发的却是鲜明的政治意识形态、国家政策对整个国家和人的命运的决定性影响。而这一点恰恰曾是评论界评价一部作品是否获得成功或者说达到文学创作某种“高度”必备的条件和标志。“高晓声以忍辱负重的李顺大为主角，以‘造屋’为贯串线索，以毋庸置疑的真实性，概括了近三十年农村政治经济形势的变幻，沉痛地倾诉了农民在极左路线和错误政策干扰下的苦境。我们从李顺大这个忠厚、善良、勤劳的人物身上，所认识到、联想到的东西还会更多、更广，他甚至使我们陷入对三十年历史的回顾之中。李顺大，是小人物；造屋，是小事情。可是，小中寓大、浅中寓深，这就是高晓声通过揭示灵魂而产生的效力。”[1]“《李顺大造屋》的高明之处不在于‘暴露’、‘伤痕’，而在纵观农民的历史命运。”[2]“《李顺大造屋》是以叙述李顺大的命运的焦点——造屋中的苦难历程为其特色的。但作家也深刻地洞察到，李顺大造屋之所以要经历种种磨难，是因为我们建设社会主义大厦的工程中也出现了失误和故障——‘那两次灾难都是由于党的路线出了毛病。’”[3]

在这个以“造屋”为线索的“宏大叙事”文本中，高晓声明显地采用了“寓言化”的总体修辞策略。所谓“寓言”，据美国学者阿勃拉姆斯的解释乃是指：“它们讲述一系列前后连贯的事情还表明了另外一系列相关的意思。”[4]而对于“第三世界文化”中的“寓言”

[1]　雷达：《高晓声小说的艺术特色》，《光明日报》1980年6月11日。

[2]　阎纲：《小说史上光彩的一页——一九七九年全国优秀短篇小说奖》，《文艺报》1980年第5期。

[3]　范伯群：《高晓声论》，见《当代作家论》，作家出版社1986年版。

[4]　《简明外国文学词典》，湖南人民出版社1987年版，第11页。

的性质与功能，杰姆逊对比主观、客观、政治等方面的联结关系和方式，指出第三世界文化中艺术表达方式与政治的特殊关系：“第三世界的文本，甚至那些看起来好像是关于个人和利比多趋力的文本，总是以民族寓言的形式来投射一种政治：关于个人命运的故事包含着第三世界的大众文化的社会受到冲击的寓言。”[1]这种“民族寓言”，既是第三世界知识分子写作的自觉的选择，又是在全球性的第一世界/第三世界的文化关系之中，第三世界文本被读解和阐述的结果。“民族寓言”式的写作被视为一种第三世界在“现代性”的语境中不可逃避的选择。

党的十一届三中全会制定了改革开放的政治路线，经济和政治改革成为国家最为重要的事件。当代知识分子继承了儒家传统的“齐家治国平天下”的入世生活态度，而政府纠正“文革”错误、否定极左政治和制定一系列实现现代化的措施，使他们重新看到了国家和民族的希望，又激发起他们强烈的社会责任感。王蒙曾在《一点感想》一文里这样写道：“我在中国作家协会第三次会员代表大会的发言中，在同年十月那个汹涌热烈的会议上，我曾说过：作家是生活的主人，党的事业的主人，国家的主人，要以高度的责任感来写作，要使自己的作品、自己的言行有益于人们、有益于安定团结、有益于四个现代化。……作家要弯下腰来和人民一起面对现实，和党一道来面对我们的困难、麻烦和问题，要让我们的笔有助于解决这些困难、麻烦而不是相反……我们的责任是重大的，我们不敢掉

[1] 〔美〕弗里德里克·杰姆逊：《处于跨国资本主义时代中的第三世界文学》，《当代电影》1989年第6期。

以轻心。”[1] 当改革成为全社会所共同奋斗的方向和目标时，重构精神信仰，重建精神家园，重新树立民族的自信心，这一切，似乎又成为文学工作的责任。“八十年代文学叙事不偏向于艺术表现力的文本特征，而是思想内涵和现实实在性的意指关系。”[2] 观念性的东西仍然占据重要的地位，作家总试图通过文本对生活现实进行本质的理解和揭示，知识分子的使命意识无可逃遁。在这样一个思想大变动的时代，知识分子的反思代表着“全民的反思”，“代言”的情怀是知识分子找到身份感的一个重要表征。作家以国家主人翁式的社会责任感、自觉“代人民立言”的身份意识和政治热情，采用“社会重大问题”的叙述视角，使得“宏大叙事”成为新时期以来普遍的、能够产生社会效用的叙述方式。他们要用手中的笔来为国家解决困难、麻烦，以形象的方式表达着他们对国家和民族的一往情深。“民族寓言”式的写作使得文学作品刻意追求表现更深层的、重大的社会性主题。

在国家计划经济体制下的分房制度导致了严重的不正之风，由于问题的尖锐性和对普通民众利益的伤害，曾被视为社会生活中存在的一个重大问题，它实际上正是违反经济规律的住房制度激化了利益分配不均的社会矛盾的体现。电影《邻居》[3] 讲述的就是某市建工学院住房困难引发的矛盾（这似乎是更具有讽刺意味和冷幽默色

[1] 王蒙：《文学：失却轰动效应之后》，人民文学出版社 2003 年版。

[2] 陈晓明主编：《现代性与当代文学转型》，第 226 页。

[3] 根据电影文学剧本《厨房交响曲》改编，马林、达江夏、朱玫编剧，载《电影创作》1980 年第 3 期。

彩的社会现象，专门培养建筑人才和设计各类建筑的学院的教职工们恰恰没有自己的“房子”)，电影围绕敏感的住房问题，揭露现实生活中的不正之风，触及社会矛盾，呼吁恢复和发扬共产党的优良传统和作风，具有强烈的现实意义。创作者指出：“由于人口发展的失控和十年动乱的破坏，住房拥挤成了一个普遍的尖锐的问题。在我们生活和接触的地方，几乎到处都可以看到一家三四口挤在一间十多平方米的小屋里，五六家人共用一个集体厨房或者只能在楼道里烧饭的状况。”本着“从平凡的生活中寻找诗情”的创作原则，创作者给自己明确了几条“杠杠”：“第一，要如实描写居民住房的困难，但这不是目的。目的在于表现群众的艰难处境下显示出来的美好情操；第二，要敢于揭露住房建设及分配上的不正之风，但着力点应在如何克服它，并通过楼道当厨房——集体厨房——迁入新居的三个阶段表现住房问题正在逐步解决；第三，以保持延安传统的老干部刘力行为主要人物（刘力行被市委书记称之为‘茅屋里的杜甫’)。”[1] 这几条“杠杠”中所强调的反映现实生存状况背后的更高追求，保证了剧本和电影在立意上的“宏大”：人们盼房子、奔房子，而更重要的是这种盼望和奔忙对于变革社会的意义。

正面揭露社会不正之风、以“房子问题”这个“阴暗面”为题材，《邻居》文学剧本在发表之后曾经遭到过非议，因为住房在当时被视为一个“爆炸性”的社会问题。在这个问题上，相当敏感地

[1] 马林、达江夏、朱玫：《遵循生活的启示——关于〈邻居〉的剧本创作》，《邻居——从剧本到影片》，中国电影出版社 1984 年版。

触及各种社会弊端：既有各级干部的不正之风[1]，又有体制上的问题[2]，还包括普通人身上的思想局限和屈从于流俗的生活态度[3]。筒子楼的这些人家的生活是社会的一个缩影，他们日常生活中所面对的紧迫的住房问题之所以“牵动着千家万户的心，根源在于它集中地暴露了党风、民风以及由此而引起的各种人与人的关系问题”[4]。“围绕着住房分配上的矛盾冲突，从一个侧面提出了用什么样的精神改造我们的社会面貌的严峻问题。”[5]剧本和电影所体现的鲜明的政治色彩和社会意义正是编剧和导演共同的艺术追求：“我们带着这样一种使命感，认为：房子问题的‘爆炸性’，并不能成为艺术家不代人民立言的遁词。只要我们仅仅把它作为影片的贯穿事件，而镜头始终对着人与人之间。……就不必顾忌有那么一天，我们的影片会被当作解决房子问题的药方或者状纸，我们所给予观众的，将是比一间公共厨房深远得多的东西。”[6]知识分子“代人民立言”的历史责任感在电影《邻居》中得到了集中而典型的体现。

新时期文学伴随强大的社会思潮而日渐兴盛起来，作为知识分子的现实关怀和政治热情的直接体现，作品往往不自觉地充当了社

[1] 如省委部长的侄子倚势要房，下面干部不得已而为之；吴科长利用职权为儿子谋私利；袁亦方在拉关系户的同时自己也想捞一把等。

[2] 如袁亦方向老刘描绘的那幅“可怕的图画”；“附属工程”牵动面之广，连市委书记也不得不默认等。

[3] 如邻居们为了要厨房集体“走后门”；老刘也无可奈何地同意对美国记者弄虚作假等。

[4] 郑洞天：《接过文学剧本之后》，《电影剧本园地》1982 年第 2 期。

[5] 马林、达江夏、朱玫：《探求社会主义的人情美》，《电影剧作》1982 年第 2 期。

[6] 郑洞天、徐谷明：《用电影代人民立言——〈邻居〉导演艺术总结》，《邻居——从剧本到影片》。

会或民众普遍情绪的代言人，它常常提出相当尖锐的政治、伦理或现实主题，这使它蕴含着深厚的社会意识，也容易激发强烈的社会反响。

冯骥才的《走进暴风雨》[1]正是以“住房分配”风波作为话题，表达“改革才有希望”的时代“主旋律”。这是发生在中国20世纪80年代初，一部以工艺品厂为故事背景的关于改革的中篇小说。小说主要围绕厂里出现的两个棘手问题——如何分配新建的8间住房和解决一个生产事故，展开了一波三折的精彩叙述。在中国进行住房改革之前，房子一律由国家机关和企事业单位统一管理和分配，但对于如何分配则是没有一定之规[2]，而住房紧张是从新中国成立以来直到今天，在大城市中一直困扰人民生活的难题。当改革的春风开始吹拂中国大地的时候，乍暖还寒的早春气候总是令人琢磨不准，而这个工艺品厂里复杂的人事关系和利益之争比早春的气候更令人难以预料和应对。小说一开始就开门见山地提出一个十分紧张敏感的话题：工厂新盖的8间宿舍房到底会如何分配？在中国传统文化影响下形成的特殊的“人情社会”里，“唯有房子问题才能扯进来这么多的人和人的关系”。“生活中，最复杂、最微妙、最难琢磨的就

[1] 《冯骥才小说选》，四川文艺出版社1985年版，第359页。

[2] 住房分配名义上是按需分配，实际上这个“需”很难界定，在各个单位一般将其具体化为工资、资历、年龄、职务等诸种条件。每一项条件都可以是资本，每一项条件也都可以成为一道无情的屏障。具备这些条件的未必有“需”，不具备这些条件的未必不“需”。其实在实际操作中，我们的房屋分配原则是四不像：不是按劳分配，也不是按人口分配，没做到按需分配，也没做到按工龄分配。唯一执行得较彻底而又毫无理论根据的是按级别分配。这种等级观念不仅人为地制造了干部与群众住房的悬殊差距，一些人权力欲望膨胀，充分利用手中的职权多占房、占好房。

是人事。”虽然公司书记贺达派了厂劳资科、保卫科和党委秘书三人组成临时工作组专门来解决分房问题，但是这三人恰恰是在厂里最热衷于为个人牟取私利的干部，上上下下牵丝拉网，官官相护，不但没使问题得到解决，反而使事件的解决过程更加复杂和艰难，读之感觉就像面临着一个充满了危险和挑战性的连环游戏，不懂游戏潜规则的人面对复杂的局面几乎是寸步难行。

如何打破罩在房子问题上的这张错综复杂的人事网？贺达作为一个知识分子型的企业领导，他并没有被这张网所吓倒，而是沉着稳重地一步步寻找突破口开展工作。工艺品厂以关厂长为首的几个干部先是“突击分房”，强行抢占新房，面对贺达“要房子还是要党籍”的严厉制裁和调动众多“说客”游说贺达但在施压无效的情况下，又使出一招几乎是无赖式的手段——干脆集体搬进办公室，彻底扰乱工厂的正常生产秩序，让贺达面临一个更加尴尬和棘手的局面。改革派和守旧派的激烈冲突到这里达到了高潮，而贺达则是用他的方式——以真诚的情感和人格魅力去感动懂得情理的工人，以一个共产党员的正义和无私的道德情操去感化和教育这些已经利欲熏心的官僚们。然而事情并不能这样轻而易举得到解决，改革的“阻挠派”又从他的家庭内部开始瓦解他的意志，此时的贺达陷入了内外交困、无路可走的困境中，此时险象环生的情形如同武林高手过招，一招不慎就会有致命危险！善良与邪恶、公与私、权力与正义的较量让人为势单力薄的贺达担忧。最后在市长的支持下，贺达将 8 间房公正合理地分给了最困难的职工和技术人员。“分房事件”终于以群众满意的结局告终。

小说中几次出现一个童话画面——一个小人儿挥刀拼命斩破一张巨型的大蜘蛛网。由于这个画面的寓意过于明显，使作者的创作意图一目了然，即正面塑造时代英雄，鼓舞民众信心，对历史因袭和现实问题而造成的种种社会弊端予以尖锐的揭露和批判，呼唤理想的英雄和新的社会秩序。20 世纪 80 年代的“改革文学”都十分重视作品的时代意义和社会影响，希望以文学为工具，通过对现实事件的暴露，直接产生干预现实政治的效果，相对来说，对作品的文学性和审美效果却不太在意。

刘庆邦的《空屋》[1] 是一篇回忆性的散文，该文以故乡的房子为回忆的线索，贯穿起母亲的一生和故乡几十年来的历史变迁，对房子、对土地、对故乡、对亲情进行朴素而深情的缅怀与回想。母亲是在农村生活了一辈子的普通女性的形象代表，居住在城市儿女家的母亲，始终不能舍弃自己的老屋，她不愿意离开自己的家，甚至想死后就埋在自家的院落里。在母亲眼里，房子和孩子同等重要，是她生命中最不能割舍的东西了。故乡的房子经母亲的手翻盖过两次，“从某种意义上说，我们家房子的历史，也是母亲的苦难史和奋斗史，母亲的一生和房子紧紧联系在一起”。

20 世纪 70 年代母亲第一次翻盖房子，她对此事非常看重，好像要把她一生的主要业绩通过盖房子体现出来。“土地都成了公家的，各家的私产只剩下赖以栖身的房子。房子是家庭财产的主要标志，同时代表着房主的脸面。房子盖得好，主人脸上就有光彩，房子立

---

[1] 载《大家》2005 年第 2 期。

不起来，人就立不起来，就会被人看不起。”房子与家族、财产、子嗣、尊严等人生最重要的因素相关，因此母亲不能不看重她的房子。中国作为一个几千年来有着深厚农业文明传统的国家，“土地”与“房子”是人们安身立命的重要根基，而中国人“齐家、治国、平天下”三者总是相提并论，互为隐喻与参照，土地对国家和个人来说具有相同的本质意义，它是人与国家是否存在和能否立足的前提；房子，则是家与国是否存在的外在标志，没有了“房子”，家便不成为一个家，而国/城邦也成为一个抽象的概念。由于经济条件落后，在艰苦的年代里一砖一石和一草一木的累积，可以说是意义不同凡响的壮举。“我们的母亲，她把自己的血肉都筑在房子里了。”第二次翻盖，则是村里要搞住房排房化的统一规划，不得已而为之，但是房子确实在翻盖的过程中变得越来越好。房子最后一次翻盖，是为了让母亲离开人世时不留遗憾。于是，盖房子已经不再是为了居住，而是为了能够满足母亲的心愿，为了尽儿女的一片孝心，它成为对母亲最大的安慰。但母亲的离去使得房子变成了一座“空屋”，没有人居住的房子是缺少生机与活力的，没有母亲的房子空空荡荡，是没有情感寄托的。

除了写到“空屋”对作者个人所造成的“心灵之痛”以外，作者还注意到当下农村“空屋”现象的普遍性，农民有了钱后在村外盖新房子（有的是小楼房），旧房空着了；有的是家破人亡无人居住；村子里大多数青壮年都出去打工挣钱，村子里一片荒凉凄冷的景象。泥土挖走被烧成砖盖房子，土地也被大面积地破坏。老宅上的房子大量地空着，而村外的耕地被争先恐后地占据、盖新房。村庄的面积迅速扩大，而耕地面积却在迅速减少。这种充满矛盾、没有合理规划的盖房现象在农村十分普遍，不可再生资源的土地浪费和农村经济的畸形发展让作者心怀忧虑，作者从自家的“空屋”看到了整个农村的房屋建设不合理现状，看到了社会发展中存在的更为触目惊心的现实问题，作品的纪实性使得回忆母亲的散文突破了单纯的“亲情”的范畴，具有了更多的社会意义。对于整个国家来说，不去根本解决农村发展问题，“空屋”也将成为一个社会之痛。

三、“房子”：作为身份 / 权力具体“意指代表”的符码

与从外在的服饰装扮可以基本判断一个人的身份、地位、职业相似，“房子”作为具有隐喻人类生存现状功能的反射物，住房的级别（按照居住面积、装修程度、社区环境、绿地等现代指标）往往与一个人的社会地位、身份、资产、能力等要素直接相联，成为人们物质追求（当代人通俗简洁地概括为房子、车子、票子）的重要内容之一。房子作为衣食住行基本生存需求内容之一，与每一个人的生活质量密切相关，尤其当它成为一种紧俏物资的时候，谁能得到住房，就成为对一个人生存能力衡量的重要标准。而在计划经济体制下，各个单位具体实施的住房分配制度，使得原本属于国家财产的“房子”成为一个单位或组织掌权者个人手中的一种权力资本，无形中使得他们的权力更具有了经济价值和实际效益；即使在商品经济时代，住宅的商品化、市场化使房子和职权之间的关系迅速淡化，但它与人的经济实力的关系更加密切，在以市场经济为中心的

时代背景下，一个人手中的经济实力/资本的多少直接划定了他/她在社会上的地位和身份。[1]因此住宅一直以来都是“人”抽象的社会地位、权力/身份具体“意指代表”的符码，一个人的社会地位、权力/身份与住宅的等级是相一致的。

“房子”作为一种资本和权力的象征，和“人”的命运、思想情绪及生活状态有着内在紧密的关系，通过“屋”与“屋”之间的差异可以看到“人”与“人”之间在现实存在中的身份地位差异和由此导致的矛盾关系，以及权力交替的历史轨迹。“花园街五号”（李国文的《花园街五号》）那座别墅“在小说中无疑是一个象征体，它既是权力的象征，也是权力更迭的见证，但这个象征物与小说中人的命运、思想情绪和行为趋向并无特殊的内在联系，它更多是作为一段权力交替历史的载体”[2]；而梁晓声的《人间烟火》则不同，小说中不同的住房和身份不同的房主的生活状态之间是有着直接而内在的联系的，由于住房/权力之间的差异而直接导致了身份不同的人群之间种种矛盾对立和尖锐冲突。房子作为身份/权力的具体“意指代表”的符码功能在小说文本中得到鲜明的印证。

光华街的几栋新建的漂亮高楼和高楼后面破破烂烂的大杂院，在居住环境、住房面貌上差异巨大，许多楼房的空闲浪费和居民房的低

---

[1] 例如社会上流行将收入的层级用形象的金领、银领、白领、蓝领、灰领等制服颜色来命名，住宅也随之出现“白领公寓”之类的商品房命名，与蓝领们的“廉租房”和“经济适用房”相区别。

[2] 陈美兰：《行走的斜线——论九十年代长篇小说精神探索与艺术探索的不平衡现象》，《当代作家评论》2002年第2期。

矮拥挤形成了鲜明对比。[1] 入住楼房的少数人群的身份都比较特殊，他们大多是官员的子女，他们倚仗父辈的职权地位轻易地获取了不应当属于他们的权利，而更多的平头百姓却只能忍气吞声地蜗居于狭窄的住居中。68岁的老建筑工人葛全德为国家的建设勤勤恳恳地工作、“卖了一辈子苦力”，“甘肃、新疆、宁夏、青海等省内的大三线建筑工地，当年都扔弃过他穿破的工作服和劳保鞋”。他家就在光华街尽端，一条窄得不能并排通过两辆自行车的小胡同里的一间半泥草房中。自从光华街马路旁盖起一幢幢高楼后，他总感觉到他自己、他的一家，以及所有那些生活在矮屋破居中的人们，是众多很有必要被“挡住”的人们。渗透着他的汗水的无数的城市大厦，记载了他无私奉献的一生，然而他却只能在自家厨房里的水缸和炉灶之间搭上三块木板，权且作为他的“睡床”。他的老伴用花布挡住家中最不体面、最凌乱、最羞于让外人看到的一角。这种感觉常常使他很惭愧，葛全德的“惭愧”正是出于人的自尊、生存权利的基本要求不能被保证而自然产生的，其实真正要为此“惭愧”的恰恰是那些占据社会更高地位的、更能影响社会经济发展、决定国家命运的当权者。

《人间烟火》中叙述者对居住在不同房子里、身份不同的人群有着截然不同的叙述态度，他以知识分子鲜明的“民间”立场和既无奈又真挚的情感描述普通百姓拥挤不堪的生存环境：

---

[1] 在20世纪80年代我国住房的失衡现象之一就是“房荒”与“房剩”的并存。有的人家四代、三代同堂，大儿大女同室，轮流吃饭，换班睡觉，而有的人家一户几套，儿子、孙子的房子早已留好。某市为领导们盖了一栋新楼，住进来的却是领导们的儿女，于是该楼被冠上“公子楼”的谑称。很多人结婚几年没有分到房子，而有的户主竟然是几岁的孩子。参见朱剑红、王国诤：《住房·住房》，第18—20页。

> 这个“大”杂院，一点都不大，甚至可以说根本就无“院”可谈。所谓“大”，只能从占地面积的小和居住人家的多，这种反比中去理解。原先还是有个共同的院的。院是共同的，当然可以共同利用。于是这家在院里盖个煤棚，那家在院里接出间小屋，于是院就不存在了。院被九户人家共同“建设”成了“迷宫”。仅一人宽的过道，七拐八岔，连接各家门户。初到此院中某家做客的人，上厕所解溲，回主人家时就会错迈入另一户的门槛。这“院”里严格说已不止九户了，而是十三户了。其中四户人家的儿子都已娶了媳妇，住在由煤棚改修成的“小屋”，或接盖出来的“小屋”里。四个由姑娘变成了媳妇的女人，就在那里面“坐月子”，居然也生出了四个“下一代”。四个“下一代”居然也活活泼泼地长大了。小家伙们对于这个“院”爱到极点，哪里还能给他们提供比这里更适于“捉迷藏”的地方呢？[1]

而写到那些有权力入住高楼里的人群，叙述人的语气则转而变得冰冷尖刻，充满讽刺意味，小说中描写那些衣着体面而保养极好的人们：“男的那种令人莫测高深的派头，女的那种鹤立鸡群的神态，老的那种矜持的尊严，少的那种颐指气使，与高楼后面的人们是有明显区别的。这种区别绝不亚于高贵的波斯猫和一般家猫的区别。”[2]

生存环境、贫富之间的差异带来了普通百姓心理的倾斜失衡，“生活在小街陋巷的青年”对住在高楼的男女同龄人潇洒地骑着各种

[1] 梁晓声：《人间烟火》，贵州人民出版社 1985 年版，第 20—21 页。
[2] 同上书，第 24 页。

牌子的摩托风驰电掣，“不只是羡慕，简直有点嫉妒了。同时也产生一种自卑心理”[1]。而“大杂院的姑娘们则羡慕的是那些出入于高楼的时髦女郎的服装、发型、化妆、仪态，一招手一投足的举止，一颦一笑的表情乃至行走的姿势。她们的母亲们行走在光华街上，却忍不住扬头朝马路旁高楼的窗口张望，比较谁家的窗帘更美观更典雅，谁家阳台上种的花品种更多更好看，以此推测这些人家的社会地位”[2]。楼房与大杂院居住状况的差异表象的背后隐藏着贫 / 富、普通百姓 / 政府官员、公平 / 不公、法治 / 人治、人性 / 兽性……更深层的对立和差异。这些差异的不断累积升级而导致普通百姓对现实的积怨和对当权者严重的敌意和冷漠。不平等的生活现实甚至造成弱势人群一定程度的心理扭曲和失去对正常事物的判断力，“买醋事件”则是这种敌视心理外化的戏剧性事件，大杂院里的居民终于利用仅有的一点人情便利“排挤”了平时趾高气扬的高楼中的人们，故意给他们造成难堪以获得暂时的心理满足。小说反映的是中国 20 世纪 80 年代初，一切都还处在拨乱反正、重新调整经济政策的过渡和转型时期的社会真实面貌。

法国的社会学家欧仁·阿韦尔认为，住房是我们能够获得的最为昂贵的消费资料。住房是显示主人社会地位的标志。[3] 权力地位的高低直接决定了资本 / 物质生存条件的“等级”，而居住空间影响到人的命运、精神状态和行为趋向。“房子”作为身份 / 权力的“意指代

[1] 梁晓声：《人间烟火》，第 1 页。
[2] 同上书，第 2 页。
[3] 〔法〕让－欧仁·阿韦尔：《居住与住房》，第 24 页。

表”，作为人的生存现状的象征性符码，有时竟成为一种衡量人存在价值标准的潜在指标，使人在沉重的物质挤压下被“异化”，产生严重的心理焦虑。

在冯骥才的短篇小说《我这个笨蛋》[1]中，仅从小说的标题就可以看到，对于无法满足自身基本栖居诉求、缺乏解决问题所必需的在复杂的人事关系中周旋能力的人来说，主体给予自身的社会价值判断就是——“笨蛋”。小说叙述者“我”（老冯）是无线电研究所的技术员，自知是个“缺乏生活应有的精明劲儿和能力的书呆子”。一家四口人住在不到10平方米的背阴的小房间里，由于住房条件恶劣，夫妻常常发生口角，甚至影响到了原本和谐的夫妻关系。为了不至于因为住房问题导致家庭悲剧，万般无奈之下这个本分老实的知识分子开始为房子奔忙劳碌。住房申请毫无商量余地地被领导驳回之后，“我”只能采取“换房”的办法。“换房大王”刘宝亮通过他密如蛛网的人际关系，介绍“我”认识了房屋调配处的李处长，但是在用一台紧俏电视换住房的计划实施过程中，“我”因对人事不知深浅的脾性导致计划失败。但李处长后来竟然找上门来，借了“我”400块钱，并且答应一个月后分给“我”一套房子。这对于换房失去信心的“我”无异于一个天大的喜讯，然而三个月后李处长还了钱，并打了收条之后，房子的事情便不了了之！这个谜底最终由“换房大王”来解开，事情的原委是李处长因为分房从中捞取好处，被人威胁控告，情急之下急需一笔钱以了断这件事，于是利

[1] 《冯骥才小说选》。

用了“我”的心理，白替他帮了一个忙，过后却全不认账！在这短短的篇幅中，情节波澜起伏，一波三折的经过几乎给读者有些编造的“离奇”的感觉。换房大王刘宝亮在房子上的“能耐”，就是依靠中国人传统上非常看重的“人情关系”去苦心钻营，左右逢源，拆东墙补西墙地做个买空卖空的掮客罢了，替人家东奔西跑满足别人的欲望的同时，从中获得一己的利益。而与大权在握的李处长相比，刘宝亮就显得“下人一等”。李处长“才真是一位资本雄厚、把握实权的大东家”，“国家给予人们的福利竟要通过这些人的手，他成了恩赐者，施财的富豪”，权力 / 房子之间潜伏的制约关系在小说中得以集中体现，当权者将稀缺的“房子”资源作为筹码来满足个人的私利，然而谁也不敢怨怪他，“因为他手里有房子——生存的空间掌握在他手里。他是得天独厚的”。掌权者将国家和人民赋予他们的权力转换成获取个人利益的资本，权力决定了一切。

晓剑的短篇小说《本市市长无房住》[1] 则更是以一个荒唐的故事对权力之争导致的住房归属矛盾予以尖锐的批判和讽刺。小说标题可以说因为离奇而有些耸人听闻，任何一个有基本生活常识的读者都会立即对这个事件的真实性产生怀疑——这可能吗？因此了解故事内幕的好奇心就会油然而生。其实新市长何如冰之所以屈尊住在危房里，并非真的没有房住，他一上任就分到一套四室一厅的新房，但他不去，他想住的是象征身份地位的豪华的“市长楼”，使用只有市长才有的“居住权”。作为权力置换和政权更迭的直接见证和载

[1] 收入《〈小说月报〉第二届百花奖获奖作品集》，百花文艺出版社 2001 年版。

体，市长官邸自然“身世”非凡：

> 那是一座二层大理石建筑，它的诞生可以追溯到本世纪二十年代，是一个德国人为当时一个自封为本市都督的军阀修建的。里面全部使用橡木板护壁，一切金属部件都是黄铜的。窗子共有四层，两层玻璃，一层纱窗，一层百叶板，大理石的墙的厚度使整座小楼都会冬暖夏凉。一楼有会客厅、书房、餐厅、厨房、客人卧室，二楼有卧室、会客室兼起居室，楼上楼下都有带澡盆的卫生间，由地下室的小锅炉供应热水，还有一个全封闭式的大阳台。

市长官邸作为权力/身份具体“意指代表”的符码，它以豪华的设施、深厚的历史感象征了市长至高无上的权力，而老市长作为这个城市资格最老的干部，他心安理得地把小楼的钥匙依然握在自己的手里。市长楼没有随着权力的移交而同时移交，矛盾因此产生。新任市长并非一个贪图享受之辈，但是“即便老实得像傻瓜一样的人，一旦沾上权力二字，也可能会一下子变得狡诈起来”。另外，何如冰又是“一个典型的中国封建士大夫的后代，具有中国知识分子的一切优点和一切劣根性”。小说这样解释他坚持住危房的古怪行为的理由：“他必须住到那里，只有在那座大理石小楼中起居的人，才能显示出一市之长的身份和权威。否则，他将被人嘲笑、欺负。作为知识分子，他是极其讲究面子问题的。荣誉的骄傲。”而老市长也有自己的面子问题，他若被自己提拔起来的人赶出市长楼，还有什么颜面出现在本市的大庭广众之中？！“于是，新市长为了获得舆论和同情，就坚决住在摇摇欲坠的破房子里，每天晚上在那里接待各方来访者，还和建筑设计院的工程师们在他那张开裂了的饭桌上研究全市的整体规划。”最终象征权力地位的“市长楼”的归属问题因为报纸推波助澜地披露而升级，老市长因被迫搬迁、心脏病发作去世。新老市长之间的“争房之丑”，也成就了小说中市日报社新闻部主任“我”和貌似老朽而实际上更为老谋深算的报社主编的职务升迁。小说毫不留情地揭露了官场上堂皇声誉表面之下，为权力的象征符码——“市长楼”进行“你死我活”争夺的残酷现实，“房子”巨大的所指远远超越了其能指的基本含义。

因此，我们不难理解，为突出《钟鼓楼》里的某局局长张奇林具有一个“好官”（如无私为民、吃苦在前、享乐在后，冷静睿智）的优秀品质，小说特别强调了其将单元房让给别人住，而自己却和普通百姓一起住在四合院里这一“殊异”的举动，并用大量细节渲染了四合院的居住条件是如何给这位局长带来了生活和工作上的诸多不便。[1] 在特定的中国住房状况艰难的条件下，对待住房——这个生活中占据比例最大的物质消费品的态度和与此相适应的生活方式，竟然成为高度赞赏一位优秀官员的充足理由。住房作为一个身份 / 权力“意指代表”的符码意味可谓浓厚。

而在扎西达娃这位先锋派小说家的笔下，《古宅》则是以魔幻形式写作的新神话。古宅在扎西达娃经过抽象还原的设计中被当作

[1] 如张局长赶飞机之前忽然要上公共厕所，在时间紧张的境况下，他还不得不换下出国服装，穿上家常裤子和鞋子出门的细节，而他却泰然自若，表现出良好的心理状态。

至高权力的象征：它的占有者（主人）在拥有政治权力的同时也获得了以性实现为代表的一切特权。贵族拉姆曲珍曾是古宅的女主人，郎钦作为最卑贱的奴隶，成了其借以发泄抛弃她的贵族公子哥仇恨的替身，她在非人性的报复中，以欣赏郎钦在性诱惑之下的巨大痛苦为人生乐趣。当郎钦作为互助组组长、贫协主任、人民公社社长成了古宅的新主人时，古宅主仆的地位相互颠倒，使拉姆曲珍反过来变成郎钦的复仇对象。尼采以哲学来探究道德的本源，认为它是权力的仇恨的驱力；扎西达娃则用文学揭示出其间的秘密。在另一种意义上，古宅也是历史阶段标志的隐喻：拉姆曲珍做主人的古宅—郎钦做主人的古宅—改为公社粮仓和办公室的古宅—重新归还拉姆曲珍的古宅，均是对不同历史阶段的一种抽象还原。他似乎看穿了权力与人性间某种荒诞的必然，于是让笔下做古宅女主人的拉姆曲珍为恶德所浸淫，使后来失去古宅并被打入十八层地狱再踏上一只脚的拉姆曲珍拥有永不衰老的美貌，当住宅失而复得，她又在一夜之间变成一个垂死的老妇。“房子”成为权力置换和政权更迭的直接见证和载体，权力与人性的深刻关系在这座古宅里被作家以魔幻现实主义的方式深刻展现。

第三节 有限生存空间对人性的损伤

“新时期”文学的主要特征，在于知识分子重新进入社会良知的角色，坚守一种启蒙主义的精神立场。人道主义和自由思想等口号的陆续提出，逼使文学重新关怀社会和人类的终极意义，对人的尊严的尊重被重新强调，保护私人性，拥护个人的自由和解放……尽管在整个“新时期”文学中，仍然伴随着程度不等的悲观情绪，但总的来说，则涌动着一股理想主义的激情，人的尊严的尊重、自律、人性和自我发展，这四个被斯特尔·卢卡斯称之为“个体主义的核心价值”的基本概念，在当代小说中我们看到了它们的蓬勃发展。[1] 个人主体性的张扬在新时期成为一个时代的标志，“人”的寻求一直是“新时期”小说最为明确清晰的走向，也是“新时期”作为一种话语建构的最为引人注目的“区别性特征”。这种“个体主义”话语的崛起是以一系列席卷整个文化思想界的论争为中心展开的。从 1978 年有关“伤痕文学”的论争开始，直到有关“人道主义”及“主体性”问题的大讨论，都明确地喻示着“个人主体”话语的迅速崛起。这种巨大的超验的乌托邦与意识形态在文化中的表现十分明显。“个人主体”的伟大叙事既是追求现代化所必需的“个性化”的前提和基础，也是赢得国家的发展而进行努力的前提。这个“个人主体”的元话语的崛起乃是 1949 年以来的当代中国文学发展的一次大转型。[2]

要写好人，作家一定要坚持“把人当作人”。这对自己而言是要能够维护自己人格的独立自主；对他人而言则是知道尊敬人、同情人。钱谷融的《论“文学是人学”》最后得出这样两个结论：（一）人性大于包括阶级性在内的人民性；（二）人道主义原则高于包括现

[1] 蔡翔：《日常生活的诗性消解》，第 1、67 页。
[2] 张颐武：《从现代性到后现代性》，第 9—10 页。

实主义在内的文学创作原则。作家刘心武最初从轰动一时的《班主任》开始，总是关注着社会生活中举足轻重的重大问题，但刘心武也逐渐认识到：“在每一篇新作品中，强使自己提出一个新的、具有普遍性和重大社会意义的问题”，这样就会愈写愈吃力、愈勉强、愈强己所难，甚至一直写到腹内空空，感到枯竭。[1] 他对文学功能的认识，由直接解决社会问题渐渐转向塑造人的心灵，“要求作家通过几篇作品解决生活中一些重大的社会问题，实际上是不可能的。……它的作用主要不是在解决问题上，文学作品更重要、更持久、更独特的作用是陶冶人的灵魂，进行心灵的建设。它可以使你更自觉地意识到你是一个大写的人。”[2] 刘心武的文学观念、文学把握生活的独特性、文学的美学价值和社会功能，突出于其中的是“文学是人学”这一命题。

《立体交叉桥》[3] 就是刘心武以人道主义情怀来关注“人”的生存状态、挖掘人性、探索人类灵魂世界的作品，小说深层地思考了“生存空间与人”的自然、社会各方面的关系问题。生存环境与人的生存质量、生存状态密切相关，生物学家阿利氏认为，个体空间的保持具有重要的生物学意义。[4] 卡尔霍恩有一项著名的试验：在一定空间内，当小白鼠的密度过高时，就会产生所谓“行为堕落”的反应，如流产、异常不安、同类相食等等。环境心理学认为，作为高

[1] 转引自冯骥才：《下一步踏向何处》，《人民文学》1981 年第 3 期。
[2] 《艺术个性浅谈》，《福建文学》1981 年第 1 期。
[3] 原载《十月》1981 年第 2 期。
[4] 华东师范大学等四校合编：《动物生态学》，人民出版社 1987 年版，第 58 页。

级动物的人，同样有生存空间与安全距离，一旦人口密度过高，个人的生存空间受到挤压至极限，人的心理上的安全感、完整感就会丧失，[1] 精神恍惚，心浮气躁，无法体察他人的喜怒哀乐。失去尊严，失去自我，失去体谅，甚至出现麻木迷狂的扭曲心态和种种反社会行为，难以形成与保持完整的人格。主体的人失去自由空间的痛苦对人性的折磨和心灵的伤害是巨大的。“自由是希腊人所说的eudaimonia（幸福）的一项基本条件，而所谓的eudaimonia是指取决于财富和健康的客观状态。贫穷和体弱多病意味着一个人受制于物质的必然性……”[2] 物质的贫乏使得“人”肉体“生病”，也使得“人”的精神“生病”，导致人格的萎缩和病态的心理。来自物质的匮乏造成的人性的和精神上的损害，这无疑造成俗世中人的不幸和沉重的悲哀。

《立体交叉桥》这部反映家庭生活的小说中充满了紧张的戏剧情节：一个星期六的晚上，在一间16平方米的小屋里发生着争夺住房的一系列激烈冲突。小说以主人公侯锐的“内视角”讲述了发生在普通人家的悲剧故事。作为知识分子的侯锐心中有着太多的痛苦和烦闷：拥有北京这个大城市的户口却在农村中学教书，一干就是20多年，想回城却“一无钱二无权三无门路”；他曾经“心中充满玫瑰色的意念，决心扎根农村，为在农民子弟中普及中等教育干一番事业”，但他的人生理想和引以为自豪的奉献的价值观受到了

[1] 赵长城、颐凡若：《环境心理学》，甘肃人民出版社1990年版，第118—188页。

[2] 〔美〕汉娜·阿伦特：《公共领域和私人领域》，汪晖、陈燕谷：《文化和公共性》，上海三联书店1998年版，第64页。

现实无情的否定和质疑；尽管住房已经拥挤不堪，却因为不能放弃北京市户口，“保持一点不可不有的独立性”而和妻子孩子占据只有 6 平方米的小屋，与父母、妹妹挤住在 16 平方米的家里，对此他充满了惭愧和歉意；弟弟侯勇同样是因为需要回京，必须和哥哥一家争夺这个小小的蜗居的居住权，他甚至希望把妹妹快点嫁出去，就是送到精神病医院去也好。侯锐的同学蔡伯都尽管已经是“专业编剧”而且颇有名气，可是这样一个不会利用关系的传统知识分子也同样住在与他的名气不成比例的房子里，而且还是经过领导再三考虑“画圈”之后定夺下来的。令他不解的是，他那毫无作为的老同学葛佑汉之类的平庸人物却能够一而再再而三地换到宽敞的楼房单元，而且日子过得非常滋润；这都是令侯锐气愤不平、困惑不解的现实，但他必须面对这些无法躲开的生活的“烦”，让神经一再承受粗粝现实的打磨。在侯锐与青梅竹马的小学同学傅燕敏谈恋爱之际，他的诗情画意却常常遭到傅燕敏冷静而理智的现实问题的消解，使得恋爱情境变得十分滑稽。她对他的考虑远不是从文学和美学角度出发的，她对介绍人说：“他能调回城里来吗？他家没房，我们在哪儿结婚呢？”[1]

《立体交叉桥》汇集了 20 世纪 80 年代城市生活的全部图景，小说以“住房问题”为核心，把住房问题与工作调动、婚姻恋爱、伦理道德、历史、现实与未来……乃至人生抉择等联系起来，使这场冲突具有丰富深刻的社会意义。刘心武从现实中取材，重在凸现人

[1] 叙述人对傅燕敏的态度倒是宽容和理解的，认为这不能怪她，因为生活本身就是这样“实际”。

物内心世界的丰富性，人物心灵深处的躁动不安、矛盾、痛苦。16平方米的小屋，兄妹三人都有充分理由占据它，便产生了相互的反感和争执。但血缘关系、伦理观念、文化教养又都在使他们尽量避免矛盾冲突的发生。这座逼仄狭窄的住房，必然决定了居住其间一大家子人的生活方式和居住形态。“这屋里的一切绝不意味着贫穷，甚而可以说是富有一种甜腻腻的小康气氛。然而那种拥挤和壅塞的感觉，的确比贫穷更令人感受到一种莫可名状的窘迫。”兄弟、兄妹、叔嫂之间相互的排挤和尖锐的矛盾潜藏在这有限困窘的空间中，冲突是一触即发。小说的高潮处就是全家矛盾公开化、从激烈争吵乃至升级到动手的情节，写得十分精彩，而触发矛盾的原因则是晚上一家人三男三女、老少三代如何睡觉的问题：

> 这三男三女之间存在着两层理应互相回避的关系：公媳之间，叔嫂之间；而两层关系中的核心人物正是白树芬。白树芬带着小琳琅一到家，听到了侯勇也已回来的消息，心里就开始盘算当晚的睡法了。当然只好采取“合并同类项”的方法。因为里屋床位比较充裕，所以男性成员自然应占有里屋，而她和婆婆、小琳琅则合睡在外屋的大床之上；他们进了里屋以后，把中间的门反扣上，外屋的三位妇女才好脱衣入睡，这方案本是切实可行的。但现在侯勇宣布他要出去，现在已八点多钟，按他外出的惯例，在外头总要耗两三个小时以上，因此，他很可能要十一点左右才回来，这样，三位妇女要么得等他回来才好入睡；要么就得作出这样的决定：三位妇女睡里屋，三位男

子睡外屋。外屋只有一张大床，父子三人得横着睡，把脚搭到拼过去的椅子上，那当然是很不舒服的。白树芬叫住侯勇，就是希望他表个态，或表示不会太晚回来，或表示“你们女的睡里头吧！”

侯勇的粗暴态度终于“引爆”了压抑已久的矛盾，白树芬对侯勇的自私心理洞若观火，她并不因为侯勇的蛮横粗暴而害怕和忍让，或放弃自己的尊严和权利；而侯勇由于私心膨胀和内心的烦躁，以及自恃在家中的“特殊地位”受到嫂子的轻视而丧失了对问话真实意图的基本判断能力，导致了一场家庭内部的纷争冲突。但刘心武毕竟是致力于人性深处的探索的，他并不将侯勇的性格和内心简单化，侯勇也有他自己内心的痛苦和“烦”，而这种内心的苦闷却又无法与人言说，少年时代的侯勇曾经无意中瞥见了“还未熬过壮年阶段的父母理应避讳儿女的行为”，这使他受到了巨大的震惊和心灵伤害，“这是一种可怕的启蒙。那个夜晚过去之后，天明一起床，侯勇便仿佛变了一个性格”。而妹妹侯莹精神不正常的举动，又何尝与这个家的环境无关呢？“社会学家注意到，个体在一定面积上的过分集中正在引起个体的习惯行为发生不同的偏差。现代住房应该避免使人们感到拥挤，否则，它就会成为精神病和犯罪的因素之一。”[1]

这场天翻地覆的争吵过后，一直令人憋闷的东西似乎得到了暂

[1]〔法〕让－欧仁·阿韦尔：《居住与住房》，第132页。

时的解脱和发泄，但是问题能够就此解决了吗？“生存的危机”促使侯锐这样善于思考的知识分子必然要寻找问题的根源，以期尽快接近想象中“璀璨的前景”。人与人之间的关系是受生存空间的大小和结构布局限制和决定的，这是侯锐对问题思考得出的结论。“在这茫茫都城之中，有多少人享有着七点五平方米以上的居住空间？又有多少个人家仍然是每人只平均占有三平方米，乃至两平方米的居住空间？看起来，过多或过少地占有居住空间，都会造成精神上的畸变；那么，究竟一个人应占有多少平方米的空间，才是恰当的呢？……”如果降低个人对空间的要求，是否社会就会变得相对纯洁，人际关系变得相对美好呢？当人们有了足够的生存空间，是否还会产生另外的问题呢？“生存空间与人”的关系并不因主人公的努力思考而获得清晰的答案，未来的趋势依然难以预料，“但未来总是应该比现在的局面好”——这是主人公坚定不移笃信的历史发展规律，他仍然对未来充满信心和希望。

“发展问题乃是中国作为第三世界民族的最为巨大的焦虑。”[1] 在经历了“文革”忽略物质生产的极左选择之后，中国“现代化”的强烈诉求再次变为一个民族的整体性目标。人们从封闭的社会环境和禁欲主义的生活方式中挣脱出来之后，多少年来蓄积、压抑以至变形的生活愿望打破了心灵上的知足常乐的平衡。16 平方米的小屋过去使人们觉得安谧、甜蜜，但在一栋栋高楼大厦崛起之后，在对立体交叉桥的期望中，它变得拥挤不堪；立体交叉桥是实物也是象

[1] 张颐武：《从现代性到后现代性》，第 5 页。

征。为狭小的空间压抑着的千千万万的北京市民们望眼欲穿地将希望寄托于即将开工的“立体交叉桥”建设工程所需要的拆迁。“立体交叉桥，这意味着将有限空间向宽阔处开拓，意味着将拥挤的人流向开阔处疏导，意味着给人们提供更多的空间，在人与人的关系上提供更多必要的回避机会，因而也就意味着抚慰、平息大量因空间壅塞而感到压抑与痛苦的灵魂！”作者对城市发展和时代变革发出真挚而意味深长的呼吁，当然这种呼吁和期盼仍然是基于对狭隘、浅薄、自私等“恶”的人性的改变目的之上。在“文革”时代极端的社会控制之后，“人”的话语再度置于文化的中心。有评论者认为，刘心武不去杜撰那宣扬抽象的人性、人道主义的虚假离奇的故事，而是稳健地探讨社会主义的人道主义，“刘心武主张用‘爱’，用善良、宽厚、谅解、温柔、信任、尊重来调整我们人与人之间遭到破坏的关系，这种努力无疑是积极可取的”[1]。

“人道主义”、“人性论”，从严格的理论意义上属于欧洲文艺复兴运动、启蒙运动的思想成果，并且已经成为现代社会的精神支柱。“文学是人学”的题解，显然从中借助了诸多理论依据，不过，文学中的“人道主义”并不仅仅局限于启蒙思想，正如钱谷融在文章中说明的：“人道主义精神，人道主义理想，却是从古以来一直活在人们的心里，一直流行、传播在人们的口头、笔下的。我们无论从东方的孔子、墨子，还是从西方的苏格拉底、柏拉图等人的言论著作中，都可以发现这种精神，这种理想。虽然随着时代、社

[1]　刘蓓蓓：《刘心武创作印象》，《探索者的足迹——北京作家作品评论选》，北京十月文艺出版社 1985 年版，第 133 页。

会等等条件的不同，人道主义的内容也时时有所变动，有所损益，但我们还是可以从中找出点共同的东西来的，那就是：把人当作人。”[1] 这更多的是在抗拒“人的异化”，抗拒把人“化”作理念和工具。这既是抗拒现实政治生活中的极左路线，也是在抗拒社会现代化进程中那个大一统的“元叙事”。[2]“强调人性使反思的主体具有真正的历史起点”，对人性的强调接续了中国现代以来的启蒙思想，“把人当作人”，张扬个性、珍视生命。“某种意义上，80年代初期的人性论和人道主义，是对中国相当长一段时期的政治运动进行一次初步的生物学请愿。那些关于人性论和人道主义的作品，在很大程度上，是寄望于社会能给人的生物学存在留有余地……对人性最低欲望的存在给予合法化。人性论和人道并没有多高的社会理念和思想目标，但它却是为人的生物学存在找到安全保障的绝对必要的前提。”[3]

江灏的《纸床》[4] 讲述了一个关于人的最低生存欲望得不到保障而使生命遭到扼杀的故事：16岁的女儿和父母住在一间只有7平方米的小屋里，由于房间狭小，不得不和父母同睡一张床。[5] 拥挤的空

[1] 钱谷融：《艺术·人·真诚》，华东师范大学出版社1995年版，第52页。

[2] 鲁枢元：《“文学是人学”的再探讨——在生态文艺学的语境中》，《2000年中国年度文论选》，漓江出版社2001年版，第51页。

[3] 陈晓明：《表意的焦虑——历史祛魅与当代文学变革》，中央编译出版社2002年版，第27页。

[4] 原载于《中国作家》1988年第4期。

[5] 以北京为例，据报载，1988年北京的年轻人“婚后无房户”有37647户，“父母与18岁子女同室或18岁异性子女同室户”有30267户。参见朱剑红、王国诤：《住房·住房》，第21页。

间几乎使人窒息。体贴妻儿的丈夫，长年不能平躺，持久的侧卧使他胳膊经常发麻。女儿渐渐大了，母亲向小米担心女儿会发现大人之间的秘密，索性不与丈夫过夫妻生活。长久压抑之后偷情般地做了一次，结果还是被女儿发现了。丈夫觉得简直是无地自容，为此得了人为的“阳痿”。生活的贫困，住房环境的恶劣，使女儿的发育很不正常。女儿得了白血病，医药费和营养费又加剧了生活的困难。长大了的女儿一直想单独拥有一张床，可是一直没能实现。在她病危的时候，她仍然在一遍又一遍地重复：“妈妈，我不要营养药，我只要一张床。”而这个家终于未能搞到房子。女儿火化后，向小米拿出那份要求分房的申请，慢慢地、仔细地叠了起来，叠成了一架纸床，放在女儿骨灰盒的下面，“女儿到阴间，才终于有了自己的一张床”。

一位尚未成年的少女步履艰难地走完了阴沉忧郁的生命之旅，且一直没能找到自己在人世间立足的位置，直到她离开了这个世界之前，仍然“觉得自己是多余的人”。她对父母的唯一要求就是有一张可以独处的床。她甚至没有奢望能有一间自己的屋子。这恐怕是一个少女最最低微而可怜的生活要求了。即便如此，这样一个丝毫不过分的要求竟然在生命的尽头也没能够实现，她的死也不能说与她长久的歉疚心理无关，她总是认为是自己的存在才导致父母生活的艰窘。为了这一张床的位置，夫妻二人东奔西走，求告无门。丈夫不得不放弃刚学到的专业而去“跳槽”，可又无钱买礼物当敲门砖。为了知识分子的尊严母亲不肯让那位庸俗不堪的“倒爷”承包她的知识，于是女儿的悲剧注定成为定局。如果说这是悲剧，这确实是中国知识分子面对生存危机时无能为力导致的悲剧。

第四节 物质话语在当代文学中的复苏

一、物质话语的失语与意识形态的道德化准则

在19世纪欧洲的经典现实主义作品中，物质欲望一直是一个文本存在的最原始动力。但在中国20世纪初“现代性”确立了自己以精神性、思想性、心灵性、理性为业的使命意识，对日常生活以及物质对人心灵和思想“腐蚀”的危害充满高度戒备和警惕性，这种“超物质化”的思想，即理想的人生模式必须以否定个人的日常生活为前提。1949年新中国成立以来当代文学的现实主义作品中，许多文本虽然也以人的衣食住行等“物质话语”作叙述基础，却并不注重物质的存在和发展逻辑，思考物质对于社会、人性的建构或瓦解作用，而是更加强调个人对集体的献身，个人的解放必须服从于整个社会的解放，更为激烈地批判人对“物”的欲望和追求，“反物质”甚至成了唯一应该“正确选择”的价值观和道德倾向。一切私人性的欲望，即便体现在日常生活上，也是可耻甚至是可怕的、不道德的，人对“物”的欲望必然导致道德的堕落进而危害社会。文本中的物质话语并没有承担着表现生活、塑造人物的自然使命，它所表达和所要阐述的是社会主义制度下的道德理想和人生价值标准。这种浪漫主义的乌托邦倾向一直延续到80年代中期的文学创作。

1964年3月31日文化部在北京举行了1963年以来优秀话剧创作及演出授奖大会。受奖的16部多幕剧中，以《霓虹灯下的哨兵》、

《年轻的一代》、《千万不要忘记》为代表，这三部戏都对生活细节表现出了紧张和焦虑，表现出了对城市的“物”与“欲”和人的享乐倾向的恐惧和排斥。对剧中人物思想行为的臧否鲜明地传达了当时社会主义思想文化的立场和判断。作者明确地表示了对“物”本身及其追求欲望的否定，要求个人生活的透明性，夸大了生活的道德化性质。倡导一种人与社会、公共空间与私人空间“建立起意义的连续性”[1]。每出戏都有一个道德楷模和精神导师，道德楷模在精神层面“动之以情”，精神导师则在理性层面“晓之以理”，他们共同构成了时代的精神品格和道德目标。

《千万不要忘记》中季有良从废品堆中找绝缘云母带，这种对“物”的迷恋是为车间、为公共社会聚敛财富，因此是高尚的；而他拒绝车间工会给他的困难补助，表明的恰恰是对个人“物欲”的拒绝。季的生活完全同公共社会联系在一起，他的生活是可以自豪地向公共社会诉说的，因为他是“道德”的。而作为与季有良相对比的人物，丁少纯的私人生活则充满了“可鄙的物欲”，从他个人生活的场景中我们可以看到：在丁少纯的新房里，挂着姚玉娟“比真人脑袋还大”的彩色头像，有双人床、穿衣镜、五屉柜等。虽然在今天看来它不过是一间新房，而在当时的文本中，这间新房“现代化”生活隐喻着它的主人对物质世界的向往和沉醉。新房所散发的温馨气息中隐含的是对城市“资产阶级”生活方式的追求，因此，这新婚的居室并不是作为一个“美好”的场所而被展示的，相反它却是

[1]　唐小兵：《〈千万不要忘记〉的历史意义》，见《再解读》，牛津大学出版社 1994 年版，第 61 页。

以一种“恶俗”的面目被用作批判丁少纯的材料。作者通过对“物”的道德批判否定了对“物”的现代化追求，国家的现代化与个人生活之间似乎不存在必然的关系。

同丁少纯的居室不同的是他父亲丁海宽的居室，同一屋檐下却有两个世界。作为车间主任，丁海宽的屋子“陈设和丁少纯的屋子大不相同，显得简单、适用、朴素”。在道德层面，丁海宽的私人生活空间是被肯定的，这里对“物”的欲望在最大程度上淡化了。观众在这里“窥视”的是一个不具私密性的“私人”空间，它没有“现代”奇观，没有欲望的对象物，它也“是一个充分取消了私人空间的集体性场所，是权威的所在地的同时，也是意义的源点”[1]。后来受到现实生活“教育”的丁少纯，在这里“宣布要‘重新生活’，一个不再具有私人属性的室内便取代了他自己的家，使他在象征意义上（或者说重返）属于父亲的公共空间的同时，也使得这个取消了内在性的家庭空间成为范式和准则”[2]。

神圣使命的社会性乌托邦追求，人的日常生活叙述掺杂着的理想主义倾向一直延续至80年代。80年代的知识分子普遍具有一种“社会良心”的角色自恃和社会意识，强调对社会的改造，他们按照“文学来源于生活而又高于生活”的现实主义创作原则，怀着强烈的世俗关怀以及知识分子的责任感来反映现实和书写现实。

《人到中年》里陆文婷和傅家杰夫妇是以事业为重的典型知识分子，他们具有知识分子“安贫乐道”的传统思想。对于物质生活，

---

[1] 唐小兵：《〈千万不要忘记〉的历史意义》，第62页。

[2] 同上书，第63页。

她和傅家杰都没有过多的期求，他们视为珍宝的是属于自己支配的时间。他们的家是个仅仅 12 平方米的小屋，结婚后的每个晚上，陆文婷占据了唯一的一张三屉桌，阅读国外眼科的文献，傅家杰伏身于床边的一摞箱子上，研究他的金属断裂专题。有了两个孩子之后，他们仍没有改变夜夜攻读的习惯，不过珍贵的三屉桌的优先使用权已让给了上小学的园园。……为了使丈夫有时间早出成果，陆文婷让他搬到研究所去住。尽管物质待遇如此糟糕，但他们并没有大发牢骚，他们心中放在第一位的是事业和工作，小说成功地塑造了陆文婷这个含辛茹苦、默默奉献的中年知识分子的形象，她以牺牲个人的生活幸福和身体健康为代价，抱着对国家无限忠诚和热爱以及对救死扶伤医疗事业的崇敬之情，将自己的专业爱好与祖国的医学发展联系在一起；她医术高超、医德高尚，具有高度的社会责任感；她身居陋室，任劳任怨，不计名位，不计报酬，默默地忍受着生活的熬煎，直至身体到了像“金属断裂”的疲劳程度，最终累倒在手术室里。她体现了中国知识分子刻苦耐劳的献身精神。

人本主义心理学家马斯洛指出：自我实现的人的生活是由“超动机”支配的，可是，在马斯洛的估计中只有百分之一的人能够自我实现，原因是由于超越需要的存在价值，处于人类需要等级的顶端，与所有的比如生理、安全、归属等需要相比，它是最嫩弱的，最微妙精细的，因而很容易在习惯、文化压力以及对它的错误看法下受到阻抑。马斯洛认定，有一种人可以靠着个人信仰（价值的）“内引导”，去抵抗消极文化或环境同化的品格。《人到中年》在委婉细腻的心态描写中，展示出普通、平凡的知识分子“自我实现”的积极内心需求和高尚圣洁的灵魂。

前面提到的报告文学《海河边的小屋》具有80年代初典型的理想主义叙事格调，充溢着积极乐观的时代精神的主题。容易引起人们感伤的日常生活细节都没有在叙述中得以充分展开和渲染，作者有意地控制了这种“有害的感伤情绪”的滋长，只是把它作为烘托先进人物“克己奉献”高尚的精神品质而作的必要铺垫，并宣扬以一种乐观主义、社会主义的道德理想去克服物质生活中的诸种困难。四弟和弟媳为了更新的一对“新人”结婚，只能忍受新婚不到一个月便分居的无奈事实，弟媳的哭泣就是对居住空间/物本身对自然人性和生存权被无情剥夺、精神和心理上受伤害的无言诉说，然而对欲望的抑制、对物质贫困乃至损伤人性的逼仄空间的忍受，在这里却被想象和提升为一种高尚的精神品质：奉献、克己、禁欲等高尚的道德准则。靠着这种强大的道德力量，以淑云为“精神楷模”的家庭才艰难地跟随国家经济发展的步伐一点点过上“好日子”——终于等到了分房的喜讯，入住新的楼房，尽管面积在今天看来仍然不够标准。新房是分配给淑云夫妇的，但在新旧住房的选择面前，她一贯的高尚品德使她再次把房子出让给家人居住，但是从另一方面来说，这仍然是她唯一“正确的选择”。在中国文化传统中提倡“礼让”的自我牺牲精神、孝悌观念，而她长媳的身份，使她不得不再次压制个人的物欲渴望。这种自觉的行为因为符合传统道德和社会主义新道德的要求，更加具有了道德楷模的典型性并赢得世人的尊重，成为被宣传和呼吁人们争相学习的“新闻人物”。

当代文学的审美、娱乐、教育三种功用之一的“教育作用”曾高居于其他两种功能之上，文学被提到等同于“生活教科书”的高度，发挥着“灵魂导师”的重要作用。报告文学《海河边的小屋》中这个被高度赞扬的先进人物，她在“房子问题”上体现出来的“高风亮节”成为被宣传和倡导的精神品格。似乎人物的舍己为人的高尚品格可以暂时缓解具体的物质困难。以非物质的抽象的“道”或以道德、人格品质来应对实际问题，一度成为当代中国人解决物质困难的有效方式。

王安忆写于1979年的短篇小说《本次列车终点》，同样是采用了“人的精神力量”克服物/屋匮乏的“超物质”的理想主义叙事模式。上海知青陈信从新疆回来，十年在外漂泊的生活使他对上海、他生长的家朝思暮想，甚至错过了他所爱慕的姑娘。终于陈信以顶职的方式重新落户上海，他怀着回家的幸福和满足开始了新的生活。但是，很快他就发现他时常觉得心里有空虚之感，十年来对家的思念和为回家而进行的不屈不挠的奋斗终于有了结果，但是，一旦目标实现了，他却感到了不习惯。“回家”给他带来的幸福感很快被现实生活一点点侵蚀了。首先是他对上海市拥挤的生活现状感到不适应。公共汽车上人满为患，而窄窄的街道两旁的住户同样是极度拥挤：

> 街两边满满地坐着人，有的在洗刷马桶，有的烧饭炒菜，有的织毛线衣缝衣服，有的看书做作业，有的下棋打乒乓，还有的在铺板上蒙头睡觉……把小小的街面挤得更窄了。他转头左右看看，两边的屋子像是鸽子笼，又像是口琴的格子。又小

又矮，从窗口望进去，里面尽是床，床，大的、小的、双层的、折叠的，因此一切娱乐、一切工作、一切活动不得不移到室外进行。要是上班的都下班了呢？要是下雨下雪呢？要是儿子大了要结婚呢？要是……原来在五彩缤纷的橱窗、令人眩目的广告和最新电影预告的后面，却还有这么窄的街，这么挤的屋，这么可怜的生活。看来，上海也并非想像中的那样完美。[1]

陈信和弟弟就住在天井里的“违章建筑”中，随着他要建立自己的生活——找对象、考虑结婚的事宜，住房的矛盾便开始赤裸裸地困扰这户原本和睦的人家。哥嫂先提出分户口，以此想将22平方米的客堂留给自己和孩子，因为“没有房子是不会让他娶人家女儿回家的”。陈信逐渐感到了苦恼郁闷和困惑，他想要的并非物质上的满足，他所珍视的是一家人的相濡以沫，暖融融的、温馨的亲情，他为了这个而奋斗、等待，但是“上海，是回来了，然而失去的，却仍是失去了”。

即使生活充满了由生存空间所造成的家庭、社会、人与人之间的新问题，但陈信仍然坚持思考的是“人生的目的是什么”这样严肃而高深的哲学问题。他苦苦反思自己的人生之路，劝诫自己要将追求的目的地扩大一些，好好想一想人生的路到底该怎样走。作者仍然本着理想主义的激情宣告人生的“又一次列车即将出站”，即使未来仍然充满了未知的不安定感，但是叙述人的语气仍然是乐观昂

[1] 王安忆：《酒徒》，江苏文艺出版社2003年版，第10页。

扬的：“他相信，只要到达，就不会惶惑，不会苦恼，不会惘然若失，而是真正找到了归宿。”

然而无论是社会主义新的道德楷模，还是依靠“超动机”的自我实现的“内引导”，相对于强大的经济现代化的诉求来说还是显得过于“虚无”和缥缈。在80年代后期的知识分子中，这种社会性的乌托邦追求普遍遭到了怀疑与拒绝。

二、物质话语的典型个案：《贫嘴张大民的幸福生活》

自20世纪80年代以来，“以经济建设为中心”已成为社会的主导思想和全民的共识，发展经济的合法性的确立无言地宣告了意识形态神话的终结。到了90年代，80年代精英阶层的“光荣与梦想”已逐渐低落下来，而大众在商品化的社会中逐步找到了自己的身份和主体，不再听凭知识分子的启蒙和引导，“知识分子群体本身也受到了巨大的冲击分化，生活使他们意识到，真正的危机也许不是话语的危机，信念的危机，真正的危机是生存的危机”[1]。

蔡翔在他的《日常生活的诗意消解》中从新写实、先锋派作品在80年代后期的崛起现象入手，详细分析了精英文化的“失望情绪”蔓延和发展的思想根源与历史背景。他指出：“八十年代后期（尔后继续蔓延到九十年代初），中国知识分子在文学中的一个显著特征，在于其理想主义激情的日渐式微以及从‘意义’（或真理）范畴中的

[1]　孟繁华：《众神狂欢——世纪之交的中国文化现象》，中央编译出版社2003年版，第28页。

陆续撤离，终极价值及其相关的伦理体系日渐沦丧，寻找（回归）‘意义’的企图因为后现代理论的引进，而成为一种‘逻各斯中心’开始受到解构，同一性受到严格的挑剔和怀疑，从而造成一种‘意义缺席’的喧闹局面。而在缺乏一种基本信念的支持下，商业文化相继侵入。人们开始关心自己身边的日常琐事，并把它作为人的唯一存在实践。”[1]“八十年代后期，理想主义的激情在悄悄撤退，撤退的标志在于，个人对世界不用进行纯粹精神的探索，乌托邦受到怀疑和拒绝，超越此在的努力成为一种徒劳无益的行为，生活还原为一种人的日常性存在，琐碎而又艰辛的日常生活磨损并淹没了人的精神追求，对现实的抗争转化为与现实的妥协与无奈认同。”[2]蔡翔认为，由于（精英）文化的失望情绪导致作家们“拒斥彼岸，亵渎神圣，对理想主义或者乌托邦往往采取一种近于嘲谑与调侃的态度”。他们在对生活的观察上强调返回“事物本身”，而所谓“事物本身”就是“复杂得千言万语都说不清的日常身边琐事”[3]，是一种未加知识分子理想“装饰”（詹姆逊语）的日常生活，是一种人的衣食住行的基本物质状态的“冷面”摹写。[4]

以新写实主义风格著称的刘恒写了《狗日的粮食》之后，“粮食问题”作为一个人类生存朴素而根本的问题为人所重新思考，而《贫嘴张大民的幸福生活》（以下简称《贫》）则又选择了国计民生中

[1] 蔡翔：《日常生活的诗性消解》，第146页。

[2] 同上书，第139页。

[3] 刘震云：《磨损与丧失》，《中篇小说选刊》1991年第2期。

[4] 蔡翔：《日常生活的诗性消解》，第17页。

另一重要的方面——“房子问题”，再次将人类生存所面临的无可避免的无奈和悲哀现状呈现在世人面前，“房子”是人类生存必需的一个空间，它的重要性绝不亚于用于果腹充饥的“粮食”。当“空间危机”长时间地成为悬在人类生存上空的一柄利剑，人就会为此而紧张焦虑、烦躁，生活状况、生命情调也会随之而变得黯淡无光。没有房子，人就无处栖身，没有了安全保障，生命也随之受到威胁。如何面对生存的问题，它对人的智力、毅力和生存能力都形成了严峻的考验。

《贫》作为关于“屋”的文学物质话语的典型个案，经由影视强势传媒的传播而在社会上引起广泛的反响。刘恒这位关注普通人，特别是下层老百姓的生活与命运的作家，向我们展示了普通锅炉工一家八口的一段生活历程，刻画了张大民这个性格鲜明的人物形象。一时间“张大民”的名字成为一个典型中下层中国男性的象征符号。张大民只不过是一个普通的中国男人，客观来说，他连一个“普通”男人的标准都够不上——他又矮又胖，走路的时候像一个球在滚动；他不聪明，学习不开窍，因此只能接父亲的班当一名保温瓶厂的工人。除了嘴贫，他几乎一无所长。随着他成家立业，之后弟弟的恋爱结婚，“住房危机”一次次威胁着他的“幸福生活”，但他神奇地将几乎绝无可能解决的危机化解了，虽然过程就像一出“荒诞派”戏剧。

小说对张大民的家有一段细致入微而富有生活色彩的调侃式描述：

张大民家的房子结构啰嗦，像一个掉在地上的汉堡包，捡起来还能吃，只是层次和内容有点乱了。第一层是院墙、院门和院子。院墙不高，爬满了牵牛花，有虚假的田园风光，可以骗骗眼花了的人。院门松松垮垮，是拼成一体的两扇旧窗户，钉着几块有弧度的五合板，号码都在，告诉来人它不是一般的木头，它是大礼堂的椅子背儿。推开院门，里面是半米深的大坑，足有4平方米。左边支着油毡棚，摆满了蜂窝煤，右边支着一辆自行车，墙上挂着两辆自行车，自行车旁边还挂着几辫儿紫皮蒜，蒜瓣儿底下搁着一个装满垃圾的油漆桶。张大民家的人管这个填满了的大坑叫——院子。第二层就是厨房了，盖得不规矩，一头宽一头窄，像个酱肘子。这是汉堡包出油的地方。前后窗，左右墙，头顶上，脚底下，全是黑的和黏的，怎么擦也没用。灯泡永远毛绒绒的，吊在电线上，像个长也长不大的瘪茄子。厨房的门槛不错，有膝盖那么高，水泥很厚，怪怪的，像一道水坝。穿过厨房就进了第三层，客厅兼主卧室，10.5平方米，摆着一张双人床和一张单人床，一张三屉桌和一张折叠椅，一个脸盆架和几把折叠凳。后窗不大，朝北，光淡淡的，像照着一间菜窖。最后一层是里屋，6平方米，摆着一张单人床和一张双人床，猛一看像进了卧铺车厢一样。墙上没有窗户，房顶上有个窗户，白光直着照下来，更像菜窖了。这个多层的汉堡包掉在地上，掉在城市的灰尘里，又难看又牙碜，让人怎样吃它呢？！

然而这样的住房里却住着兄妹五个和一个患了痴呆症的老母亲。当张大民结婚的时候，他和爱人李云芳必须要占据一个单独的空间，其他的人就必须挤在一个房间里了。张大民用鞋盒子剪成卡片，做成微缩家具，独自摆过108遍之后，终于严丝合缝地将一家人塞进了小小的10个半平方米的屋子里。两个弟弟睡上下铺，并且床头必须靠着嗡嗡作响的老化了的冰箱。母亲没有床睡，只能将家里的箱子拼起来凑合。而电视，最终因为实在没有位置摆放而悬挂在了外屋的梁上。

张大民“过上幸福的生活”不久，弟弟三民要结婚，家里再要摆下一张双人床的时候，张大民“觉得生活——幸福生活——让一群长了蹄子的奔腾的双人床给破坏了”。房子将他推进了死胡同，逼近了失望甚至绝望的边缘。作为长子的大民，每每都能够在家人痛苦绝望时，用一份宽容与忍让，为大家分解忧愁，为自己谋求幸福。正如刘恒所说：“我认为‘没有什么救世主’，能救自己的只能是自己。”[1] 没有一个当领导的父亲，没有关系后门可走，张大民没有像弟弟那样痛哭流涕，他教导弟弟好好干，“有朝一日让他们给你当孙子，你就有房子了，也就不难受了”。他没有多少办法，他只能不断向生活妥协，一再地退而求其次。“婚床并排在6平方米的小屋里摆放之后，6平方米的新房尽管还可以再用三合板割断，为弟弟三民又安置下一张婚床，但是，无法隔断狭小空间内彼此性生活的干扰。这两对夫妻实际上是在同一时空中生存的困窘，使张大

[1] 《文艺报》，2000年4月6日。

民……再一次深深地感到生活——幸福生活——让弟媳妇一连串莫名其妙的声音破坏了”，为了重新开辟“幸福生活”的空间，他在拆自家院墙准备再盖间小房时，与邻居发生了激烈的冲突并被打伤送进医院。张大民为了能够理直气壮地盖一间4平方米的小房，占用公用的空间不惜使用“苦肉计”，他利用他的贫嘴贬损对方，激怒邻居动手，理亏之后他就可以顺理成章地盖房了。为了一间可以放下一张床的小房间，张大民使用了他所能拥有的全部生存智慧。即使在他们的小屋里同时还生长着一棵石榴树，但毕竟“两个人又过上幸福的生活了”。

小说将无可逃遁的沉重现实生活依次在读者面前展开，可是“幸福”的字眼却一再重复出现，你可以认为是一种自嘲和反讽，也可以认为是一种洒脱和乐观，带着浓重的京味的满不在乎的胡同式话语，看似无聊而实际上不乏机智和生活智慧的调侃和“贫”，化解了那些沉重得无法承受的生存之“烦”，张大民的那些“耍贫嘴”会让人出其不意地笑，但在笑意渐消的瞬间，读者却能品味出“张大民们”那些微小而令人心酸的“幸福”到底是怎样的“幸福”。

在小说文本中，作者刘恒已经涉及了关于人的生与死的哲学命题，以及什么是幸福的形而上的思考。“中国当代问题终于眺望形而上层面，这是中国当代文学史上的质的变化。”[1] 刘恒惯于思考有关世界本原、生存、生命之类的永恒问题。其实《贫》中他并没有完全认同张大民的幸福观，尽管他对张大民乐观的、知足常乐的生

[1] 曹文轩：《20世纪末中国文学现象研究》，第365页。

活观持有赞赏的态度，我们仍然可以感到文本对现实尖锐批判的力度，并没有因为张大民的幸福感而失去了对读者所产生的相反的震撼力和冲击力。难道因为张大民能够使用自己有限的生存智慧解决了接踵而至的生存难题就可以认为，充满危机的现实存在是合理的吗？对人物的喜爱和赞赏没有错，因为那是对一种重压之下也不轻易低头的顽强的生存意志、生命力的赞美，面对悲哀的现状一味地怨天尤人、唉声叹气、牢骚满腹是于事无补的，与其消极地消磨损耗生存的希望和乐趣，不如积极主动地去求得矛盾和问题的缓解。张大民对住房的要求是如此的低微，结婚只要摆得下一张双人床；弟弟结婚只要能在家中再摆下另一张双人床；拆迁之后，只要能补间三室一厅的房子，能给儿子留出单独的一间“书房”就心满意足了——他希望儿子能有个更美好的未来，而“书房”，这个他说出来感到害羞的词语似乎就意味着将来儿子与他不同的美好人生前景。最终因为妹妹的去世，张大民一家只分得两室一厅，“无能”的张大民毕竟无力获得更好的生活了。

物质的存在和发展逻辑，物质/屋对于社会、人性的建构或瓦解作用，对人的生活态度、思想情感的影响在这篇小说中成为作者所着重表达的内涵，《贫》可以说是市场经济时代的物质话语充分得到彰显的典型个案。虽然张大民依靠一种“精神的胜利”去战胜物质困难，享受着“好好活着”的愉悦，创造着、品味着自己的“幸福的生活”，但作者其实并没有因此而鼓励大众去忍受现实的物质/屋匮乏，并不认可这一种畸形的“幸福”，而是将愤懑和批判的意味深深隐藏在调侃和游戏式的文字里，这正是作品不动声色的力量之所在，它让你感到笑的艰难与可贵。孙郁指出：“他在小说中，一再向人们暗示存在的不可理喻性”，刘恒的小说把人的精神世界深层的东西，惊奇地剖示给了当代的读者。“他在苦苦地寻找着人的生命与周围世界不和谐的根源，他在一种深切的体验和懵懂里，进入到神奇的、甚至是宿命的状态之中。”从《贫》中鲜明的调侃风格我们发现，对现实世界的披露没有使刘恒走上感伤主义的道路，“他的细腻与孤独的深层结构，却是具有着当代作家少有的形而上的意象。刘恒并不看重故事自身，而隐藏在生活表象后的那个终极的存在，对他有着特别的意义”[1]。

三、文学的物质话语 / 日常生活凸显的理论意义

每个人都生活在特定的民族文化之中，他的性格中必然积淀着民族文化的基因。中国文化从“人伦日用”出发，着重探讨人生、人伦对人类世界的促进、发展作用。强调以“人伦”治天下，形成了以“仁”、“礼”、“德”为核心的儒家文化和以“道”为核心的道家文化。这种传统文化根深蒂固并有其存在的合理性，因为“人伦日用”毕竟是人类存在、发展的基本条件，一个没有人间伦理与日常用度的人类是不可想象的。

在 19 世纪欧洲现实主义作品中，物质话语处于一个本体的地位，几乎所有作家的作品中四处弥漫的穷苦生活景象，都在揭示出

[1] 孙郁：《刘恒和他的文化隐喻》，《当代作家评论》1994 年第 3 期。

物质制度、物质秩序和物质观念对于人性存在的制约性、改造性和毁灭性。人只有在和物质话语的对话中才能显现或敞开他的命运和性格。“我们可以说这是一个潜隐得较深的‘资本’话语结构，现实主义受物质资本存在的总体氛围的制约。”[1]而中国20世纪的文学叙事一度丧失了物质话语的本体地位，虽然物质可以是审美的欣赏对象，却不会是思想的思考主体。“文革”结束后，当代文学在走出政治樊篱之后出现了转型。这里的转型一般是指从政治中心向经济中心，从农业文明向工业文明，从传统文化向现代文化的转变。这次转型因时因境不同，可分为两个阶段：1985年以前的发轫期，1985年以后的真正加速并发生质变的时期。如果说，80年代中后期的转型主要来自西方现代派的驱动，那么到了90年代，促成其转型迅速发展的无疑就是“市场经济”的魔力。经济对文学的影响是巨大的，其重要作用在于打破了大一统的“政治决定论”而强化了作家的主体独立性。

20世纪80年代末至90年代初，中国城市从里到外发生着巨大的转变，到处耸立起高楼大厦和长龙般钢筋水泥立交桥，奢华的酒店、超级商场、随处可见的巨型广告牌、川流不息的车流……象征着繁华的城市文明的物体在刺激着人们的消费意识，几乎所有的人都变得敢于公开以金钱为目的而勤奋工作、不再以为那是不道德的事情。新时期，为日常叙事奠定基调的是“新写实主义小说”。80年代后期“新写实”作为集团性的文学物质话语表达，从最人性化的

[1] 蓝爱国：《忽略与遗忘：车与屋的故事——文学“物质话语”的历史性考察》。

层面表现了平民人格和思想的物质性，这种蕴藏在物质中的人道主义情怀虽然缺乏超越性，但它显然是很现实主义的。它没有脱离物质贫困这样一个本土现实，没有脱离人之生存物仍然处于匮乏状态这样的历史事实。更何况，从物质的层面，它还必然涉及了观念、制度的合法性问题，涉及了人的合理性发展问题。作家通过对于世俗性的描写来完成对于世俗性的逃遁和闪避，承认现存生活世界的第一性地位，在那些最平凡普通的日常生活中，找到了叙事空间，把日常生活作为独立的写作领域，拆除所有精神性的装饰，以日常生活逻辑消解价值的理想状态，从日常生活层面剥露了当今尚存在的各种社会问题。

当代中国从计划经济体制转向市场经济体制之后，社会结构、思想观念和价值体系等等都发生了剧烈的变动，经济活动本身就是一个物质财富的创造活动，金钱作为它的表征和表意形式，逐渐成为价值观念和尺度，人们对“知识”的迷信迅速被金钱的神化所取代。知识分子群体也受到了这一变动的巨大冲击，随着市场经济的深入发展，随着知识分子话语方式的进一步失效，一种“世俗化”的感慨越来越集中。[1] 社会的世俗化可以说是 90 年代中国的最大变化，这一社会变化在文学作品中的表现，就是话语类型的变化，由原来一种充满理想主义色调的崇高的话语转变为一种人们熟悉又陌生的日常的物质话语。惊天地、泣鬼神的英雄史诗、宏大叙事悄然离开历史舞台，代之以对日常生活和凡夫俗子不动声色的客观描述。

---

[1] 孟繁华：《众神狂欢——世纪之交的中国文化现象》，第 29 页。

中国“新时期”以来的当代文学，对物质文化生产及日常生活的“现代化”的整体性诉求始终非常强烈，这种强烈诉求的紧迫性从80年代初刘心武的《立体交叉桥》直到80年代后期方方的《风景》、90年代刘恒的《贫嘴张大民的幸福生活》，一直到2011年丁力的短篇小说《房东》[1]……一种强烈的“世俗关怀”一直弥漫于“新时期”乃至“新世纪”文学的写作之中。张颐武在其专著《从现代性到后现代性》一书中对新时期以来当代文学所呈现出来的“现代性”特征进行了详细论述，他指出，新时期以来，“现代性”不再像五六十年代文学中所强烈表现出的对“现代化”的世俗目标的“克服”与“超越”，而是对现代生产力的强烈渴望，变得更为具体和实在。它所激起的强烈的物质性的世俗向往似乎是“新文学”的全部历史中最为强烈和具体的。它不再试图以“精神”性的追求“压抑”、“忽略”、“超越”物质生活的困窘及其所造成的焦虑，而是试图将之作为社会改造的动力。“日常生活”本身不可逃避的种种问题均成为写作所关注的焦点。文学实现进一步的转型，随90年代市场经济体制的逐渐确立、完善以及文学生态环境的极大变化，文学批判的锋芒渐渐收敛，偏重于驻足当下，对社会现状进行揭示，书写对世俗物化各不相同的体验。

我们在这里想要进一步追问的是：日常生活/物质话语的复苏在当代文学发展的进程中意义究竟何在？薛毅在《日常生活的命运》[2]一文中谈到，日常生活的意义既不是政治意识形态，也非理想主义

[1]　载《北京文学》2011年第1期。

[2]　载《上海文学》1995年第12期。

所能外在附加的，它的意义应该到日常生活中去寻求，不是用意义去控制日常生活，而是赋予日常生活以意义。日常生活的意义必须内在地去寻求。文学创作本身就是一个赋予意义的过程。张爱玲笔下那些琐碎平庸到极点的日常生活，经过作者的心灵折射和文学化的叙述，立即变得趣味盎然并显示出日常生活自身的意义，一种充满人性的超越意义。许纪霖的观点与薛毅有相同之处，他认为日常生活的意义应当是多元的向度，既可以是优美的趣味，也可是崇高的、荒诞的，甚至是生活的无意义……都将体现为一种对日常生活本身观照的深度。“日常生活的命运一向多舛，政治意识形态左右它，激进的理想主义拒斥它，后现代主义则将之平面化。而对坚守人文精神的文化人来说，所应做的似乎是赋予日常生活以其自身的意义。意义的寻求将使日常生活不再俗不可耐，不再充满物欲，而是具有一种精神的投射，一种温和的超越，一种趣味的升华。”[1] 日常生活自然是最具有物质性的，是充满物欲的，但日常生活并不意味着精神的绝对匮乏。那种世俗 / 理想、物欲 / 精神的二分法无疑具有思维简单化的特征。只要对物欲性日常生活以精神的阐释和人性的提升，就有可能区别于平庸，问题的关键是我们对生活的感受和理解能力。而对人性理解的深度，正取决于我们对日常生活意义的感受。

基于文学的物质话语意指内涵，张扬物质话语实际上是在确认一种现实主义的方法态度。文学的物质话语是要树立文学表达的中

[1] 许纪霖：《日常生活的意义》，《暧昧的怀旧》，上海教育出版社 1998 年版，第 7 页。

心方式，使文学脱离纯思想因素的牵引，文学写作虽离不开哲学思考，但它不只是哲学思考，文学的中心是表现人的日常生活，日常生活作为一个话语系统，它首先是对物质与人的关系进行沉思，然后是对人和人关系的沉思，最后是对人自身的存在进行观照，总之，它是“让物件和姿态首先以它们的存在去发生作用，让它们的存在凌驾于企图把它们归入任何体系的理论阐述之上，不管是感伤的，社会学，弗洛伊德主义，还是形而上学的体系”[1]。让日常生活显现自身的存在，并不排除各种形式主义的探索，其重点在于强调生活的整体性、自在性和生命性，与现代性作比较，它所排除的是其片面的“深刻性”。

现象学提出了“回到事物本身”的口号，它的根本意义，就在于号召人们对普遍流行并认作唯一真理的科学量化观念和方法及由之导致的工具理性思想进行“去蔽”，它的目的在于呼吁人们关注和回复事物本身那活生生的性格和品质。文学物质话语的回归，不是对现代话语的否弃，而是在更深的层次上真正将现代性思想话语运用到对本土生活的具体考察和研究中去。在《审美特性》中卢卡契开宗明义地指出：人在日常生活中的态度是第一性的。“人们的日常生活态度既是每个人活动的起点，也是每个人活动的终点。这就是说，如果把日常生活看作一条长河，那么由这条长河中分流出了科学和艺术这两种对现实更高的感受形式和再现形式。”由人们的日常生活，卢卡契从历史发生学、逻辑系统学两方面推演出其审

[1]　柳鸣九选编：《新小说派研究》，中国社会科学出版社 1986 年版，第 63 页。

美特性。他批评海德格尔忽视了日常生活的“进步性”，把日常生活看成“完全由使人畸形的异化力量所支配”的“毫无希望的没落领域”，并且人们关注日常生活“作为人的行动中的认识的源泉和归宿的本质性”，理解“日常生活的本质和结构”的丰富性。[1] 米兰·昆德拉也说，小说作为艺术不是别的，它正是对被遗忘的存在的探寻。它以自己的方式，通过自己的逻辑，一个接一个地发现了存在的各个方面。由此可见，文学的一个重要职责就是维护人类生存的丰富向度。文学对现实生活本身的叙述，既有对日常生活本身的批判，也有对日常生活的诗性发现，以及对全部的感性和本质的丰富性的显示。

作家李洱认为，现代艺术就是从日常生活开始，“能否对日常生活做出准确的文学处理，对小说家来说，一直是极富挑战性的工作”，“日常生活是个人、权利和历史相交错的最真实的地带”[2]，“‘存在’和日常生活如同圣父和圣子，推演出小说的魂灵”[3]。霍克海默和阿多诺在《启蒙辩证法》中也如此论述：“摆脱和逃避日常生活就像私奔一样，从一开始就决定了，一定会回到原先的出发点。”[4] 作为人类一切行为的出发点和形而上思考的原点，日常生活本身的价值和意义在中国当代文学“物质话语”的文学表达中重新复苏。

[1] 参见〔匈〕卢卡契：《审美特性》（第一卷），徐恒醇译，中国社会科学出版社 1986 年版。
[2] 李洱：《自画像之二》，《集体作业》，中国广播电视出版社 1999 年版。
[3] 李敬泽：《让小说丰饶快乐》，《颜色的名字》，湖北教育出版社 2000 年版。
[4] 〔德〕霍克海默、阿多诺：《启蒙辩证法》，洪佩郁、蔺月峰译，重庆出版社 1990 年版，第 133 页。

第二章
性别视角下的空间想象与身份建构

第一节　性别差异 · 屋 · 家

在汉语的表达中，“屋”这个词语除了指代具体的房屋建筑之外，也是“家”的别名。“原始住居的形成和发展与人类家庭的产生和演变密不可分。发展到一定阶段，家庭就成为了社会的基本细胞，而住屋是家庭生活的载体，作为家庭空间表现的住宅就成为社会的基本建筑类型了。”[1]“屋”是家庭生活的载体，住宅则是社会的基本建筑类型。家庭作为人类生存的私密空间，虽然是男女两性共建的场所和共同的归属，但两性之间存在的差异在这个具有隐私性的封闭空间中也得以最真切清晰的体现，并决定了两性对待“屋”与“家”的不同的态度。那么，男女两性与屋之间存在因性别差异而导致的何种不同关系？屋 / 家对两性来说具有怎样不同的意义？

法国女性主义批评家露丝 · 伊利格瑞说：“对性别差异的研究也

---

[1]　张宏：《性 · 家庭 · 建筑 · 城市——从家庭到城市的住居学研究》，第 6—7 页。

许是我们这个时代从理智上获得拯救的关键课题。”[1] 女性主义批评对性别差异研究的成果以及文学中大量存在的性别话语提醒我们，“性别”已经成为文学 / 文化研究的一个不可忽略的视角。上溯人类社会发展的历史，上古时代原始社会男性狩猎农耕、女性生育繁衍，社会分工和性别的天然差异决定了人类社会形成伊始就带有差异性，“而两性所组成的任何社会组织形式都意味着以某种等级的形式来明确这种差异性”。[2] 家庭这个人类生存私密的空间形式同样也明确显现了性别的差异。这种两性之间天然的性别差异决定了女性从人类社会形成开始便与空间（屋、家）连在了一起。威廉·布莱克说：“时间是一个男人，空间是一个女人。”伊利格瑞说：“女性总是被当作空间来对待……反过来男性却总是被当作时间来考虑。”[3] 相对于“父亲的时间”，空间（柏拉图所谓“子宫房间”）对女人或许更具切身意义。

关于妇女的社会从属地位可以从自然 / 文化说来解释，妇女的从属地位并非本质的生理结果，而是因为文化把女人的繁衍性解释为与自然的牢不可破的联结性。与自然联结的结果是把妇女归入低级的“自然”范畴，把男人归入高级的“社会”范畴。“女人的社会角色被看得低于男人担当的社会角色。这个论点的最后一步是把女人派入或训练出一种与男人的心理空间（‘理性’、‘理智’、‘可靠’）截然对立的心理结构（‘母性本能’、‘慈爱’、‘滥情’）。这种理性和

[1] 〔法〕露丝·伊利格瑞：《性别差异》，张京媛主编：《当代女性主义文学批评》，北京大学出版社 1992 年版，第 372 页。
[2] 舒阳、李海英：《建筑·传统与诗意的文本》，第 6 页。
[3] 〔法〕露丝·伊利格瑞：《性别差异》，张京媛主编：《当代女性主义文学批评》，第 374 页。

欲望的二分法进一步与公共空间和私人空间的二分法联系起来，结果妇女栖居在慈爱和滥情的私人家庭世界。”[1] 在德国谚语中，女人是厨房、孩子、教堂的同义词，中国古语中倡导女人“宜室宜家”，这“家”和“室”就是女性最适宜出入的地方。《孔子家语·本命解》：“教令不出于闺门，事在供食而已。”女人对家务事以外的事，一概不得过问，她们的职责就是：“主中馈”，“惟酒食衣服之礼耳”，她不仅必须承担繁重的家务劳动，而且必须恪守“三从四德”，反之就有被“出”的危险。由此，一个女人的合理而正常的空间应该是——家庭（由厨房、客厅、卧室和丈夫、孩子以及数不清的家务共同组成），但与此形成反讽的是，她唯独缺少“一间自己的屋子”。两性与屋 / 家的关系喻示了男女两性身份地位的不平等。人虽然渴望平等，但人是不平等的，从自然界和人类社会中我们都可以看到这种不平等关系的普遍存在。“尽管男人和女人之间存在生物学的差异，但是这些差异是以文化为中介的，是历史的。被我们视为男性和女性特点的东西是社会建构的差异，这些特点会受到社会和政治干预的重大改变。”[2] 从性别是一种社会构建，性别差异到身份地位差异的形成中，更重要的是强大的男权中心的文化传统强化了这种差异并将它制度化的结果。

儒家学说维护婚姻的稳定，认为行为放荡会对家庭的安定、子嗣的绵延构成威胁，危及爵位和财产的世袭制以及社会的统治基础。

---

[1] 〔英〕布赖恩·特纳：《身体与社会》，马海良、赵国新译，春风文艺出版社 2000 年版，第 191 页。

[2] 同上书，第 87 页。

因此儒家礼仪非常强调两性的隔离。中国传统的住居空间有性别区分，男女有内外之界限，各自的活动范围和区域被严格规范。《礼记·内则》云：“礼始于谨夫妇，为宫室，辨外内。男子居外，女子居内，深宫固门，阍室守之。男不入，女不出。”这些不但是合乎礼仪的行为规范，也是划分、限定男女空间的基本原则。妻子在传统社会中被禁锢在家庭中，“已嫁则以夫氏称之，在室则以次第称之，言礼成他族，不得云家也”（《颜氏家训·风操》）。妻子的身份地位也决定于丈夫的身份地位。明代的许相卿在家训《许云村贻谋》中讲到，妇女必须每天守在闺门之内，到老都不能逾越内门一步。[1]古代小姐的绣楼通常修建得低矮狭窄，虽然精致小巧，却有不许女子出人头地、女子个性不得张扬等传统说教隐喻其中，女性诸种情感和生命体验都只能在屋内狭小的天地间衍生和死灭。

清代山西一位长期幽居的才华横溢的女诗人陈静渊，从小受到大家族家风熏陶，聪敏好学，善书善诗。年轻寡居，饱尝坐卧府第高楼间的愁苦和凄凉。她的父亲陈豫朋为长女居住之处题写了“悟因楼”，取“悟却前因，万虑皆消”之意，希望她能从精神上超脱世间的苦闷，然而她的忧愁依然难以排解。她的《夜坐》一诗：“空庭寂寂晚风寒，月色溶溶映画栏。无数扶疏花竹影，小窗红烛坐更残。”纵有才情，女诗人也只能在这种深宅高院和冷月残烛的伴随中，任凭生命在凄凉中走向寂灭。“尽日掩扉成独坐，一炉香篆一蒲团。”女性被幽禁于室内的历史是如此的漫长，在中国古代极其罕见的个别例外中，

[1] 参见王其均：《宗法、禁忌、习俗对民居型制的影响》，《建筑学报》1996年第10期。

那些离家远行的女人一定是女扮男装的，比如花木兰、孟丽君。“男英雄所干的事，对女人来说是禁止的（离家出走，在路上碰运气，参军等）”[1]，《红楼梦》中“素喜阔朗”、心怀男儿之志的探春，将自己的房间布置得阔大豪爽，有男性之风，希望自己能像男儿一样有一番作为，但她的才华抱负终究因为她的女性身份而得不到施展的机会，连父亲贾政也为此感叹遗憾。与此相反的是，以男权为中心的社会绝不会限制男性的活动范围，虽然中国古训有“父母在，不远游”之说，但相对于女性来说，他们的行动较少受到约束，自由自在，随心所欲。优秀的男性都不会被住所/家所困囿，“好男儿志在四方”，只有那些无能懦弱的男性才会蜗居在家中，成为像妇女儿童一样的弱者，被其他男性强者所保护，并因此受到人们的怜悯和耻笑。整个世界都是他们的，男人处处是家。相反，“从地球深处到辽阔的天空，他一而再、再而三地抢夺着女性的空间，作为交换，他为她买下一幢房子，把她关在里头，对她加上种种限制”[2]，造成了女人的处处无家（甚至连关她的“房子”也不属于她）。她们的梦、幻想、对自由的向往、冒险的念头，被“以房屋为表征所包围”。

漫长的以男权菲勒斯为中心的社会历史逐渐塑造了女性对自身性别身份的认同意识，她们在屋/家中确定了自己的存在方式和“次第”地位。因此，当一个男性批评家发现一本关于漂泊的书里没有女人时，他一点也不奇怪。“并不是因为她们不存在，而是据信她们从

[1]〔加〕琳达·哈切恩：《加拿大后现代主义》，赵伐、郭昌瑜译，重庆出版社1994年版，第170页。

[2]〔法〕露丝·伊利格瑞：《性别差异》，第378页。

来不跟随一种启示漂泊，而情愿守在自己占据的安乐窝里。”[1] 而这种安乐窝，就是杜拉斯所说的“家庭寄居的房屋”：为了让孩子和男人居住其中，专为他们而设把他们维系在一起的地方，是收容他们东奔西走的所在，消解他们外出冒险的气质，分散他们成年以后出走外逃的心性。[2] 中国文化传统中，“家”是一个有超常稳定性的社会“能指”，处于道德伦理形态的中心位置，一直受到人们的特殊关注。“家”也是社会极为重要的组成部分。费孝通指出：“社会秩序范围着个性，为了秩序的维持，一切足以破坏秩序的要素都被遏制着。男女之家的鸿沟从此筑下，乡土社会是个男女有别的社会，也是个安稳的社会。”[3] 为了社会稳定发展和秩序的维持，男女两性性别差异、不平等的身份地位以及生存空间的差异被一步步巩固和强化。女性纵然有反抗被囚禁命运的决心和行为实践，但从人的天性和中国女性的传统塑造，从“家”所具有的稳定秩序对漂泊不定人生的诱惑等不同方面进行比较，张爱玲也不得不清醒地指出：“家”比“出走”、“独立”更具有魅力和永恒的价值。在《谈女人》中，张爱玲曾辩证地分析女性几千年的服从地位的形成原因，在她看来，几千年的习惯已使女性基本丧失了自主意识，女性要改变生存的地位和空间范围并非易事。对家的维护和依恋，是中国父权中心文化的重要组成部分，也是中国女性至今依然存在的“厄勒克特拉情结”。

---

[1] 〔美〕莫里斯·迪克斯坦：《伊甸园之门》，方晓光译，上海外语教育出版社 1985 年版，第 229 页。

[2] 〔法〕玛·杜拉斯：《房屋》，见《物质生活》，王道乾译，百花文艺出版社 1997 年版，第 48 页。

[3] 费孝通：《乡土中国》，三联书店 1985 年版，第 47 页。

第二节　女性的命运怪圈：禁锢或逃离

女性被禁锢在室内的图景清晰地印刻于历史的书页间，对于禁锢她们的房屋，最具寓意的两个意象是："塔"和"铁屋子"。所谓"塔"，正是千古一贯的"父权"象征，塔本身即是坟墓，是压抑、郁闷、束缚、愚弄、死亡的代名词。如同《简·爱》里罗切斯特夫人被禁闭的"阁楼"，妇女们在那里只能是一天天发疯并等待死亡。话语权利的言说者们精心营造了一座座这样的塔，将女性囚禁其中，原先是用"三从四德"、"三纲五常"的道德训诫予以束缚、用"女儿—妻子—母亲"的角色予以限定其行为规范，而后又假托"爱情"的名义作为绳索将她捆绑于其中。女性对自身命运的屈服，又使得被禁锢的被动行为变成女人们"心甘情愿"地承受这一切，愿做"爱的囚徒"的假象。"女人永远在塔里，这塔或许由别人造成，或许由她自己造成，或许由人所不知道的力量造成！"[1] 无名氏的这个结论含糊其辞，推卸了许多男性当事人的责任。

早在上世纪初年，鲁迅先生便以"万难轰毁的铁屋子"喻示中国封建历史的滞重与惰性，而第五代的"电影语言革命"，以"空间对时间的胜利"负载着 20 世纪 80 年代历史文化反思的主题，到了 80 年代中后期当代文学又为这一历史寓言添加了一个女性形象的序列。新潮 / 先锋小说的代表人物之一——苏童，他的小说《妻妾成群》（后被张艺谋改编成电影《大红灯笼高高挂》），以被虐 / 互虐的

---

[1]　无名氏：《塔里的女人》，甘肃人民出版社 1996 年版，第 204 页。

女性群象，充满了“铁屋子”/囚牢这一历史景观，以一个颓败中的空间“囚禁”女人，而展现出一个反人、反生命的历史画卷。这幅苏童式的历史景观，成为90年代大陆电影的母题之一。

《庭院中的女人》[1]是“第一部由中国人担任独立制片人的好莱坞主流影片”，同样阐发了对于女性生命、女性的独立与自由问题的思考。在男权话语统治之下，无论是妻与妾或者奴婢，女人们要牢牢恪守的是由宗族传下来的诸种规矩、礼仪，稍有触犯，就会受到惩戒。作为怀有丰富情感的生命个体，女性的寂寞和痛苦，往往隐藏于不易被他人觉察的内心深处，当颂莲被“封灯”后孤守空房，漫漫长夜里镜头对此刻的定格凝聚了女人生命中多少的无奈和凄凉。在这间“铁屋子”里，女人的机敏和聪明只能加紧身上被捆缚的绳索，女性在“铁屋子”里有限的自我拯救也只能是陷入悖论式的循环怪圈。她们挣扎的最终结果常常是以牺牲自身和其他女性为代价来完满男权统治，从而成为封建夫权制的一道祭品。当有限的自我拯救终究无望时，“铁屋子”里的女性也会渴望他者拯救的到来。“依照一部男权文明史的惯有准则，女性的得救，无论是躯体或心灵，无不依附于男权力量的拯救。”[2]少爷飞浦悠扬的笛声曾使颂莲将其想象为自己的知己，然而这个已经对女性失去兴趣的陈家男人最终没有也不可能成为颂莲所期待的拯救者。而安德鲁对爱莲的启蒙和二者之间产生的爱情，虽然因暗含了西方文明中的男性对中国封建父权制中女性的拯救而引起一些批评者的微词，但爱莲的女

[1] 改编自赛珍珠的诺贝尔奖获奖小说《群芳庭》。

[2] 陈晓明主编：《现代性与中国当代文学转型》，第82页。

性意识的觉醒和对“铁屋子”的突围，毕竟依赖于这个代表着现代文明和科学思想化身的异国男性。

《大红灯笼高高挂》中对陈宅的镜头拍摄用了整整25个大俯全景，这个富有压迫感的空间造型处于一种近乎停滞的状态。其间人物的钩心斗角、个体生命的生与死在单调循环的时间轨迹中，一切变得自然而然。唯一不复变化的是那面貌依旧威严的大“铁屋子”。在这里，历史被压成扁平的空间。“当影片中的陈老爷始终作为一个侧面、背影，一个画外声源——成为银幕上的视觉缺席者时，当影片中的女人始终被分隔、被镶嵌在古建筑的高墙之下时，当这牢狱式的空间为大红灯笼勾勒、洞烛之时，陈家大院便成了成群妻妾唯一的、真正的主人。”[1] 当历时性的空间/屋占据了主宰性的地位，女性的卑微的地位和生命的无意义死灭便呈现出巨大的悲剧性。

新文化运动的先锋们非常敏锐地觉察到，妇女问题是衡量社会民主程度和性质的重要砝码。他们号召“妇女脱离此附属品之地位，以恢复独立自由之人格”。易卜生旨在揭示家庭矛盾、论及女性地位的剧本《玩偶之家》的普遍上演，在“五四”时期的中国引起了强烈的反响。娜拉悟出的“自己是丈夫的傀儡，孩子们又是她的傀儡”，给中国女性以极大的震惊。她们开始觉醒并愤然出走，从“五四”一直延续到20世纪40年代。从胡适的《终身大事》，鲁迅的《伤逝》，巴金的“激流三部曲”，萧红的《生死场》、《呼兰河传》，庐隐的《海滨故人》，茅盾的《子夜》、《虹》，曹禺的《日出》、

[1] 戴锦华：《〈炮打双灯〉：古宅与女人》，引自文化研究网 http://www.culstudies.com。

《北京人》，直到张爱玲的《金锁记》，这些身份各异的女性都寄希望于“出走”作为扭转命运的手段和新生活的开始。在中国现代文学史中，“女性出走”引出诸如社会改革、张扬个性、人的解放之类问题的思索，女性对“旧家”的叛逃，对“新家”的渴望等构成“女性出走”题材的共同特征。

五四新文化运动伴随着民主科学的口号，追求个性的独立和解放是其中不变的精神信仰。但进入 20 世纪中叶新中国成立以后，它的发展方向被导入政治意识形态的极端，虽然“男女平等”的观念借助于政府机制和行政手段成为一种有法律保证实施的制度，确立了妇女在政治经济上与男性的平等权利，但同时男女两性又被一个共同的行动准则所规约，即“只有解放全人类，才能解放无产阶级自己”的集体和公共利益原则，作为个体意义上的“个人”不复存在。男女性别的天然差异也被这一更高的公共目标所泯灭，文学艺术受到简单粗暴的革命美学的导引，“五四”以来伴随着思想解放运动而逐渐觉醒复苏的女性自我意识及其所要求的男女平等，不仅没能在思想领域有更进一步的发展，相反，却使人性遭受普遍戕害和毁灭。历史进入改革开放新时期以后，被荒芜的人性重新被文学所开垦，作家们不约而同地从男女关系中的“爱情”角度切入，性别差异与性别意识逐渐被凸显出来，并从中探索两性的生存状态及女性存在的位置。

古华的《爬满青藤的木屋》[1] 以它对愚昧与落后的鞭挞和对

[1] 载《十月》1981 年第 2 期。

“文革”颠倒黑白的历史彻底的抨击，有力地揭露和批判了极左路线和封建专制的罪恶，表达了具有时代鲜明色彩的政治意识形态主题。除此之外，作品中贯穿的另一条重要线索，是小说女主人公盘青青女性意识的觉醒过程，对男性夫权制的禁锢压迫从蒙昧顺从到对抗的性格变化过程，尽管这觉醒还非常缓慢微弱，但毕竟已经开始。个人的情感变化和女性意识觉醒与小说的政治性主题之间并不是两条不搭界的叙事线索，恰恰相反，这二者之间是相互纠结缠绕在一起的。“个人的情感需求是如此强烈地反映出历史和政治的风云变幻，可以看到对人性的呼唤是如何深刻地根植于中国的政治无意识的结构中。关于人性的解释显然不是一个文学的命题，也不是一个单纯的道德问题，它属于政治学范畴，它本身就是一种政治。”[1]

没有接受过文化教育的瑶族女子盘青青，温柔顺从、健康美丽，粗暴专横、强悍无知的丈夫王木通把她当作属于自己的私有财产、发泄性欲和传宗接代的机器。由于担心自己俊俏的女人被外面的世界和异性吸引，他专制粗暴地阻断她与外界的一切可能的接触，用“巴掌”和“罚跪”等野蛮的暴力方式，遏制女人对木屋外世界的向往和想“走出”木屋的企图。王木通几乎是出于本能地恐惧现代文明对人的精神启蒙的天然力量，而愚昧、落后的封建王国稳定的根基必然要建立在蒙昧的思想基础之上。在四周笼罩着原始陈腐味道的木屋内外，王木通泰然肆意地实施他的独裁统治：“他把全家人的

[1]　陈晓明：《表意的焦虑——历史祛魅与当代文学变革》，第 24 页。

日子治理得有规有矩。夫妻、父子，在绿毛坑木屋里各就各位，居然也讲究点尊卑高下，组成了一个小小的社会。”在这样一个与世隔绝、封闭的“小社会”里毫无文明气息可言，木屋内的生活单调乏味而闭塞。尽管盘青青是个少数民族的女性，但她的命运和封建历史上那些紧锁在深闺、绣楼的女性并没有任何本质的不同，她像一只关在笼子里的驯服的小鸟，那“爬满青藤的木屋”看上去俨然是一个无比浪漫的世外桃源和童话王国，但实质上正是禁锢盘青青这个充满青春活力的“大森林的女儿”的囚笼。

然而盘青青对“外面”世界的好奇心是暴力无法扼杀的，她始终对现代文明世界怀有热烈的向往和憧憬。她不像王木通那样害怕“文明的入侵”，从而失去目前所拥有的“幸福生活”带来的满足感。她也意识到，男人是把她当成山鸡一样喂养在这山里，并没有把她当作一个真正的“人”来尊重。在她身上最初的女性意识已经有所萌芽，但还非常朦胧模糊，属于一种非自觉的本能。下放知青“一把手”李幸福的到来打破了这个封闭的“木屋”的沉闷和死寂，对李幸福所带来的一切新鲜的文明信息，盘青青都那么喜爱并渴望拥有。李幸福用的收音机、香胰子、雪花油，还有天上地下、海内海外的各种奇闻，就像一个崭新的世界在诱惑着她……李幸福也把她作为有独立人格的人来看待和尊重，她被窒息压抑的女性意识和尊严被渐渐唤醒了，从男性尊重的态度和眼光中她清晰地意识到了自己的女性身份和女性美，开始装扮自己，男人怕她照见自己的好容颜，不给她买镜子，她就打一盆山溪水来，照自己投在水里的面影……丈夫变本加厉的詈骂和殴打以及对她的行动限制（不许迈进

“一把手”的小屋）并没有使盘青青屈服，她最终和李幸福双双离开了这个黑暗的“人间地狱”。“盘青青对王木通的‘背叛’和对‘一把手’的钟情，实质上是文明对野蛮、知识对愚昧、‘人性’对‘兽性’的一次进击。”[1]

小说仍然采用了“私奔”的古老故事原型——一个原本足不出户的本分女子为了爱情和所爱的男人大胆冲破礼教禁忌和封建束缚去追求个人幸福的故事模式，尽管盘青青和李幸福的“逃离”行为并不是出于男女主人公的私情和事先的预谋——一场突如其来的山火既成为王木通驱逐李幸福、嫁祸于人的一场灾难，又恰恰是成全相爱者的天赐良机——但那座“爬满青藤的木屋”作为封建愚昧落后世界的象征最终是要被一场文明的大火吞灭并彻底摧毁，被囚禁在屋内的女性因为外来男性力量的拯救而获得新生。

新时期以来，由“五四”时期继承而来的“逃离”与私奔的母题仍在继续，逃出婚姻—逃向婚姻—再次出逃的古老命题也在重复，“镜城突围”的情景不断呈现。从反抗非人的地位，寻求做人的权利和尊严出发，开始女性意识觉醒的漫长之旅。女性意识的觉醒始于“人”的意识觉醒，始于女性追求“人”的价值实现过程。但女性从“依附”到“自立”进而走向“自由”的同时伴生着孤独的生存状况仍旧没有大的改观，从性别的角度看去，可以发现“男女平等”的观念背后其实掩藏的是巨大的不平等问题。张辛欣在《我们这个年纪的梦》中对“厨房”的那种充满厌恶、无奈的描写，

[1] 肖汀：《主观好恶与性格逻辑——谈〈爬满青藤的木屋〉在人物塑造上的得失》，《作品与争鸣》1981 年第 6 期。

让我们看到女性正是通过从厌倦走向抛弃厨房，试图树立自己的自我意识的。

第三节 营建一间属于自己的“屋子”

英国著名女性主义作家弗吉尼亚·伍尔芙描述过的“一间自己的屋子”，迄今为止可能是世界上所有以写作为职业的女性们最为推崇的一间“屋子”了。伍尔芙说，一个女人如果要写小说，一定要有一些钱，一间自己的屋子，在那里一个人可以沉醉在思想里，安谧的精神像一朵云彩由天上降下来。[1]这间在伍尔芙笔下描述的普通而充满自由气息的可以任思绪游荡、孕育奇思妙想的“屋子”，深得女性（不仅仅是从事写作的女性）的喜爱和向往，它给女性带来的自由精神和独立生存的意义，使得这间屋子在今人的眼中已经不仅仅是一个客观的建筑物，或者只是提供女性作家写作的场所，“而是一种安全，一种自立，一种生活的保障”[2]，“这个房间是一种现实也是一种象征”[3]，是女性追求独立平等自由的人格和生存权利的象征之物，具有了深长的象征意味和符号特征。

寻找和建设自己的房子也就是寻找和建设一个属于自我的独立

[1] 〔英〕弗吉尼亚·伍尔芙：《一间自己的屋子》，王还译，三联书店1989年版，第2页。
[2] 陈染：《阿尔小屋》，华艺出版社1998年版，第246页。
[3] 〔法〕西蒙·德·波伏娃：《妇女与创造力》，张京媛主编：《当代女性主义文学批评》，第144页。

自主的空间。香港女作家陈宝珍笔下的两个找房子的女人，在寻找属于自己的房子过程中出现了相似的困顿和惶惑。她们在梦想、憧憬、犹豫、焦虑与现实之间拉扯徘徊，不断反省被指派的角色。两个女性都处在一种非正常的生活状态里，同时面临着类似的处境——在那个不属于自己的房子里成了一个“他者”。这两个女性，一个是离了婚暂时回到父母家里；一个虽然没有离婚，却不得不独自和公婆住在一起（丈夫经常不在家）。即使在香港这样一个政治和法律上高度西化的都市里，由于没有自己的“房子”，她们所要寻求的自由和正常的社会角色都无法实现，“失去自己的房子，寄居在别人的房子里，往往连跟别人对话的权利一并失去。也许各自守着自己的房子，各自过自己喜欢的生活，见面时才能真正互相尊重！”[1] 城市平凡的街道上，半新半旧的楼宇之间，她们都在各自寻找适合自己的“房子”——女性“精神的居所”[2]。

中国20世纪90年代的女性主义写作，笔墨和用意主要着眼于女性内省意识和内心生活的表达，女性作家们在“自己的屋子”里大张旗鼓地营造着属于女性的一方天地。但就像很多评论者所指出的，她们的作品在社会的联结方面能够作出更深刻有效探索的不多，这亦是个不争的事实。但女作家方方在2001年创作的小说《奔跑的火光》让人眼前为之一亮。作品写的是一个“杀夫”的故事，一位农村新女

---

[1] 陈宝珍：《找房子》，《浮城志异——香港小说新选》，中国人民大学出版社1991年版，第147页。

[2] 颜纯钧：《“房子”：精神的居所——香港女性写作的一种景观》，《东南学术》2000年第4期。

性渴望盖一栋自己的房子——想借此获得一个独立的生活空间和自由生存的权利——这看似不起眼的愿望竟然能够演化成为悲剧发生的“坚硬内核”，震惊之余读者必然会对产生悲剧的社会原因进行追问，而结论又是令人悲哀的。方方并不认为自己是个纯粹的女性主义者，她看“生活世界”的视野十分开阔，这部作品虽然具有鲜明的女性主义立场，但它对中国女性特别是农村女性的生存现状的思考是理性而深刻的，对社会问题提出了尖锐的质疑和理性的批判，可以说这部作品是对当代女性文学创作的一种反思和超越。

关于乡村的故事开头总是看上去有些近乎“无事”的平常，这部小说也不例外，乡下女孩英芝高中毕业后回乡，参加农村办红白喜事的歌班当歌手，成了“她家唯一一个有存折的人”，她尽情享受青春、享受金钱带来的物质生活，她为自己的自食其力而自豪骄傲。但一场草率的恋爱使英芝怀了孕，匆匆嫁给了老庙村青年贵清，公公婆婆因此对其倍加歧视，两代人之间产生怨恨和冲突。生了孩子的英芝重新回唱歌班挣钱，而贵清则是游手好闲，嗜赌成性，被父母毫无原则地宠着养着，他从老婆那里骗赌资玩小姐，还在父母的怂恿之下暴打英芝。英芝挨打后回到娘家，村里最漂亮的三伙的房子驱散了英芝心头的苦闷。英芝主观地把三伙、房子、幸福三者紧密联系在一起，在她看来，“有本事的人”才能够盖最漂亮的房子，而有了漂亮的房子就能够自然而然地过上幸福的生活，再不会遭受那些屈辱和歧视。就在一瞬间，她萌发了凭借自己的经济能力盖一栋“自己的房子”的念头，“英芝想，贵清你玩你的吧，你懒你的吧，你爱怎么样就怎么样吧。我就要做给你们看，我是女人，是别人的老婆，是别人的媳妇，我可以靠自己盖一栋房子起来。我要用我的房子来气死你们笑死你们”。在小说中，“盖房子”绝不仅仅是英芝的一种对“物欲”的追求，这是英芝这个农村新女性营造构建“自己的家”的梦想的现实表达，也是她对自身能力的一种验证和炫耀，而且还意味着同公婆外加丈夫的一场暗中的较量。

婚姻对于女性来说是一种社会化承诺，只有你先属于它，它才会去保障你的生物体存在的需要。婚姻作为女性的归属是以压抑为前提的，使其成为顺服的工具而且日益丧失其性属。“见过世面”的英芝显然不甘受压抑的命运，于是就有了她遭受夫家的“虐待”后屡次跑回娘家的事端。但是娘家不能提供她一个被保护的安全空间，因为“嫁出去的女儿泼出去的水”，她不再属于原来的那个家。英芝感到困惑和不平：“在那边，我不是他家的人，在这边，我又被泼出去了。说起来哪儿都是我的家，结果哪儿都不是。这不公平！”这种感觉其实并非只是英芝所独有，她只不过说出了一个普遍存在的事实：女性出生的那个空间，因为她将出嫁，从一开始就不是她的家；女性结婚后生活的那个空间，又是陌生的、别人（丈夫）的家，她是一个无根的后来者。这种因结婚迁移而出现的空间断裂，使女性在本质上无“家”。对女人来说，只有丈夫的家，儿子的家，父亲的家，从来没有自己的“家”。这样，“妇女始终是离开了‘自身’地点的地点，是一个被剥夺了自身地点的地点”[1]。

香港著名女作家西西的小说鲜明的女性议题之一，就是通过女

[1]〔法〕露丝·伊利格瑞：《性别差异》，第 377 页。

性对婚姻家庭的思考，剖析女性的“寻家”意识。如《感冒》、《像我这样一个女子》、《母鱼》等。《感冒》中的虞小姐发问：“为什么我不能平平静静地在我的家里（？）度过我的一生呢？……一个女子在自己家里长大了，长老了，父母就感到坐立不安，颜面无光了……”[1]括弧中的问号，凸显了西西对女性“寻家情结”的思考和强烈质问。当女性离开父母的家，寄望于爱情会带来一个新的“家”，并希望自己成为这个由两性组成的家庭中的“女主人”。然而现实常常让女人失望，传统观念的压力难以逃离，白马王子只在儿时的童话中。“如果我的心不能在这里安居，这里就不是我的家了。”[2]《像我这样一个女子》中女主角是殡仪馆的美容师，“像我这样一个女子是不宜与任何人谈恋爱的”，表达了女性对爱情的质疑和对归宿的探寻；《母鱼》则将“伊”的故事和正在怀孕的母鱼相对比，伊对雄鱼的苦苦寻觅，暗喻了伊也在思索着他能否和她共建家庭。“寻家”意识导致了女性一直“在路上”的感觉，最后她们大都转向社会，从中找寻精神庇护。西西认为婚姻并不是现代女性的唯一出路，而更重视女性追求家庭之外的自我价值。

情感意义上的家的退隐迫使英芝营造物质上的家以获得“自身地点”，她要有属于自己的自由而安全的空间，她已把自己的归属定位于她要盖的房子。在传统的中国农业社会，“盖房子”是一户人家最隆重的事件之一；在以男权为中心的社会里，盖一栋房子更是专属于男人的责任和特权，意味着男性有能力建造一个属于他的小小

[1] 西西：《感冒》，台北：洪范书店2004年版。
[2] 同上。

“王国”。房子原本只是为人遮蔽风雨的处所，等同于“巢”、“窝”的功能，但随着人类社会的发展，它的男性主义势力范围的特征越来越突出，盖房子的行为具有鲜明的男性性别特权，在农村的文化意识之中尤甚。英芝意识到贵清之所以在夫妻二人的联合体中有脱出现象，是因为他们住着贵清父母的房子，贵清离不开他父母的给养。而“房子”这个最根本的安身立命之所的归属意味着贵清父母对贵清的控制权、对英芝的压制权。英芝看到了问题的根源所在，她要靠自己的力量来改变婚姻和命运，她要撼动贵清家的秩序。英芝把“房子”当成婚姻生活中的救命稻草，盖一栋村里最漂亮的房子成了英芝唯一的生活目标，是她日后是否幸福的重要标志。她亲自去画图纸，买水泥、瓷砖等建材，女性的身份使她意识到她僭越男性特权导致加倍的困难，但不服输的心气却使她要亲手盖一栋自己的房子的想法越来越固执。

为挣钱盖房，英芝和贵清之间的矛盾越来越大，贵清对英芝的折磨也随着因盖房的矛盾加深而变本加厉。英芝将新房动土那天选在了意义鲜明的“3 月 8 日”，希望这个日子起屋能让自己“翻身”。具有讽刺意味的是，随着新房的开工，幸福生活的目标似乎正在逐渐远离英芝，她陷入了越来越深重的苦难而无法自拔。英芝辛辛苦苦挣的钱和娘家借的钱不够贵清大手大脚的花销，盖房还需要 3000 块，而公婆无情地拒绝了她借钱的要求，新房被迫停工。英芝越发觉得这个“家对她来说，不是一个温暖舒适的地方，而是她的地狱”。而丈夫将她用身体作为代价借来的 3000 块钱一夜之间赌光，再次将英芝逼入困境。为了能挣钱把房子盖完，英芝下决心自己独自去南方打工。临别前英芝和情人的约会被公公发现，她的出走计划被打乱，夜间趁停电仓皇逃走。英芝对过去的生活没有任何留恋，只有那栋没盖完的房子是英芝唯一不甘心舍弃的，房子“是她英芝几年的心血，是她靠自己的喉咙自己的妖媚自己的身体，一分一分挣回来的钱盖的。为挣这笔钱，她舍弃了多少尊严和脸面，她吞咽了多少委屈和耻辱。她把自己的身心都放贱了，结果，她这样拼了一场，却是血本无归”。但是就是在逃亡的途中，无路可走的英芝仍然执着地抱着一个念头：“我就是拼了命，也要盖一栋属于自己的房子，这房子就是我的家，谁也无法把我从我自己的家里赶走。我还要把房子盖得高高的……我一定要让自己过好日子，没有人打我没有人骂我没有人给我翻白眼，我就用我女人的力量和本事来养活我自己。”故事的结局是个彻底的悲剧，英芝到死都没有得到属于自己的家，她的盖房行动最终失败。

作为一个不甘心命运摆布的女性，英芝试图从将女性隐蔽起来的“黑暗之中”[1]脱身而出，摆脱强加于她身上的黑暗，她充沛的生命力和丰富的创造力、她对幸福生活的憧憬激情在惊世骇俗的“盖房”行动中得以疏导、宣泄。英芝感受到生活中存在的严重的男尊女卑观念对女性的不公平和女性对自身命运的无奈顺从，她愤怒地喊出：“凭么事这就是我的命？我的命未必就不能由得我自己去变？我要离婚！”但这个向往自由自在生存空间的女性，“她和以往一样

[1] “巨大的压力一直将她们隐蔽于‘黑暗之中’——人们一直竭尽全力将黑暗强加于她们身上——在目前还不存在妇女独立的整体，不存在典型妇女。”〔法〕埃莱娜·西苏：《美杜莎的笑声》，张京媛主编：《当代女性主义文学批评》，第188—189页。

沉溺在自己的天真质朴之中，禁锢在她周围的一片黑暗之中，被父母婚姻的男性中心主义的铁笔带进自我羞辱中，欲望在奇异地激荡，就会有人谴责她是个魔鬼，以为她有病，‘她这丢人的毛病就是她抗拒死亡，她惹麻烦’”[1]。英芝不断地挣扎，不断地“惹麻烦”，最终她疯狂地烧死丈夫而被判死罪，虽然“杀夫”是巨大恐惧之后产生的一股冲动，然而这“瞬间就凝固成的一个念头”不是偶然的，而是英芝人生的一种必然的悲剧结局，是一种人格尊严和自发的女性反抗意识使然。

英芝的悲剧有其人性弱点导致的原因，也有“遇人不淑”的问题，但更多的是老庙村这个贫穷、愚昧、传统势力占统治地位、封闭保守男权至上的环境所造成的。在封建男权思想统治和支配下的老庙村，男人享有至高无上的权力，妇女没有任何地位和尊严可言；他们甚至公然使用暴力手段来维持既定的传统道德和生活秩序，英芝被毒打的触目惊心的场面与以公婆为代表的封建道德教条威严冷酷的面孔形成鲜明的对比。方方描绘了一幅经典的女性在家庭中从属地位的图画，婆婆此时已经丧失了女性性别意识，作为帮凶站在男权社会的立场对其他女性进行压迫统治。“老庙村”是浓厚的封建传统意识传承与影响下的中国农村的一个隐喻性象征。女性要营造一间“自己的屋子”竟然需要付出生命的代价，并且这孤独的战斗以失败而告终。女性争取平等自由的人格和生存权利的道路依然曲折艰难，英芝的悲剧也告诉我们，仅仅指靠建造一栋“房子”——

[1] 〔法〕埃莱娜·西苏：《美杜莎的笑声》，张京媛主编：《当代女性主义文学批评》，第190页。

这一“物”的形式是无法承载全部女性自立的意义的。方方以更开阔的社会问题视角对女性的生存现状进行反思，传达出当代女性对独立生存和自由空间的极端渴望，用一种“阁楼上的疯女人”式的反抗，以“杀夫”的方式表现出对封建男权思想的决绝和挑战，不论女性彰显的未来道路还有多漫长艰难，方方毕竟替喑哑甚至无声的农村女性发出了自己的“声音”。

“奔跑”的姿势在文本中一再出现，英芝为了公平为了尊严为了自由一次次从婆家跑出来，第一次挨打从婆家跑回娘家，发觉自己在娘家没有了自己的位置，便生出了盖一栋属于自己的房子——建立自己的“家”的愿望。当贵清输掉了她借来的盖房钱后，她神情恍惚地光着脚走回了娘家，一路走一路哭，把泪水洒在了沿途的村庄，双脚走得鲜血淋漓。最后一次她仓皇出逃，深一脚浅一脚，慌不择路，“她不知道前方会是哪里，也不知道自己脚下的路是什么样的，甚至她这么疯狂地奔跑连脱力之感都没有，她只觉得风从耳朵的两旁呼呼呼落到了身后。英芝跑过菜地，跑过田埂，跑过林子，跑过窑厂，跑过野地，一直跑到了湖边。……英芝已经没有了思维，她不晓得她可以停下来了。她仍然奋力地用手分拨着芦苇，以她最大气力往前跑着。直到她被一道硬坎绊了一下，摔倒在地，她的奔跑才停止”[1]。“狂奔真实上是燃烧的同义词。或者说代表着女性身体活动的两个相辅相成的侧面：燃烧产生热量，狂奔消耗能量。”[2]

---

[1] 方方：《奔跑的火光》，新世界出版社 2002 年版，第 108 页。

[2] 宋晓萍：《狂奔的女性政治学》，《21 世纪中国文化地图》第一卷，朱大可、张闳主编，广西师范大学出版社 2003 年版，第 76 页。

也因此，狂奔不仅只是得到了放纵和发泄的无限快感，也必然要付出直接的身体折磨和间接的精神摧残的双重代价：身体的疼痛（受伤的双脚）、元气耗尽后的衰弱、鲜血……正如伊利格瑞所说："女人无法把她们的疯狂用语言表达出来，她们只能直接在身体上受折磨"[1]；同时她们因为"疯狂"的行为遭世人唾骂，被亲人疏离，被家庭摒弃，永远背上"巫婆"、"荡妇"、"妖女"、"疯女人"的罪名。《奔跑的火光》借奔跑的"火"的意象表征女性反抗男权压迫的燃烧之势，熊熊燃烧的火焰必将照亮女性这片"黑暗的大陆"。

第四节　室内经验：女性本体生命的体味

自后新时期以来，随着中国社会的现代转型与西方女权主义理论的深入推介，中国的女性对自己的性别有了更深一层的自觉，对理论潜移默化的吸收与自身文化的比较参照和改型渗透，当代尤其是20世纪90年代的女作家，具有了更加明显的女性话语意识——女性书写权利和颠覆意识，女性写作随之呈现出新的态势，它挑战父权文化，反抗"被书写"的命运，充满离经叛道的文化意味，进入了书写女性自身以去除男性中心历史对于女性的遮蔽与扭曲，表现鲜明的女性立场和女性意识的"躯体写作"。

布莱恩·特纳指出："身体体现是人对自然的感性占有中必不可

---

[1] 〔美〕苏珊·格巴：《"空白之页"与女性创造力问题》，张京媛主编：《当代女性主义文学批评》，第171页。

少的条件，是实践的前提条件。人的感性能动性只有通过身体才能得到表达……”[1]杜拉斯说过：“作家的身体也参与他们的写作。”[2]在《美杜莎的笑声》一文中，埃莱娜·西苏用富有激情的寓言宣布，女性的写作也就是返回她们自己的躯体。“必须让人们听到你的身体。只有到那时，潜意识的巨大源泉才会喷涌。”“妇女应该冲出沉默的罗网。她们不应该受骗上当去接受一块其实只是边缘地带或闺房后宫的活动领域。”她建议女性通过身体将自己的想法物质化，来为自己开辟出一条通往写作之路，“她用自己的肉体表达自己的思想”。因为“男人们受诱惑去追求世俗功名，妇女们则只有身体，她们是身体，因而更多的写作”。[3]陈染同样表示：“我还是一直很认可人的生物基础。”[4]虽然身体写作未必就是真正体现自立自足的女性意识的女性写作，但无疑是实现女性写作所不可缺少的前提。它直面女性、关注女性生存的本相，以自己身体与经验作为审美的原点，通过记忆和想象，展露女性身心的体验与经历。它既是一种体认女性生命的文本实验，一种生命多元化的表达，更是一个构建女性“自我”的精神历程，一种寻求女性与世界之间沟通和交流的方式。

以陈染的《私人生活》、林白的《一个人的战争》以及伊蕾的组诗《独身女人的卧室》为代表的女性文学文本揭开了女性书写个人

[1] 〔英〕布莱恩·特纳：《身体与社会》，第326页。
[2] 〔法〕杜拉斯：《物质生活》，第75页。
[3] 〔法〕埃莱娜·西苏：《美杜莎的笑声》，张京媛主编：《当代女性主义文学批评》，第193—202页。
[4] 陈染：《不可言说》，作家出版社2000年版，第86页。

隐私、身体、女性室内生存景象的帷幕，女性写作中的一个突出现象，即女性作家往往将目光投注到个人生活的私密空间，作品中常常流连于卧室、蚊帐、窗帘、镜子等具有隐秘性的意象，并以一种决绝的姿态在封闭空间进行“身体敞开式”的叙述，在看似封闭的空间里进行超越性精神反思和颠覆。女性大胆、真实地在文本中将个人的生存实景、内心的隐秘和欲望、成长的痛苦经历、对美好的爱情和性的等待与追求，以及更为深入微妙的心理上、精神上的种种情态，用她们灵动的、细腻的、尖锐的或理性的笔毫无顾忌地呈现，那扇千百年来紧锁的闺阁之门骤然开启，以往男性所想象和所描述的房内“红罗锦帐”的景致风光后面，是怎样的痛苦撕裂、挣扎弃绝，只有女性自己才有最真实的感受，女性真实的生存本相显出前所未有的真实、清晰、厚重和丰富。

一、“卧室”与身体写作

女性的身体写作实践似乎总是容易指向特定的身体展露和放松的空间——卧室，卧室的隐私性似乎和女性的躯体的隐私性程度相呼应。但新时期以来，对女性的躯体书写的初衷绝不是为了满足大众社会商品性的需求，对女性身体的书写纯粹是出于女性解放策略的一部分，虽然后来这种对男性菲勒斯的反抗方式由于商业的不良运作变得面目全非，但我们不能因此而否定那些曾经在文坛上和社会上振聋发聩、以血代墨的优秀之作。“卧室”的门被开启，曾经紧锁的女性内心世界被打开，“红罗锦帐”之后女性的主体性第一次同女性的身体一起被强调，被推到前台。女性的身体作为一个先锋性的代码，它已经不可能继续被封锁在男性统率的家庭内部，作为“他者”的所属物和被看的对象存在。虽然“家”仍旧是许多女性最终的精神依托，但是，她们心目中的“家”的概念已经不是父权或者夫权主宰之下的闺房庭院。女性解放的理想首先是解放自己的身体，将“屋”改造为适合于女性躯体的环境，或者说，使之成为女性躯体的一个有机部分。但是文化的进步要求性行为集中化、私人化、内向化，它需要抑制：“性属于卧室。”[1]当“卧室”一词堂而皇之出现于文学作品中时，必然会涉及“性”的话题，必然会吸引人们对这一隐私空间好奇和探视的目光。我们可以想到的最初的代表性作品就是伊蕾的诗作《独身女人的卧室》。

这首长诗毫无顾忌地将独身女人的卧室敞开，暴露在众目睽睽之下。首先，这个卧室是一间——如同伍尔芙所言——“自己的房间”；作为这个房间的主人这个独身女人，是“一个自由运动的独立的单子 / 一个具有创造力的精神实体”，“我一人占有这四面墙壁”。接着我们看到房间里面装饰着镜子、窗帘，偶尔有友人来谈论艺术、哲学，或者开一个小小的生日晚会。此外，女主人公便枯坐在房间里，抽烟、幻想或室内散步、思念想象中的爱人。女性叙述视角表明，这间卧室并没有处于男性的窥探目光之下，相反，这是一个独身女人对于自己精神居所的环顾。必要的时候，她就会拉上窗帘，隔绝外部世界，制造一个女性的空间：“白天我总是拉着

[1] 〔美〕卡斯腾·哈里斯：《建筑的伦理功能》，第40页。

窗帘 / 以便想象阳光下的罪恶 / 或者进入感情王国 / 心理空前安全 / 心理空前自由。”在这样“心理空前安全”和“自由”的空间中，女性完全可以自如地把握自己的情绪和进行心理调控：“如果需要幸福我就拉上窗帘 / 痛苦立即变成享受 / 如果我想自杀我就拉上窗帘 / 生存欲望油然而生 / 拉上窗帘听一段交响曲 / 爱情就充满各个角落。”

卧室里的独身女人在这个自由的空间里创造着自己：“我是我自己的模特儿 / 我创作了艺术，艺术创造了我。”《自画像》一节表明，女性已经不再依据男性的趣味和尺度，或以他者的目光来审视自己，对自己的欣赏不受任何既定规则的约束：“我最喜欢神秘的头发 / 蓬松的刘海像我侄女 / 整个脸部我只画了眉毛”，这种对自我形象的任意地选择和自由定位充满了孩童似的捣乱和创造性的快感，“我”祝福自己永远保持这颗自在勇敢的童心，质疑和颠覆所谓正确的是非标准和道德准则：“眉毛真伟大充满了哲学 / 既不认为是，也不认为非 / 既不光荣，也不可耻 / 既不贞洁，也不淫秽 / 既不是生，也不是死。”“我”孤芳自赏般将自画像挂在低矮的墙壁上，作为“唯一偶像”来日日朝见。但是，这间卧室真的是一个世外桃源般的乌托邦吗？如果真是如此，在诗中便不会出现直指男性的“你不来与我同居”的怨怼和呼唤。独居的女人不可避免地感到孤单和忧伤，她盼望愿意来同居的男人的出现使她“面容腐朽，脚上也长了皱纹”，星期日在卧室里独自歌唱，“疲乏的眼睛憩息在四壁”。虽然“孤独是伟大的”，但“我不要伟大”，她只想证明自己是女人，但对于“人是否可以自救或者互救”，作者持怀疑态度。

正如苏珊·格巴所说：“女性的文本必将具有极大的破坏性。它像火山般暴烈，一旦写成它就引起旧性质外壳的大动荡，那外壳就是男性投资的载体。”[1]王岳川作为男性批评家一针见血地指出：“伊蕾的《独身女人的卧室》将女性的感性话语以及大胆的带有挑逗性或纠偏性歧视的一些话语，置于这个古老传统的国度，掀起了艺术写作和道德评判之间尖锐的冲突。”[2]诗作有意以近于邪恶的性诱惑挑战男性的道德观念，骚扰男性的社会秩序。尽管“众多的目光刺我鲜血淋漓”，但女主人公仍然“怀着绝望的希望夜夜等你”，不屈不挠地念着一句咒语：“你不来与我同居。”“你不来与我同居”是每一节的结束，在诗中先后出现了 14 次，“这种不顾一切的纠缠、怨恨乃至绝望的口吻和撕毁面具的泼辣无不显示出，女性已不甘继续扮演被动的角色了”[3]。

以翟永明、唐亚平、伊蕾、海男等为代表的后新时期女性诗歌摆脱了男性中心话语的模式，以一种完全不同于以往的姿态营构着她们的诗。伊蕾的《独身女人的卧室》以细腻的笔触和大胆的裸露将女性诗歌推向极致，不仅是对女性生命渴望的一次淋漓表达，而且成为女性“性意识”在诗歌中的一次正名。正如诗评家程光炜所言：“性的写作对翟永明、伊蕾和唐亚平们，无异于是对被忽略的女性处境的一种肉体上脆弱的抗议。”[4]

---

[1] 〔美〕苏珊·格巴：《“空白之页”与女性创造力问题》，张京媛主编：《当代女性主义文学批评》，第 203 页。

[2] 王岳川：《中国镜像——90 年代文化研究》，中央编译出版社 2001 年版，第 275 页。

[3] 南帆：《文学的维度》，上海三联书店 1998 年版，第 176 页。

[4] 程光炜：《孤独的漫游者》，《是什么在你背后·序》，春风文艺出版社 1997 年版。

女性写作的结果是，女性躯体与文学互相打开，互相交会，互相支持。西苏早已经意识到，这样的解放可能震撼既有的历史，而林白的《一个人的战争》就是一部具有震撼力的小说。尽管这部小说只是书写了一个女性隐秘的内心世界，在轰轰烈烈的外部世界中微不足道的“一个人的战争”——女性躯体的觉醒与成长。但小说产生的社会效果，对于传统成规——不论是性道德还是叙事成规——的放肆挑战，都是令人惊异和感到“刺目”的。

小说叙事直接从五岁的小女孩多米的童年经验开始，对女人生孩子的好奇和窥视行为，在“蚊帐”中悄悄进行的自慰，是女孩多米对女性躯体中深藏的奥秘的探索，“蚊帐落下，床就是有屋顶有门的小屋子，谁也不会来。灯一黑，墙就变得厚厚的，谁都看不见了”。“在漫长的日子中，蚊帐是大同谋，只有蚊帐才能把人彻底隔开，才安全。”幼小的多米没有父亲，母亲常常在外工作而把她独自留在家中，多米的夜晚常常是在鬼故事的幻想和提心吊胆中度过，她极度孤独，渴望亲情和爱的抚慰。难以摆脱的孤独感与那些极端的个人心理体验都是幼小的多米无法言说的，这使她过早地成熟并且与周围环境格格不入。多米以一种特殊的方式开始自我认同，并开始她漫长的拒绝和逃避之旅。成年以后的她“不怕孤独，不害怕被孤立，躲进她的内心，就像躲进那顶白色的蚊帐一样，那是她回归自我的乐园”。那顶蚊帐是同谋，是多米幼年的天堂和安全的庇护所，也是多米成年以后的地狱。童年时代的孤独使她形成了离群自闭内向的性格，并似乎患有严重的社交恐惧症。她习惯于活在自己的世界中，永远沉浸在内心，对他人视而不见；她总是躲避人群和热闹，逃离凡俗的日常生活。童年的经验具有象征性并在小说中贯穿始终，成为凝聚故事的内在力量。即使在大学校园，多米依然躲在她的蚊帐里，透过蚊帐的网眼看她置身于其中的环境，漠然地看着她们在她的蚊帐之外来来去去，依然无法融入内心以外的世界。

林白极端的个人化的叙事方式未必是女性的自我迷恋，而是试图认清自我，剖析心灵，回忆成长的过程，从而弄清自我生长的每一个关键转折点以及命运所呈现的神秘之源。那种毫无顾忌的大胆倾诉，恰恰是女性沉默太久、压抑太重之后的一次极端激烈的反弹，内心淤积了太多的秘密和沉重的体验，需要彻底地宣泄和解脱，她不顾一切地将自我曾经无比珍惜的拼命保守的秘密放逐，那些东西压得她难以呼吸，于是为了心灵的轻松和健康，她开始诉说，她期待着心灵阴霾扫除过后阳光的明媚和灿烂。这是一次自我拯救的过程，仿佛心理医生的催眠疗法，梦呓中的诉说，话语将一切不可说的沉重载起并抛出，然后获得一种干净的健康的无忧无虑的重生。有评论家一再指出林白的女性经验是“反常规”的，是“怪异”的“奇观”，而作者写作的心理是执拗的、偏执的。这还是男性对女性的误读中比较不那么偏激的一种说法，还是试图较为公正客观地、甚至是倾向于欣赏地对林白的创作予以批评。而更多传统的男性读者恐怕对此抱有更为排斥和不解的心理。男性中心的历史沉淀下来的性别优越感以及性别之间的巨大沟壑，使林白“纯粹”和“个性化”的写作无法使一个“再正常不过”的男性轻而易举地理解和接受，然而，对许多与“多米们”有着相同或相似成长经历的女性，或者只要是女性身份的读者，阅读林白的小说会产生天然的亲近感，并且被激起内心的波澜。

多米是一个将自我定位、封锁在了“房间”里的女人，不管它是蚊帐、是阁楼还是单身宿舍。只有一个人独自待在“屋”里，多米才会感到自在从容。热爱写作的多米也是一个幽居在“屋”内的女人，有着丰富的内心世界和“疯狂的计划”，“但我总是未能实现我的那些疯狂的计划，我永远只能在幽闭的房间里才能有从容的思维和行动，一旦打开门，我就会慌乱，手足无措，我费了多少年的时间来克服我的这个弱点，至今仍未奏效，我想，我也许天生就是为幽暗而封闭的房间而生的”。小说之中描写了多米半裸身体的写作状态。这不是投合男性眼光的色情挑逗，而更像是展现女性躯体所蕴藏的潜力：“这是我打算进入写作状态时的惯用伎俩，我的身体太敏感，极薄的一层衣服都会使我感到重量和障碍，我的身体必须裸露在空气中，倾听来自记忆的深处、沉睡的梦中那被层层的岁月所埋葬所阻隔的细微的声音。”这同样可以视为一个象征。“这部小说里，大胆的女性躯体修辞学预示了女性在文学之中的崭新姿态。甩下服装如同甩下既有的符号体系规定一样，尽管这一切还仅能限制在狭小的居室里。无论如何，这标志了一个意味深长的转折。”[1]

为了那些仿佛梦一样不真实的生命过程能够更真实一些，为了让那些生命的体味不会随着时间的过往而流失，“我”开始写作。“我常常想，只要我写下来，用文字把那些事情抓住，放在白纸上它

[1]　南帆：《文学的维度》，第174页。

们就是真正存在过的了。”纯粹的女性写作只关注女性自身，它把那些极端的女性经验作为叙事的核心，它必然蔑视经典的文学法则和现行的道德准则。因此封闭幽暗空间无疑是最适合的地点（有不受打扰、不“被看”的安全感）；敞开式的身体写作，亦是那个时段最具“反叛”意味的写作方式。实际上实践身体写作并不仅仅是对女人的性需求进行淋漓尽致的展示，它意味着以感同身受的方式对人的生命感觉作全方位的提取与把握，身体写作的实质是对生命体验的表达。就像主张身体写作的西苏所说：“写作乃是一个生命与拯救的问题。写作像影子一样追随着生命，延伸着生命，倾听着生命，铭记着生命。写作是一个终人之一生一刻也不放弃对生命的观照的问题。这是一项无边无际的工作。”[1]

二、“里屋”、“浴缸”与“尼姑庵”

陈染的《私人生活》为“私人写作”进行了命名式的界定。她在访谈中曾经坦言，长篇小说《私人生活》这本书的标题就是想反动一下以往的文学模式。当代作家曾经习惯于把历史的或外部的生活痕迹当成他们个人的生活，公共的背景就是他们个人的背景，公共的生活就是他们个人的生活，这当然是一笔珍贵的财富。多元的时代，也可以称之为“共识的破裂”，对于一位年轻的作家来说，在他（她）的笔下，公共的背景已不能完全地构成每一个人的生存状

[1] 〔法〕埃莱娜·西苏：《从潜意识场景到历史场景》，张京媛主编：《当代女性主义文学批评》，第 219 页。

态，个体之间存在的差异很大。陈染擅长于表达个体的“创伤性经验”和女性心理，这些“室内经验”与社会的公共空间的普遍伦理具有相当的差异性，她避开了写实主义擅长于表达表面上看来不假思索的经验，而沉入了生命的底部，展开女性心理和感知的深度，跨越时空幻觉与意识流动。

陈染讲述的故事总是与女性的内心生活有关，敞开相当隐蔽的私人生活/“创伤性经验”需要一个独立而安全的空间，在《私人生活》中，“我一直渴望着单独的住宅，因为这是一个人可以进行内心生活的前提”。当“我”终于拥有了“自己的房间”，而“墙壁底部的淡蓝色如同安详的目光回望着我，门厅、厨房、卫生间和卧室，全都告诉我这是一个可以安憩的家，早年那种杂居的嘈杂已经一逝不返，房间里的家具与家具、墙壁与墙壁之间的关系，再也不会因为穿梭其间的人物，而发生紧张和混乱”。只有在这个时候，某些精彩的“心理瞬间”才可能被呈现。例如，“我”发现了女性的隐蔽的躯体与一间隐蔽的“屋”之间的相似性。狭窄、潮湿、光线暧昧的“里屋”引发了与女性身体之间的联想，“里屋”成为具有鲜明女性特征的一种隐喻：“里屋，对于女人有着另外一个称呼，另外一个名字。它似乎是一道与生俱来的伤口，不允许别人触摸，它埋伏在浓郁的阴影里，光线昏暗如同子宫里边的颜色，让男人怦然心动。我们长大的过程，就是使它逐渐接受‘进入’的过程，直到寻求‘进入’。在这种寻求中，一个女孩儿变成妇人。”[1]

---

[1]　陈染：《私人生活》，经济日报出版社、陕西旅游出版社2000年版，第88页。

除了“里屋”之外，《私人生活》写到一个“浴缸”，“浴缸”这方小小的用于沐浴的容器竟然成为“我”温暖而舒适的“窝”，它驱走了“我”身上无端的寂寞和疲倦。“自从母亲以及我亲爱的朋友都离开了之后，我觉得现在只剩下我和这个浴缸了。我第一次感觉到自己像个亲爱的人那样躺在它的怀抱里。在静悄悄的整个房间里，只有它将我紧紧地搂抱，使我忘记所有的过去，使我相信交流。”一个女性只有躺在这样一个更小的空间里才能得到水一样的温暖，才能驱赶深入骨髓的孤独感，这是独有的女性话语表达孤独的方式，是令人触目惊心的一种对人生孤独感的极致书写，看似细碎充满女性的神经质，然而“浴缸”传递出来的在偌大世界逃避孤独与寻找容身之地的艰难，反映了人类面临的一种普遍困境。正是因为写到了极致，才动人心魄。写作对作家而言既是生存的观照，也是生存本身。

陈染指出，差异很大的个体同样存在一些共同的问题，比如孤独意识、空虚感、物欲等等人类诸多的困境。这些个人的个体的，其实是每一个个体所面临的，但是它如果升华到一种人类精神状态的层面，就不再是小的了，而是非常大的东西。在人性的层面上，恰恰是那种“公共”的人才是被抑制了“个人”特性的人，是被无数次复制的人，因而“他”才是局限性的，甚至是残缺的、不完整的。[1] 陈染将个人化体验经由文字写作而升华为人类的普遍处境，这是陈染创作的最大特色，也构成陈染作品读解的多种可能性。因为作者独特的语言风格和对生活世界、人性、人生所作的深邃的哲学

[1] 参见陈染：《阿尔小屋》，华艺出版社 1998 年版，第 159、181 页。

思考，使得她的作品常常给人一种“坚硬的金属被洞穿的感觉”[1]。

在《与往事干杯》中，陈染选择的故事发生地点是一个有些怪异的地方——“尼姑庵”，事实上，作者在现实生活中确有曾经居住过这样一个地方的人生经历，尽管这个“尼姑庵”非常适合用于艺术的虚构。“人们渴望阅读真实，而女性写作正好可以提供真实——关于女性自身经历的故事，关于女性自我想象的叙事，这些真实其实质与幻想没有区别，女性乐于生活在幻想界中，女性写作更是如此，幻想的真实比她们面对的现实也许更‘真实’。”[2] 而“尼姑庵”似乎根本不应该是一个处于青春期的少女孤独地生活的地方，但是这个场所荒凉、宁静、封闭，恰好使一个脆弱、灵秀而忧郁的少女与危险的外界隔离开来，它和少女重重封闭的内心世界形成一个同质的结构。具有反讽意味的是，“尼姑庵”恰恰成为女性爱欲萌生的初始地，一个少女青春期的躁动、渴望和恐惧都毫无保留地在此呈现出来。

《无处告别》中试图生活在绝对精神状态里的黛二小姐面临着重重的危机，她除了更极端地封存在个人的狭小天地里外别无选择。因而，“无处告别”正如“与往事干杯”一样，显然是陈染的叙述人（主人公）自觉采取的一种生活姿态。“无处告别”与其说是一种生活结果，不如说是一种生活状态的前提。她们把自己束之高阁，把自己封存于绝对个人的空间，那种自怜自爱、孤芳自赏的情调也就油然而生，显得超凡脱俗，具有令人伤心欲绝的美感。

---

[1] 参见陈染：《阿尔小屋》，第 234 页。

[2] 陈晓明：《仿真的年代——超现实的文学流变与文化想象》，山西教育出版社 1999 年版，第 36 页。

三、储藏青春秘密的“阁楼”

“阁楼”是建筑的一部分，它是不属于地面的，爬上去需要楼梯或者简单的梯子，从建筑构造上来看，它不是正式的房子，只是和壁橱、地窖一样作为房子的附属品、多余出来的边角地，当然从外观上还可以成为房子的一种装饰——它的形式常常是不规则的，有三角形的屋顶和近乎一人身高的高度。从建筑功能上来说，因为低矮狭小不适合居住，它只是住房拥挤时临时的住处或者如地窖、壁橱一样用来存放杂物之处，或者，它干脆还可以作为非正式的牢笼——《简·爱》中罗切斯特就把他的疯女人长期隐匿于阁楼上。因此，阁楼给我们的印象是：一个狭小的非正式的神秘的地方。它的幽暗狭小如同一个“洞穴”。太高太大的空间给人的心理和生理都不会带来安稳感和踏实感，人类的“洞穴情结”就是经由获得性遗传方式经过几十、上百万年时间而延续至今。正因为如此，“阁楼”对未成年的孩子和心中怀有梦想的人具有一种超常的吸引力。

林白的小说《一个人的战争》中那个如青果一般的女孩多米，“她”曾经的某些奇异的经验和“我”记忆中一些零散而挥之不去的画面，其中之一竟然是“回想我的童年时光，阁楼上的生殖器模型如同肉色的花朵在幽暗的地板上开放，孩子蹲在地上，长久地冲它们瞪着眼睛，这是我常常看到的情形”。“一个小女孩，站在一堆乱七八糟的生殖器模型中，这是一幅多么奇怪的风景。”童年时代的经历为何造成多米与其他孩子显著的不同，与他人格格不入的自闭性格，这正是叙述者想要弄明白的事实。在那个幽暗的阁楼中，她所看到的原本储藏起来的东西突然映现在她的眼前，那如肉色的花朵般奇怪的生殖器模型对小女孩多米来说，也许正是“性意识”早早萌芽的刺激因素之一。而这些东西只能是在医院储藏物品的幽暗杂乱的“阁楼”里才会出现的，而绝不会公然摆放在家中明亮的客厅或者高雅的书房内。阁楼所散发的隐秘的气息和这些模型一起，成为幼小的“她”无法言说的秘密。

女性的爱欲作为一种禁忌长期以来被有意压抑或排斥，因为被压抑得太久太深，造成对它的书写和表达的困难以及可能遭遇到道德的拷问，因此对它的书写更需要勇气和智慧，需要更好地掌握艺术表现力及分寸。女性内心深处涌动的或明或暗的爱欲总是要在那些封闭的、暧昧的、离群索居式的生活空间里才有可能出现和释放。因此，“阁楼”这样一个狭小而特殊的住居空间被女作家柳营选择来作为埋葬青春秘密的地点，倒是极其自然合理的事。

《阁楼》[1]是一部典型的女性主义文本，通篇都流动着江南水乡年轻女作家的温柔、优雅、灵秀的女性气息和女性话语。如同主人公的名字一样，小梦几乎是个生活在梦里的女子。周围世界的变化她几乎视而不见，她的日子总是在平淡无聊中却有所期待地过去。小梦正当青春，她的身心承受着孤独与禁锢的煎熬。与母亲一起的家是小梦不愿意居住的，她有一间秘密的小阁楼，这间小阁楼也不是她切实的家，但它却是小梦最愿意逗留的地方。阁楼是老屋楼上的一间。木结构的老屋，有水一样花纹的黑色的地板，有雕花格的走廊，这座年代

[1]　载《大家》2003 年第 3 期。

久远的老房子有着浓浓的怀旧气息，“小梦喜欢老屋里的味道，连着过去与现在的味道。过去是幽黑的，现在是朦胧的。老阁楼色彩朦胧的味道与小梦现在的心情多少有些相附和。这也许是小梦喜欢把屋子租在这里的真正原因”。阁楼阴暗但很安全，它是一片隐秘的天地。阁楼潮湿但有味道，它是一座灵魂的舞台。小梦这样朝九晚五的上班族，娴静乖巧的女孩子，心底里却有着与外表截然不同的无法遏制的情愫。漫长的、令她生厌的工作、下班后与母亲相处的平淡如清水的生活、日日重复的琐碎的行动，使她和情人的秘密幽会成为她对抗周围一切烦琐的事物（包括个人生活的平庸无奇）、释放激情的最好方式，“她要的就是这激情中涌动的轻松”。

每周约会的那一晚就是她释放激情与郁闷的时刻，她一进到小阁楼里，就莫名其妙地快乐起来。平日里因为孤寂而在心间形成的硬核，几乎让她窒息的硬核，会因为他的爱而离散。小阁楼成了小梦释放自己的最好的场所。即使后来那个没有姓名的“他”因为害怕“火太旺”，怕被这火烧死而悄无声息地退出了这种危险的地下性爱关系之后，小梦仍然在很长的时间里一个人悄悄地到小阁楼去。她迷恋小阁楼的游戏，可以演示那些只能是自己一人观赏的戏剧，在暗香浮动的黑暗中，她沉浸到了与白天的世界全然不同的另一个世界中，她感到平静、安全，可以随心所欲地做她想做的事，可以化上很浓的妆，坐在夜色中的走廊上；在小屋里，她一次次地脱光自己的衣服，专心致志地欣赏自己的身体，因为带着一丝被窥视和偷偷放纵自己的危险性，她感觉“有些尖锐的说不明白的快乐，违背了常理的某种愉悦”，这些对小梦来说就是非常满足的。小说写的是关于女性的青春隐秘中最难以启齿的“性”，那曾经是被压抑和禁锢的，“小姑娘和她们‘没有规矩’的身体被幽禁、被妥善保存着，完整如初地冷藏于她们自己的镜中。但是在底层的她们仍在沸腾！性缉察永无终止地奔忙，要费多大劲去阻止她们可怕的返回呵”[1]。“小梦们”沸腾的生命力不可被阻止，虽然是在极其隐秘而有限的空间里得到展示和释放。

小阁楼是小梦的秘密花园，它的古老、黑暗、陈旧和缺少阳光仿佛就是那段无法见光的婚外恋的形象性的外观，她留恋这段畸形的情感给她带来的身心愉悦和解放，在小阁楼中个人的表演尽管有些微的病态和莫名其妙的怪异，但毕竟小阁楼成为她无聊平淡生活中最富刺激和吸引力的地方。她一再恋恋不舍地回到阁楼中回味，沉浸在那段记忆里，爱抚着、放纵着自己的身体和心灵，让她最无法言说的“性”的苦闷得以消解和舒缓。终于小梦是要告别这座小阁楼的，在小梦结婚之前“侧对面的老房子全都被拆掉了”，“那间小阁楼也倒在了那片灰泥中。小梦与母亲住的房子不久后也将被拆掉”。小梦必须告别她暂时的世外桃源，走入现实生活中来，但“心里的那座阁楼却永远都是存在着的”。小梦并不拒绝阳光一般的男孩子和明亮的生活，为了遵从世俗和告别过去，她在结婚前一个礼拜去了趟医院，“对身体的某个部位做了修补”，这就“咔哒”一声，把一段鲜活而隐蔽的生活经历锁进了永远关闭的心灵的暗室，封存了那个只属于她自己的隐秘。

谁的心里没有一个封存秘密的“阁楼”？对小梦来说封存的是

[1] 〔美〕苏珊·格巴：《“空白之页”与女性创造力问题》，张京媛主编：《当代女性主义文学批评》，第 191 页。

青春成长期中对于孤独与禁锢偷偷反抗和叛逆的秘密。这个青春的隐秘故事因为是那么隐蔽又不可言说，这就使得小说的色彩很黑暗、气氛很有些紧张——对秘密的讲述和倾听都是令人紧张的，但柳营用一种舒缓的、淡然散漫的叙事节奏讲述着，语调平和且自然流泻，故事原本应该有的刺激性被叙事的松散方式所冲淡。柳营在小说里虽然并不大在意故事的编织，但还是注意讲述故事的完整性，因为故事的圆满反而给读者带来一种彻底的“逝去”感；小梦的“秘密”是一个古老的话题，并不新鲜，作者更为在意的是一种迷人气息的营造，小说中弥散的朦胧、浓郁、幽静、怀旧的气息仿佛能够渗透纸页扑面而来，有着幽深的诗意和久远的象征意味，就像崔道怡所说的：“在《阁楼》中，柳营把对旧事物的怀念和眷恋，寄托在简陋、古朴的阁楼上，阁楼成了纯洁情感的象征。”[1] 这使得阁楼的消失具有了一种伤感和遗憾。

除了故事本身，作品也在讲述关于人的隐秘的命运，仅作为一种象征，隐秘就像阁楼，储存着只属于个人精神的珍品，应该受到尊重和保护。小说叙述的方式是那么缥缈而悠远，故事仿佛根本没有发生过，抓不住似的，但那秘密的存在又给人那么真实的感觉，并且似乎是因为发生在了一个恰当的场所——阁楼里，才给人一种合情合理并且一种秘密说出后畅快淋漓的感觉，那么，为什么一定是“阁楼”而不是什么别的地方？卡斯腾·哈里斯说：“在我们的住宅中，我们仍然需要一个空间可以流露自己的潜意识，可以贮藏似

[1] 崔道怡：《谁没有小阁楼——柳营的〈阁楼〉里看到的》，《大家》2003 年第 3 期，第 65 页。

乎不再需要的东西，一个可以积淀生活的地方，一个能够找寻过去的地方，一个能够延续我们的安居生活的地方。阁楼、地窖、壁橱正是这样的地方。”[1]

第五节　“家”：两性共建的乌托邦

人类有着共同的生命追求：健康而诗意地栖居于大地上，而其前提就是“和平”。所以，被爱因斯坦赞扬为“我们这一世纪最伟大的人物”的法国人文学者史怀泽说：“要知道，和平高于一切理性。”[2] 而“和平”也正是“家”所具有的根本性质，正如罗斯金所说：“这就是家的真正性质——它是和平的地方，避难所，不但免遭一切伤害，而且还免遭一切恐怖、怀疑和分裂。”[3] 女性由于和“家”之间历史的和现实的必然联系，使得“家”的意味在女性身上被艺术地张扬，所以，带着女性自信的杜拉斯告诉我们，男女间的最根本差异就是“屋”与“家”的区别：“男人可以建筑许多房屋，但不能创造一个家。”与此不同，“女人就是家。她过去是，现在仍然是”[4]。“家”其实也就是“伊甸园”：“为什么迄今为止女人的基本愿望仍然是照料家庭，把家庭维护好？”因为“由女人创造出来供

---

[1] 〔美〕卡斯腾·哈里斯：《建筑的伦理功能》，第 201 页。
[2] 〔法〕史怀泽：《敬畏生命》，陈泽环译，上海社会科学院出版社 1992 年版，第 138 页。
[3] 〔英〕罗斯金：《罗斯金散文选》，沙铭瑶译，百花文艺出版社 1997 年版，第 73 页。
[4] 〔法〕杜拉斯：《物质生活》，第 48—58 页。

人安居其中的家，这就是所谓乌托邦的所在”[1]。在长期的历史发展中，中国人形成了重视血缘关系的文化观念，尽管在当今时代亲属群体衰落了，大家庭也成为人们怀旧时的梦想，但中国人家庭观念是刻骨铭心的，仍然是破解他们思想行动的密码。“家”，对于每一个中国人来说，都是一个非同寻常的字眼，牵动着每个人的神经，也是一生希望的寄托；“家”，就是中国人的宗教。

“家”作为一个古老话题因其具有永恒不息的生命力，被视为不可动摇的神话和文学长盛不衰的主题。一桩新的婚姻实际上是又诞生了一个“家”。但是“家”不仅仅是一桩婚姻而已，它不仅只是透过厨房的窗户而射出的一束温暖的橘黄色的灯火，它更隐喻着文化上的“象征秩序”，进入婚姻中的人的身份因进入新的家庭结构而再次界定，它给每个人身份以命名，保障家庭成员生物体存在的需要，提供安全感和稳定感。一个不甘心被家庭这个笼子关起来的人必然选择出走，但这个世界对男人是宽容的，如果回头了一切还可以重新开始。对女人却苛刻得多，只要她走出家门一步，门就在她身后永远关闭了。爱玛服毒自杀，安娜·卡列尼娜卧轨自尽，在中国古代，一个改嫁的母亲甚至不见容于子女。那些从“居家度日”的生活中出走的女人，常常被视为妖女、疯子、荡妇或者女巫，她们无法再返回家中。

从人的天性和中国女性所接受的传统观念来看，“家”比“独立”、“出走”具有更永久的魅力和价值。20世纪“女性文学从‘五四’到世纪末重复了一个怪圈，即伴随着每一次的思想解放，女

[1] 〔法〕杜拉斯：《物质生活》，第48—58页。

性解放的一个重要姿态是出走，但出走以后总要回家，无论是回自己的小家还是革命的大家”[1]。表面上看，当代女性似乎已经脱离了传统形式的“家”，但女性实际上并未挣脱出传统实质的“家”。一方面的原因来自男性观照视野，无论是在男性意识形态里还是在实际生活中，都认定男权社会的两性格局：男主外，面对的是社会；女主内，面对的是家庭。另一方面对于女性来说，在娜拉出走后会怎样直到今天依然是个未能解决的社会性问题的情况下，让她们否定或遵从女性的传统美德（抑或是男权中心文化所强加于她们的传统道德）都是艰难的或者竟是“有罪”的选择，如果再要让她们抛弃女性的天性那更是极大的痛苦和折磨。

一、“厨房”：女性最终的停泊地？

当代女性文学从20世纪80年代逐步发展起来的过程中，似乎一直在向世俗挑战，试图挣脱父权文化中心视野和话语，并逐步摆脱由传统赋予的（或由男权社会强加的）女性传统美德和行为规范。80年代张辛欣在《我们这个年纪的梦》中对“厨房”的那种充满厌恶、无奈的描写还让我们记忆犹新，女性正是通过从厌倦走向抛弃厨房，开始树立自己的自我意识的。“家庭”，这个在传统小说中代表幸福的乌托邦的处所，在林白的叙事中主要是以牢笼的形式出现。在《说吧，房间》里，对家的厌倦被更加充分地强调：“现在当我想

[1] 周晓扬：《女人与“家”——论当代女性文学的漂流身份》，《郑州大学学报》（哲学社会科学版）1998年3月。

到婚后几年的忙乱生活时，我的眼前就会出现一幅高密度的无限重叠的图景，我看到无限多的锅碗瓢、案板水龙头、面条西红柿、衣服床单洗衣机以及更多的别的生命重叠在一起，它们毫无规则密不透风地堆积，就像一件刻意反艺术过于前卫的装置作品，又像一幅以这片堆积为素材的前卫油画，它的构图跟装置作品完全一样……”当然，这是一堆毫无审美价值的灰色图案，直到多年后，老黑回想起来还感到窒息。福柯在《性史》中曾多次讲到，性伦理和饮食伦理之间存在着联系，这二者之间有无法消除的互文关系。“厨房”和“卧室”是一个家庭里最为秘密的空间，也是女人向男人贡献自己的两个场所，她们提供食物和身体，满足着男性的食欲和性欲。当女性对自己这样一种缺乏真正自我建构的物化身份厌倦的时候，她就会逃离厨房，取回自己被男人使用的身体。

1949年以后，以政治经济地位的平等和独立为标志的妇女解放使女性欢欣鼓舞，但是，女性在承担起了新的历史角色、进行新的身份建构的同时，传统的女性在家庭中的角色并没有因此而改变，相反，她们背上了比以往历史上的女性更重的包袱，做一个事业、家庭兼顾的女性才是完美的，放弃家庭职责的成功女性曾被命名为缺乏女性特征甚至带有贬义的“女强人”，她们事业上的成功因为以家庭为代价而被看成是不完整的，有更大缺憾的——对男性则根本不存在这样的苛责，相反却认为是正常的。女性一生与“厨房”结缘成为一种命运。女性似乎只有通过在厨房里的表现才能被主流观念所认可。这样一种传统积淀的“集体无意识”其实也渗透了女性的生命和意识，即使是洒脱的、热衷流浪漂泊的台湾女作家三毛，在关于遥远而神秘的撒哈拉沙漠生活的书写中，我们常常看到的是一个“恪尽职守”的聪明主妇在厨房乐此不疲地为丈夫别出心裁地烧菜做饭的忙碌身影，她把这个充满温馨幸福的琐碎过程写下来娱人娱己，却并不给人以“俗”的感觉——或许因为这一切发生在生存条件严酷的撒哈拉沙漠而具有了更深层面上的意义？三毛之后，书写温馨居家生活细节的作品尤其是女性散文随笔大量出现。

90 年代女作家重新反思女性的性别角色和社会身份，在女性与家庭婚姻关系的描写上则采取“超性别”叙述视角，认为“家”是秩序的代名词，是女性内在“自我”的一部分，婚姻与家通过女性的生存方式结为一体，女性躲避动荡世界的唯一安稳妥帖的方式是抓住婚姻和家。周晓枫在散文《门缝里看婚姻》[1] 中就斩钉截铁地告诫女性：“别忘了，生活是个沼泽地，说来说去反而是呆在婚姻里更安全一些。”这恐怕是曾经梦想和呼吁“出走”的女性们一个世纪性的无奈总结，看似保守怯懦但不无清醒理智。

《厨房》（徐坤）在 90 年代文坛上的出现，揭示了在男权中心社会里女性依然被动的生存境遇。枝子，一个在商场上叱咤风云、事业有成而又风韵犹存的成熟女性，对爱情和温馨的家庭的向往使她要“艺术地”进入厨房，要把一个温馨家庭构图展现在男人面前，她要收起“女强人”叱咤商海的精明能干，而要“用她的厨房语言向这个男人表示她的真爱”。她对家庭的向往和满腹的柔情只有通过女性表达忠诚和真情的最古老、最传统的方式，“表演”给那个叫松

[1]　载《啄木鸟》1997 年第 1 期。

泽的艺术家看——女性始终无法摆脱被看的命运，而厨房的操作和演练竟然在一定程度上变成了一个特殊的被看和被观赏的场景。枝子曾经毅然走出过厨房，她的聪明才智使她在男性世界的角逐中取得了成功，但作为一个女性在一个男权中心社会要获得的成功就要遵循其中的规则，需要付出更多，她对外界的争斗备感疲惫；于是她回头，不自觉间又走上了当日千方百计背离的道路。几千年的文化积淀使得女性已经习惯于边缘和从属的位置，枝子曾经走出了厨房，但她始终都没有走出女性在厨房里形成的自我形象。那个在封闭的空间形成的自我，始终都是被动的、从属的，“她被封闭于她的肉体和她的家庭，所以她在这些有着人的面目的、树立目标并建立价值的诸神面前，认为自己是被动的”[1]。枝子的渴望与诱惑中充满了一种对稳定温馨的家的怀恋，它以女性谦恭的姿态邀请男性共享两性的愉悦以及家的温暖，“事业成功的女人，在一个个孤夜难眠的时刻，真是不由自主地想要家，怀念那个遥远的家中厨房”。枝子承认自己的软弱：“一心一意想要躲回温室里，想要回到被她当初毅然决然抛弃割舍在身后的家。”但枝子以“厨房”去试图捕获爱情的精心计划最终失败了，她的厨房艺术以真情受到玩弄惨淡地画上句号，而枝子作为女性那自尊、骄傲的心却本能地挣扎着。自尊可以让她圆满地退出那个厨房，但自尊掩饰不了她彻骨的疼痛和绝望。剩在枝子手里的那袋垃圾无情地嘲弄了她重新“回家”的渴望。

从女性对家庭 / 厨房的天然依恋的角度来看，90 年代女性小说与

---

[1] 〔法〕西蒙·波伏娃：《第二性》（全译本），陶铁柱译，中国书籍出版社 1998 年版，第 674 页。

20世纪初的文本之间似乎存在着“异质同构”的关系，但这种“回家”的意义是不同的。如果说“五四”以来的文本所诉说的“回家”是封建势力和男权文化过分强大之下的历史话语，那么对于当今的女性文本，“回家”既是一种潜在的调整策略，也是对女性自身发展的种种可能性的探索。“厨房”作为一个女性写作的突出意象，既流露着90年代女性回归的幻想，也表现着已经独立的女性所承受的内心压迫以及对“家”的绝望。“厨房”情结更上升一层的话，是女性比男性更深的“家”的情结，也是女性骨子里对“菲勒斯中心”的依赖。小说更深一层揭示的则是90年代女性文学中所隐藏着的颠覆男权文化中心的失败感，这是比“回不去家”更令女性主义者震惊和深思的所在。徐坤揭示了女性在生存空间选择上的艰难，“消解了流传已久让女人们深信不疑的厨房神话。厨房里的贤妻良母，厨房外的成功女性，对于厨房都是一种单向度的解释”[1]，女性自身生存空间的拓展不是一个单靠“厨房”能够完全解决的社会命题。

二、“姐妹之邦”：房间内的倾听与诉说

正因为女性比男性有更深的“家”的情结，所以我们习以为常地看到男性在外面征服世界、四处为家，“家”中缺席的一方往往是男性，而缺少了任何一方的“家”，其实都不再是可以安居的乌托邦，即使是因为纯洁坚固的“姐妹情谊”而组建的“家”也并不是

---

[1]　吴宏凯:《逼问女性的生存空间——读徐坤的小说〈厨房〉》,《名作欣赏》2003年第1期。

能够真正拯救女性命运的“诺亚方舟”。

张洁曾被认为是新时期最早具有女性（女权）意识的作家。她的小说《方舟》也被女性主义批评认为是一部“姐妹情谊”的文本，在参与社会历史救赎的社会化主题之下对女性现实境遇的一种深刻指认。小说的副标题是：“你将格外地不幸，因为你是女人。”三个历经情感、事业磨难的知识女性组成了单一性别的“女人国”，她们头脑敏锐，思想犀利，事业心强，对社会、人生的认识深刻而清醒。三人均有过不幸的婚姻，而且她们的生活是马马虎虎潦潦草草，这个没有男性居住的“姐妹之邦”也受到无聊闲人的好奇窥视，人格被怀疑和污辱，它特异的形式被人非议，但这并不能阻碍它的存在。造成她们“格外不幸”的原因，是生活中无处不在的男性压迫，小说中那些色情的、僵化的、妄自尊大和卑琐的男性，构成了三位女性的对立面。来自男性社会的明目张胆的打击以及精神的围困，使她们结成一体共同作战，她们彼此维护，互相帮助，互相间传递着真诚与关怀，体现了感人至深的“姐妹情谊”。这个特别的“姐妹之邦”表达的不仅是女性爱的失落与理想男性的匮乏，亦是对女性社会人格和女性在事业追求、社会价值实现过程的强调。

王安忆的《兄弟们》则在另一个层面上展开了讲述。《兄弟们》的故事是三位已婚女性在学校相遇而成为亲密的“姐妹们”，缔结一种“兄弟”结盟的关系。她们离开家庭进入一个自由、宽松、随时可以进行思想交流的居住环境，逐渐意识到自我存在的意义和快乐，亦意识到只能为别人而活着的悲哀。她们也反省了很多有关婚姻、生育、家庭方面的问题，“最重要的是发现了自己与一个男人的结合，完全是由于怕孤独，而找到一个人做伴的代价却是自我的失落”。真实的自我被唤醒，三人间相互支持和鼓励，因为与家庭/男性社会拉开了一段距离而喜悦地窥见女性自我存在的意义，感到生存的满足，并在同性相处之中获得了自我认识和肯定的体验。这种女性间的平等、团结、自由和进取的感情关系，是历来为女性主义者所推崇和重视的姐妹情谊。然而，毕业在即，临时组建的“家”面临解体，再度回到现实的婚姻家庭中去，建立在纯粹精神层面的同性感情与物质社会的较量必然要失败。

如果说张洁的“姐妹之邦”是出于对男性社会的绝望与抵抗，被逼无奈而结成的同舟共济的“避难所”，以期使受伤而疲惫的心灵得以疗救以利再战，那么王安忆、刘西鸿则是在并非激烈对抗的性别秩序中比较温和的理想主义的书写，体现了自觉主动的女性探索精神。在90年代女性写作中，林白和陈染经常被批评家在“个人化”或“私小说”的意义上所论及。在二人的小说中，大肆挥洒的女性隐秘的经验，十分醒目地构成了对主流叙事话语的反叛。显而易见的是，姐妹情谊—姐妹之邦在二人笔下始终是挥之不去的主题。

林白和陈染以并不激烈但执拗的姿态，远离甚至弃绝男性价值中心，固守女性自我的“城堡”。然而，这种同性之爱作为纯粹观念意义上的绝对的女性生活，又具有明显的自恋倾向。这使得90年代“姐妹之邦”带上更多拒绝社会认同的边缘人格色彩，而变得难以指认和辨识。陈染在《私人生活》中书写了女性之间的爱恋：“而禾，才是属于我内心的一座用镜子做成的房子，我在其中无论从哪一个角度，都可以照见自己。她身上所有的空白都是我的沉默，她的喜悦在我的脸上总是映出笑容。当她目不转睛地望着我一天天长大成人，用她那双纤瘦的手指攥紧生活这一根带刺的铁栅，我的手上立刻就感到疼痛，指缝里便会渗出鲜红的血珠。”女性为了自我的确证，“便向另一个女人——想象中的自我扫视、寻求，一如个体在成长中向镜像的认同”[1]。因为某种深刻的相似或一致，人们（女性）之间才会彼此需要相互依存，而互相依存的人们之间也会出现对峙和怨恨，对峙和怨恨往往又产生于太过的相似或一致。这也许就是女性关系的悲剧性所在，要形成团结的力量，女性整体的同一性是必要的，而作为个体的人，又追求独特自立和精神的丰富性，“姐妹情谊”就这样成为一个悖论，这也是它易于被男性力量所瓦解的内在原因。《无处告别》试图去描述同性世界隐藏的危机。黛二小姐蛰居闺房，故事主要是在一个封闭的环境中进行。黛二小姐的心理活动实际构成叙事的轴心，它感应并折射出三个女性不同的境遇和行为方式。女性之间的爱恋终究要破裂，黛二小姐的失望来自朋友的背叛。试图生活在绝对精神状态里的黛二小姐真正面临危机，她除了更极端地封存在个人的狭小天地里之外别无选择。

林白 1997 年发表的长篇小说《说吧，房间》，相当全面地呈现了女性生存被挤压的现实，女性的境遇，她们无望的超越幻想。这部小说的名字显得非常奇特，“房间”可能是林白最乐于选择的自我象喻，“房间”作为一种空间的存在物，它的内在性就在于它的封闭性。房间在本质上是孤独的、沉默的，特别是那些简陋的、狭小或

---

[1] 陈惠芬：《神话的窥破》，上海社会科学院出版社 1996 年版，第 153 页。

贫困的房间，它们以孤零零的存在选择它们的本质。这篇小说的故事是围绕主人公被社会排斥、拒绝以及主人公退回个人的内心生活来展开，而“房间”则是这种内心生活展开的理想空间。“房间”是女性的象征，一种关于女性子宫的比喻——一种绝对的、女性本源的存在。“房间”既是拟人化的修辞，又是一种象征。因而，“房间”的倾诉，又是女性的绝对本我的自言自语。

离开家庭走向社会的老黑并没有获得生存的一席之地，受到排斥的老黑只有从社会中退却，回到她的“房间”——一个坐落在“赤尾村”的居所。退回房间不仅仅是小说叙事指涉的物理“空间”，在很大程度上，它更主要的是指个人返回内心的体验。退回“房间”的叙述人给我们呈现了封闭的女性生活，这是一个令人绝望的生存空间，狭小、混乱不堪，里面住着两个不走运的女人，解聘、失恋、人工流产、病痛、离婚、上环等等，与炒米粉、猪油和青蒜，以及杂乱的梳子、美容霜、胸罩和三角短裤等等，构成了房间内的基本内容。但事实上，关于房间内的叙事并不多，这里面很生动地写到女性之间的姐妹情谊，这是典型的女权主义者的视点，在遭受了男性社会排斥之后，落魄的女人们只有相依为命。老黑除了对自己现在的命运——此在的存在加以思索，她还在观看另一个女人与她的命运，对韦南红的叙述则构成外部世界光怪陆离的图景。自我/他者、内心/社会相互交叉关联的叙事结构，使文本具有一种持续的张力。实际上，叙述人老黑与韦南红不过是一枚硬币的两个面，她们不断地经历着分离、交叉、重叠与置换的变异。韦南红与老黑殊途同归，她们最后的遭际表明了女性无可超越的生存困境。

肖瓦尔特说，姐妹情谊标志着“女性团结一致的情感”，池莉的《小姐你早》中的“姐妹之邦”则呈现出由这种“团结一致的情感”而获得的另一种存在方式。经历了种种不幸的遭遇和心灵的顿悟之后，三个身份阅历绝不相同的女人走到了一起，在相互交谈与倾诉中，她们的“心和心，物质与物质，世界与世界”的距离都在缩短。长期以来男权文化为女性情谊所设置的种种障碍都在肌肤相连、有关于女性创痛的对话中分崩离析。三位女性跨越积淀了千年的文化心理的羁绊和现实冲突，携手建立了一种新型的女性之间的关系。在“家”的神话破灭之后，“女性情谊”成为了女性人生的屏障与庇护，她们相互支撑，相互信赖，共同抵御男性的暴力，分担生存的绝望。与陈染等女作家笔下的女性情谊所不同的是，林白笔下的女性们采取的是退守心灵的策略，以女性拒绝的姿态抵御性别压迫，《小姐你早》中的女性不再只是坚忍地承受男性社会对她们的压迫和钳制，不再只是退回到内心去默认女性生存的困境，女性们采取的是积极进攻的战术，在进攻中改变女性的社会劣势，实现女性的真正解放。为了争取属于女人的美好生活，三个女性在夜晚策划于密室。大门关紧，客厅的门也关紧。她们退缩到最隐秘的空间——卧室里，拉上了厚厚的窗帘。她们将自己的设想用纸和笔描绘成了蓝图。隐秘的卧室，最里面的房间，女性在属于她们的空间里蓄积力量，寻找与她们憎恨的男性相应的策略去打击报复他们。这样一种“阴暗”场面无疑是令两性读者都会为之心惊的一幕，男女两性从原本和谐的自然关系演变为一种类似需要密谋才能彻底消灭对方的、战争般你死我活的紧张关系。胜利后的女性也许赢得了大笔的金钱，红润的脸色和舒展的微笑，拥有了崭新而馨香、宽敞而明亮的住房，有漂亮的楼梯和鲜花盛开的花园，然而这华美的屋内却少了一个家中最为关键的要素——男女两性之间美好的爱情，漂亮的房子不等于美丽的“家”。

三、婚外恋：乌托邦的拆毁与重建

“丈夫生而愿为之有室，女子生而愿为之有家；父母之心，人皆有之。”[1]在中国文化传统中，“家”是一个有超常稳定性的社会“能指”，处于道德伦理形态的中心位置，一直受到人们的特殊关注。进入20世纪以来，这一社会最小单位和细胞，开始发生缓慢变异，“五四”时期形成了对传统家族观念和家庭形态的猛烈冲击，一个旧式的大家庭和各式各类小家庭的解体，似乎成了中国社会转型的象征。以情感为基准的家庭结构意识至此才算露出了庐山真面目。在中国，情感生活与家庭观念密不可分，情感意识的不断上升和家族意识的不断下降，根深蒂固的家的观念发生动摇，因此，80年代之后，家庭观念的改变导致婚恋关系的变化，以及由此而产生的对人类生存关系的影响在婚恋小说中被大量书写。

多数女作家都在其作品里表现爱情的魅力与力量，爱情成为其女主人公的主要乃至唯一的人生目标，女性在爱情中寻找自我、认证自我、实现自我，如果说爱情永远是一道绚烂亮丽的风景的话，

[1] 《孟子·滕文公章句下》。

那么与此相反，家庭婚姻生活在女作家，特别是新时期女作家笔下，大多是一幅苦涩、黯淡无光的图景，常与琐屑、庸常、困顿、辛酸、蓬头垢面、焦头烂额等话语联系在一起。婚姻场景是许多女性难以认可的一种现实。池莉的出现，为爱情婚姻题材小说带来了新突破。她冷静甚至可以说是残酷地撕裂着理想主义的爱情神话，戳穿种种爱情谎言，让婚姻代替爱情，展现了家庭婚姻在现实生活、女性人生中的意义。池莉对日常家庭生活的认同与对普通人怡然自得生存态度的赞赏，重新建立了普通人婚姻的神圣感。从某种意义上说，池莉在撕裂、颠覆传统文本中关于爱情婚姻的话语的同时，又在制造着一个新的关于“家”的神话，一个平民式的“家”的神话。池莉把中国妇女平淡无奇的日常生活转变为一系列的象征和意象，重新确定了“家”的象征秩序，扭转了张辛欣式的把女性从家庭角色变成社会文化的参与者的写作方式。

然而正处在转型时期的中国当下社会里，在商品化大潮中，金钱和权力的作用无限膨胀，打破了以往家庭中男女双方实力均衡的状态，打破了以往的社会秩序，腐蚀瓦解着昔日人们建构起来并努力维护的家庭，使本来就缺乏爱情这一情感支柱的“家”中被遮蔽的东西浮现出来。婚姻破裂、家庭解体的现象日益加剧，池莉那平民式的“家”的神话在一个又一个家庭解体的风波中飘摇着。“冷也好热也好活着就好”的姿态维持“家”的存在也已经是不可能的了。《小姐你早》中戚润物、王自力当年被誉为有“才子佳人十全十美的味道”的婚姻，由于王自力与小保姆之间的暧昧关系的暴露而走向解体。对于已拥有金钱和权力的王自力来说，“家”已不再是男性自我形象的一部分，不再是他在秩序化社会中所占据的位置的标志。王自力不是被放逐出“家”的，而是迫不及待地逃离“家”。从颠覆、解构传统的婚姻话语、建立平民式的“家”的神话，到再次举起手中之笔解构平民的“家”的神话，《小姐你早》显示了池莉对现实生活敏锐而准确的认识，它是池莉对自我的又一次撕裂。

《小姐你早》中的高级知识女性戚润物，到名为“卖当娜”的夜总会寻找自己的丈夫王自力，目睹了他在“外面”的生活方式。原本想象中“华丽的，考究的，漂亮的，快乐的，激情的”人间天堂般的夜总会，在戚润物细心观察之下，败露出它繁花似锦表象下的虚张声势和龌龊不洁：“罗马柱看上去是汉白玉，其实是一种化学泡沫。地板号称大理石，其实是塑料板块。楼梯的扶手上油漆斑驳，沾满了无数脏手的污垢。天花板和窗帘上灰尘累累。厕所里污水横流。提供夜点的小碟子不是油腻腻的就是边缘破损的。”建筑物表面的繁华装饰不能掩盖底子里的丑陋破败，就是在这样的充满毫不掩饰的物欲的虚假肮脏的场所里，王自力出入其间仿佛是回到自己的家里一般自如随意。在“夜总会”这种貌似奢华的高级场所，王自力们尽管可以放纵自己的情感和自由自在地消费娱乐、享受各种服务，但它毕竟不能给予他们以真正的“家”的归属感，这些中年男人们只是在为自己贫乏的青春时代拼命“补课”而已。戚润物发现了一个令她悲哀的严酷事实：这些夜总会里的王自力们，早已不再是女性心目中的绅士。他们无法承载女性们一厢情愿的对男性的文化幻想，女性对男性的理想化想象如五彩的肥皂泡一般砰然破灭。除了拥有大量的金钱之外，他们“没有了挺直的脊梁，没有了堂堂正正的仪表和风骨，没有了对女性最基本的爱惜、尊重和礼貌，没有了责任感，没有了承诺和豪气。他们既没有传统男子的勇猛、忠诚、淳朴和强劲的生命力，也没有现代男子的文明、优雅、含蓄和永不消失的青春感”。

在夜总会的六个晚上连续的观察，戚润物认清了王自力这样没有定性没有原则耽于享乐的男人的本质面目，最终打消了挽回家庭和爱情的幻想。她憎恨这种夜总会。正因为在这样一个与戚润物这个“古板传统”的知识女性完全不搭界的休闲娱乐场所产生的“顿悟”，才导致了她产生彻底放弃丈夫、放弃爱情，打击、消灭这个男人的决心。而艾月作为打击和消灭王自力的武器，以其先锋的姿态直接进入了戚润物的家之后，她走遍了戚润物这个两居室的每一个角落。只有单一性别的“家”必然呈现出它的晦气和衰败：

> 划痕累累的墙壁。积年的灰尘正在一口一口吞噬窗台和所有的新鲜颜色。疲惫不堪的扫把。无精打采的蛛网。踏板磨得溜圆的老自行车在门廊里喘气。衣柜里是陈年的旧衣裳，衣服缝里是洗不去的汗酸气。床底下是掉了后跟的皮鞋。厨房里的抽风机被油烟死死缠裹了。……

屋内的生活就这样毫无掩饰地被拉开遮羞布，里面所掩藏的陈旧、衰败、肮脏和丑陋面目就这样一览无余地、触目惊心地被一一放大，这间屋子的景象暗示着一个走向衰老的女性无望的未来——即使如戚润物这样一个卓有成就、自视甚高的知识女性，“也就是这样的正在和未来”。屋里没有窗明几净，没有音乐、鲜花和芬芳的衣裳。日子分分秒秒都在垃圾和污垢中沉沦。池莉以一贯的写实主义风格再次毫不留情地撕去笼罩在传统文化想象中的“家”的温馨美好的面纱，以“屋”的破败陈旧老化的物象来喻示女性最终走向可悲结局的生存本相，同时她也大声呼唤：女人是一种水做的物质，她需要滋润、光鲜、饱满，她要无污染、无噪声、无暴晒。她要与宇宙同大的空间。女人所需并非金钱。

婚恋关系的异常现象作为社会问题和文学题材在改革开放后的新时期受到了极为广泛、深入的关注和探讨，作家们对此的传达经历了一个由回避到突围、再到正视乃至放逐的过程，从 80 年代初张洁的《爱，是不能忘记的》、航鹰的《东方女性》，到 90 年代刘恒的《白涡》、王安忆的《逐鹿中街》、谌容的《懒得离婚》，到王海鸰的《牵手》、铁凝的《无雨之城》、张抗抗的《情爱画廊》、皮皮的《渴望激情》、池莉的《来来往往》……对婚外恋的出现，人们的态度由最初的愤怒谴责到冷静思考，人们试图从多种角度来对此现象进行科学的分析与解释，无论是从中国传统文化对主体道德的规范和压制的不合理，还是从生物学、社会学、心理学、精神分析学等角度来指出人的真我与实我之间病态分离的荒谬性。总之，宽容和理解的声音越来越多，而文学中对婚外恋的表现范围和深度也在不断增强，象《牵手》、《渴望激情》、《来来往往》等影视作品在当下社会产生的不同凡响的影响，正是与婚外恋的主题有关，这几乎已经成为了现时代人们普遍关心的人类情感问题和趋向，该如何看待婚外恋，对婚姻、爱情的重新思考和认识已经成为一个迫切需要人们关注的社会问题。

新时期以来的小说产生于中国传统道德和西方现代思想相对融合的文化语境中，个人在婚恋情感方面对自由解放的要求和传统道德、家庭义务之间充满着强大的张力，婚外恋实际上成为作家探索现阶段人们感情寄托归属问题，确切说是婚姻与爱情关系的一个切入点。刘恒对人的“性”的思索，是交织着现代痛苦的理性主义之声的。《白涡》的主人公在情网中的心灵决斗，恰恰体现出作者对婚外恋这一社会现实入木三分的穿透力，他看到了社会结构与家庭结构，与人性间的偏离和天然的冲突。在众多的婚恋题材小说中，女性对爱或家的捍卫或争取的姿态是坚决的、勇敢的，态度鲜明，而男性总是瞻前顾后，左右失据。刘恒的《白涡》中周兆路的妻子平平常常，家庭生活说不上多么令人迷恋和有激情，但是他也并没有觉得美丽热情深爱他的华乃倩应该成为他那个家的女主人，她只是家之外一个必然存在的诱惑，而他事业上的成功和男性的风度魅力是使她投怀送抱的“资本”。华乃倩的家虽然不值得她珍惜留恋，但她始终无法进入他的“家”。受到道德规范和传统文化束缚的周兆路们尽管也无法抗拒婚外情感的“诱惑”，但对于拆毁自己的家，进行一个新的乌托邦的重建是拒斥和恐惧的。

而到了池莉的笔下，《来来往往》中的婚外恋的发生受到道德谴责和心灵折磨的成分少了很多，它自身存在的合理性和发生发展的过程似乎已经成为现实生活的一部分。告别过去的历史，毅然拆毁曾经幸福的家，寻找真正的爱情，在小说中已不成为一个生死攸关的难题。但是无论是怎样的婚外恋，其实结局大致都是相同的，要么牺牲爱情换来妥协的婚姻，要么陷入难以解脱的困境之中，作家们在新的历史条件下对婚姻爱情及人类的情感本身进行考察，不但揭示出人性复杂的主题，更重要的是揭示出现代爱情的两难处境。爱情与婚姻之间似乎是无法完美地结合在一起的——这恰恰就是人类一直在追求的乌托邦幻想。

人们总是将两性共同建立的“家”当作理想的乌托邦、伊甸园，寄寓了无限美好的想象与向往，但是当这个“家”出现了裂隙和不和谐的时候，当人们想追求更高质量的婚姻生活的时候，家的拆毁与重建就成为一种屡见不鲜的社会现实，当然也不能否认在拆毁乌托邦的动机中的那些不道德的成分，纯粹受感官欲望满足的驱使、对爱情神圣性的蔑视等。但家的拆毁与重建更多地透露出人们对自我意识和精神需求的强调，对美满幸福的爱情和婚姻生活的向往和追求，人们相信乌托邦的存在，笔者认为不应该对人们的此种心理表示怀疑和嘲弄。罗素在追述人类婚姻发展史时曾经说过这样一段话：“如果我们纵观整个社会而反躬自问，总的说来，究竟哪种状况能够造成婚姻的幸福，哪种状况会带来婚姻的不幸，那么，我们将会得到一种奇怪的结论，那就是，越是有文化的人，就越不能与他们的伴侣共享白头偕老的幸福。”[1]这是遗憾还是幸运？婚姻的殿堂和“家”是神圣温馨的，但也是容易破碎和倾斜的，或许正是在不断的拆毁与重建中，两性之爱趋向更合理的永久性的稳定，成为一种合乎人类发展规律的行为模式。

---

[1] 〔英〕罗素：《婚姻革命》，靳建国译，东方出版社 1988 年版，第 91 页。

第三章
“屋”与城市文化和城市人的生存景观

第一节 “屋”与城市的现代化进程

“世界的历史就是城市的历史”[1]，人类社会几乎所有的文化，都是由城市产生的。城市产生和发展的历史与整个人类历史发展的现代化进程相一致，正是在这个意义上，斯宾格勒认为城市的历史从某种程度上也可作为世界历史的重要表征。城市本身就是一部浓缩和凝固的文明史，它融会贯通了各民族不同历史时期的优秀文化历史遗产和文化精品。从全世界城市发展的总体看，城市是在不断地生成、不断地壮大成熟之中。美国杰出的城市历史学家与人文学者刘易斯·芒福德从人类文明发展的角度独具慧眼地指出：城市是“文化传播中仅次于语言的一项最宝贵的集体发明”，因为城市为人类带来了广泛的接触和伟大的交流，它促进了人类的进化，“因为城

[1] 〔德〕斯宾格勒：《西方的没落》，齐世荣等译，商务印书馆 1963 年版，第 206 页。

市中长期近亲繁殖的危险消除了，广泛的生物学杂交开始了”。[1]——这种“生物学杂交效应”，既有体质上的意义，更有文化上的意义，而它对文化方面的贡献显然是远非体质上的贡献所能比拟的。刘易斯在谈到城市贡献时指出，城市通过它的纪念性建筑、文字记载、有秩序的风俗和交往联系，扩大了所有人类活动的范围，并使这些活动承上启下，继往开来，城市通过它的许多储存设施（建筑物、保管库、档案、纪念性建筑、石碑、书籍），能够把它复杂的文化一代一代地往下传，因为它不但集中了传递和扩大这一遗产所需的物质手段，也集中了人的智慧和力量。这一点一直是城市给我们的最大的贡献。[2]

人类正在一步一步地不断迈进城市。目前全世界城市化率已经接近55%，并且每年还在以一定的速度增长。发达国家城市化率已经普遍达到70%—80%，发展中国家也大多已达到40%—50%，中国接近40%。[3]经济学家王建在一份报告中指出：发展中国家在“二战”后相继开始其现代化进程，中国从20世纪80年代起正式加入这一行列，并在90年代形成一场迅猛的城市化浪潮。1990年中国城市467个，到1999年达到668个，城市总人口为2.3亿人。[4]城市在以每年几十个的惊人速度增加。与此同时，城市群、城市带也逐步形成。对中国当代文学而言，现代城市的崛起为城市文学的日益

[1] 〔美〕刘易斯·芒福德：《城市发展史》，倪文彦、宋俊岭译，中国建筑工业出版社1985年版，第41、27页。

[2] 同上书，第417页。

[3] 白友涛编著：《自由城市》，东南大学出版社2004年版，第7页。

[4] 《城市化道路怎么走》，《经济日报》2000年5月19日。

兴盛并蓬勃发展提供了社会基础。90 年代初中国经济体制发生了一场历史性的变更，这就使在中国运行了 40 多年的计划经济体制的唯一合法性受到了挑战，市场经济崭露头角，并与之抗衡，原先的一体化经济转化为多向发展的杂体经济。可以说，90 年代的都市已成为商品经济的载体，出现了自由经济的空间。

吸引人们不断地脱离乡村进入城市的真正动力只能是对自由的本能渴望，因此，城市中的自由必然多于乡村。我们说城市是自由的，正是从实质自由的角度去认识和理解的。城市为人们提供了更多的选择空间；城市创造了更大的生产力，提供了更多的社会财富，使人们有更大的能力实现自己的理想和欲望；城市是强调法制和社会保障的地方，城市社会是法理型的社会，而乡村则是礼俗型的社会；城市中人口密度较大，人们每天都面对大量不认识的陌生人，这就为城市人提供了大量的私密空间，使城市人的生活有了较大的选择余地；城市是人类的政治中心，任何有着伟大政治抱负的精英都必须进入城市才能实现自己的理想；城市是人类的财富中心，任何伟大投资家都不可能离开大城市而成功；城市是人类的居住中心，人类的主要社会问题都出现在城市，城市是宗教中心、文化中心，教育、科学、技术、艺术的最高成就也出自城市等等。城市也大大缓解了对人的控制。乡村中法律与道德合二为一，道德具有法律的严酷性，而法律相对空泛。现代城市中则法律和道德分开，现代法制的确立使市民的思想和行为大大放松了。现代城市中，互不相识的环境使人便于隐藏自己，居住的分散性又使道德舆论的约束弱化了，从而使人的许多被压抑的欲望和冲动得以解放。在西方有句名言：“如果一个人厌倦了伦敦，他就厌倦了生活”[1]，形象地传达了城市的魅力。

城市的形成与发展直接反映了人类生产和生活空间形式的变迁。从人类生存空间形成发展的历程看，它经历了从穴居到宅居，从逐水草而定居到择地而定居，从相对分散的农村定居到更为集中的城市聚居的转变。“与人类对于食物和衣着的需要相比较起来，居住的需要更加促进了城市的快速发展。因此，西方学者认为，建筑业是经济的最主要的促进因素之一，它比生产食品及衣物行业为更多的人提供了更多的就业机会。”[2] 城市大规模的聚居，给人的生活提供了方便，使人们的生活获得了前所未有的发展。住房的私人化使每个人都获得了相对独立的个人空间，使个人化的生活方式成为可能。尽管城市细密的职业分工对人造成了限制，但是由多种职业组成的城市又给人提供了丰富多彩的生活空间。

但是，生活于城市中是要付出代价的。与乡村或小城镇相比，城市总是拥挤和纷乱的，喧嚣、窒息的。而且，居住和交通也是都市特有的难题，数百万人聚集一地，使那里寸土寸金，因此普通都市人的住宅永远也不及乡村人和中小城市居民那般宽敞。总之，城市人呼吸着不洁的空气，龟缩在狭小的斗室中，疲于奔命在上下班的路上——但这一切似乎仍然是“值得”而“有意义”的。美国社会学家帕克认为城市环境更符合人的天性，更符合人的本质。在他

---

[1] PIKE, *The Image of City in Literature*, p.5，转引自李书磊：《都市的迁徙》，时代文艺出版社 1993 年版。

[2] 纪晓岚：《论城市本质》，中国社会科学出版社 2002 年版，第 100 页。

看来，人从出生到这个世界上来就同时带来了他的各种情感，本能的欲求，这些不受拘束，无所限制。许多乡下的青年男女放弃他们安适的乡间生活跑到城里来正是出于这种动机。而这种动机的产生，并非完全追求利益，甚至也不是要追求情感，倒是在追求一种更本质、更原始的东西。这种东西则是指各种类型的任务都希望能在城市中各得其所，都有机会去发挥展示自己的天才和气质。但问题在于，在城市生活变态的条件下，人的本性被抑制了，人的冲动和本能受到禁止……帕克对人的性的研究始终置于城市生活之中。“城市生活使得各种人类个性与特征充分地展示出来，并将其放大，这些个性与特征在小型社区环境中原是模糊的、潜藏着的。总之，城市把人性中过度的善与恶都展示出来。”[1] 刘易斯·芒福德也认为城市由最初的神灵的家园变成了改造人类的主要场所，人性在城市里可以得到充分发挥。

其实人的生活领域是异常宽广的。就城市生活而言，不仅内容十分丰富，活动范围也很广泛，从工作、学习到休闲购物、社交、娱乐，从街道、商店、广场到社区、邻里、住屋……人的活动不可能囿于某一个单体建筑中，而是涉及更大的领域，甚至整个城市。对于一个在城市中生活的人来说，整个城市就宛若一幢建筑，广场如客厅、街道如走廊……这些要素共同构成了城市的所谓“外部空间”，也形成了城市特有的空间和形象，从而影响着人的生活经验。城市的空间和形象会直接影响人们的行为与心理，大多数人对

---

[1] 〔美〕R. E. 帕克等：《城市社会学》，宋俊岭等译，华夏出版社 1987 年版，第 47 页。

直接容纳其生活和工作以外的建筑，主要关心的并不是它的“物质功能”，而是关心其在生活环境中的作用以及它对自身行为和生活的影响，关心这个建筑与其他建筑因素共同构成的整体环境、空间的性格和特征。任何时候，人们总是自觉或不自觉地试图从这些性格和特征中感受和体验自己所依存的文化，印证其生活和环境的意象，从而产生归属感和安全感。

“后工业社会在发达的外表之下，所隐藏的是深层次的疏离感和无根性，固有的文化轴系受到冲击，并发生异变和分裂。”[1]这种状况与现代人类社会生活方式的变革有关，与人的生存环境状况有关。人口的流动性，接触的短暂性，住宅的封闭性，交易的货币性，城市的非人格化、非个性化的特点都会使人的情感处于空虚无助的状况之下。传统四合院的功能和意义在于满足了人的情感需要。人不仅需要物质文明，还要有丰富的精神生活，现代化住宅由于安全因素考虑其封闭性，缺少了人与人交流的机会，高大建筑中往往缺少公共交往的空间。司马云杰在《文化社会学》中指出：“现代化信息系统越来越发达，但人们却越来越进入一种封闭式的生活状态中。这些都会使人们的性情变得越来越冷漠、孤僻、狭隘，使孩子们心理、性格的发展受到限制。”[2]城市的生活环境设计主要应考虑人类生活的需要，其中包括认定情感需要。为人提供交流、对话、共处的机会和场所，城市“公共空间”则应处处体现关心人、方便于人、造福于人，尽可能营造亲切和谐的人文氛围。

[1] 单文慧：《城市发展的内涵与内驱力》，《城市发展研究》1998 年 2 月。
[2] 司马云杰：《文化社会学》，山东人民出版社 1990 年版，第 594 页。

著名建筑师沙里宁的一个重要观点是：坚持城市建设以人为目的，以人为尺度，以人为标准。他在书中多次引用一句格言：城市的主要目的，是为了给居民提供生活上和工作上的良好设施。并明确指出城市应“始终把合乎人情与方便生活作为主题，试图设想城市逐步走向未来的发展远景。笔者曾努力把未来的城市想象为人们安居的家乡城市，正如住宅一样，如果要使住宅适于居住及对社会起积极作用，那么住宅必须成为家庭人员的舒适的家园”[1]。沙里宁认为，城市首先要适合于人的本性，使人能够舒适地生活，在建设城市时，就要把对人的关心放在首要的位置上。“人是主人，物质上的安排就是为人服务的。”[2] 按沙里宁的观点，住宅与人的切身利益最为密切，城市的改善和进一步的发展，显然应当从解决住宅及居住环境的问题入手，“必须记住，家庭及其宅院是社会的基础，而一个人的身心发展，跟他在那里接受儿童抚养、度过成年期和从事工作的生活环境，都有很大的关系。家园与居住环境越能陶冶人们——个人或集体——正直地生活和真诚地工作，则社会也越有可能维持持久的社会秩序”[3]。城市的现代化进程与社会正常秩序的保障都与人类居住环境有关，从城市建筑这一都市物质文明显著的外在形态的变化可以看出城市现代化的发展进程及城市文化的时代变迁。

---

[1] 〔美〕伊利尔·沙里宁：《城市：它的发展、衰败与未来》，顾启源译，中国建筑工业出版社 1986 年版，第 19 页。

[2] 同上书，第 4 页。

[3] 同上书，第 3 页。

第二节 房屋建筑结构形式与日常生活的共时性文化变迁

人类住居的样式会随着时代经济的发展而不断发生结构形式、建筑风格上的变化，而建筑结构形式与居住格局同样制约和影响着人们的日常生活方式，人与人之间的交往方式，乃至人的心理和精神状态都因此发生质的改变。人在特定环境中的经验和感受，无论巨细深浅，都不是凭空获得的，而是在人的活动中，即与他人他物的交往关系中产生的，而建筑环境质量恰恰直接影响着这些活动发生的方式和频率。

新中国成立以来，我国城市住宅形式有过几代的更迭[1]，在当代文学作品中主要有三种集中被反映的形态：传统的庭院式（如四合院、胡同、弄堂等为代表的）住宅；结构雷同、样式单调的大片五至六层的居民楼；形式多样的商业住宅小区和公寓大厦。住居是生活在其中的人们思想的延伸，居住的要求决定了建筑的风格变化。建筑是随时代发展变化的，从各种建筑流派到今天人性化设计的当代建筑，建筑格局和居住方式不可逆转的变迁导致人际关系、交往形式关系的改变，“由四合院式的封闭，到公寓大楼里单元房的封闭，体现着全然不同的文化”[2]。居住方式、居住

[1] 刘心武的小说《立体交叉桥》中将新中国成立30年来北京的居民楼划分为五代，并简略说明了每一代居民楼被刻意塑造出来的“时代特色”，以及时代经济条件影响和社会体制所造成的设计缺陷。

[2] 赵园：《北京：城与人》，北京大学出版社2002年版，第94页。

环境的改变不仅仅是中国经济制度和社会发展的物质性成果，从中我们还可以看到与日常生活形成的共时性文化变迁，以及与时代建筑结构形式相应的文化形态。尽管文学在展现建筑的美、建筑的风格与文化内涵等方面与科学性的建筑学、社会学著作无法相比，但由建筑格局的考察到生活格局的整体把握，再由建筑—生活格局深入人的内心情感、心理状态、文化意识，文学却又自有优势。

一、传统民居与生活方式的“公共性”特征

庭院式住宅是中华民族自古以来最习见的居住方式，庭院式住宅也就是广义的四合院。四合院的居住方式之所以在中国能如此长久而普遍地存在，是与中国人的家族观念和传统的社会生活方式密切相关的。在当代文学作品中，不少“京味小说”都写到了四合院的民居建筑形式。中国四合院式住宅最早可上溯到西汉时期（公元前206年—公元24年），后来长期固定为中国传统民居形式。它的典型布局是四面房屋围成一个院子，这种方式是最大限度地利用有限土地面积形成房屋和庭院的有效方式。房屋围成的庭院为活动和采光通风提供了条件，因此房屋临街的一面可以不开窗而保持住宅的私密性。四合院式住宅最能体现传统中国人对家庭生活的理解。四合院里的人们，也正如德国的黑森林农庄里的农妇那样，生活恬静安逸而又自满自足。房屋所有的设计都有着明确的实用性，都是围绕着方便里面的人们的生活而展开

的，这使得四合院里的生活既井然有序，同时又情趣盎然，充满着大家庭的融融暖意。

赵园在《北京：城与人》一书中比较详尽地谈到了中国传统民居四合院的建筑形式以及它与传统文化之间的内在联系，她认为“四合院式的家庭组织形式和家庭生活秩序在传统社会最具普遍性”。四合院虽然以北京为形制最完备，但它事实上也是北方城市民宅的普遍形式，由四合院格局体现的伦理秩序更是典型乡土中国的。“正如凝结于建筑形式的，严整刻板而又充满人际依存与人情熨帖。其轩敞明净处，与北京生活（包括北京方言）的明快豁朗合致。”[1]

1949 年以降，北京传统住宅建筑发生很大变化，居民的住房越来越少，院里的房客越来越多。独门独户的四合院开始变成多户聚居的大杂院，其居住性质逐渐发生了变化。传统四合院出现了使用性危机，再难保持昔日的深邃、安谧、幽雅和温馨。北京平民的大杂院，这种四周被围墙所环绕且有诸多家庭杂居的大“房子”，通常以单个家庭的居室作为严格的疆域分界，同时又拥有院子、通道、取水处乃至卫生间等内部结构来作为公共的生活设施。大杂院这座“房子”的特征，决定了居住其间的平民百姓有着与单元楼房中的居民相异的生活形态。聚居式的生活使他们有可能建立更加密切的邻里关系，而生活设施的公共性又让他们拥有更多的时间和空间来进行信息和情感的交流。大杂院在保留着四合院原有的“封闭

[1] 赵园：《北京：城与人》，第 93 页。

性”格局之外，添加了因居住环境拥挤而带来的嘈杂、热闹，与此相适应出现的则是私人生活的“开放性”特征和院内生活的“公共性”特征。因为空间狭小，许多家庭场景就自然挪移到大杂院的公共空间去展开。发生在那些乐观、善良又吃苦耐劳的平民百姓身上的平凡故事，都是通过大杂院的公共空间来传达和上演的。人物除了在家庭内部去展开他们的命运之外，也让大杂院成为其中一个在场的“主角”。不同家庭的人们相聚在一起，闲聊、交谈、取笑、逗乐。平民生活的喜剧色彩和富有生活情趣的场面揭示出一种和私人空间全然不同的社会图景。

正如陈建功在《辘轳把儿胡同 9 号》中写到的，四合院的布局模拟了“牵儿携女的家庭序列”，更进一步说是“搂儿抱女”——由于人口的暴涨，院子被自盖房、板棚子塞得更是拥挤不堪。整个院子圈围起来的领域是一个内在的开放式的公共空间，人们在日常生活中自然会有相互的交往，因此也不免出现牵连和摩擦。赫老太关注着各种“老字号”重新开张，一旦弄到了什么多年不见的传统食品就会邀请街坊四邻来品尝，院子里人来人往，喧嚣热闹；大杂院内部的公共生活设施，既是连接各家生活的节点，也是容易引发矛盾的根源。全院共用一个电表，电钱均摊，但是张春元总是熬夜写小说用电较多，有的人家开始安装分电表，冯寡妇对为张春元分摊电费而心怀不满，但她因为舍不得出电表钱，暗地指望张春元能够先安，好省下她的 20 多块钱。而赫老太则是因为张春元不讲究礼数而生气，更重要的是他的那间“刀背儿”房房门与赫老太的北房房门相对，由于房间外形看着不舒服，同时房间曾经的主人命运多舛，这间在赫老太看来很不吉利的房子成了她的一块心病，担心这间房子的“霉运”会转祸于她。四合院里的人际关系如同那复杂的房屋结构一样旁逸斜出、纵横交错。

刘心武的《钟鼓楼》写的是北京一个四合院一天的生活，围绕一场婚宴，作家写了一个社会生态群落的生活景观，试图多角度、多层次、立体交叉式地观照普通人的生活（当然这种创作目的从《立体交叉桥》就已经开始了）。一个四合院的封闭性居住环境使得各家生活之间必然相互牵扯、相互影响，一家的婚礼——这几乎是普通人家人生中最重要的几件大事之一——将整个四合院的居民全都搅动牵涉进来，送贺礼的、帮忙的、坐席的……人来人往应接不暇。潘秀娅的手表被人顺手牵羊偷走之后，邻居出钱帮忙先买上一块一模一样的把新娘稳住，让婚礼能够顺利进行到底，这样的行为只有在亲密无间的传统邻里之间似乎才能顺理成章地出现。公用自来水管用完之后忘记“回水”而被冻住之后，也引发了一连串的冲突，人物的性格与内在品质在冲突中得到鲜明体现。

仿佛大家庭式的内部开放的建筑形态，导致了四合院中各家各户的生活缺少封闭性和隐私性，叙述者可以十分便利地“观看”院中各家的生活场景，并一一诉诸笔端。东南西北四个方向的住家构成一个封闭的圆形，院中人物的出场，就像连在一个瓜藤上的瓜，牵出一个随之带出一串。但这种开放性的公共空间里，个人生活的私人性得不到保障，英国社会学家汉娜·阿伦特说过：“近代意义上的私人性，就其最实质的功能——即保护个人的东西——而言，不是作为政治领域的对立面，而是作为社会领域的对立面而被发现的，因此它与社会领域之间的关系最密切也最真实。”[1]大杂院这类“房子”恰恰是最排斥近代意义上的“私人性”，反倒凸显出一个平民的社区生活景观。当大杂院的人们渐渐接受了这样的环境，容忍了缺少“私人空间”的生存方式，久而久之它便不仅规定着身体活动的可能，也对生命实现的方式产生深刻影响。

西方著名的社会学家安东尼·吉登斯在讨论社会的构成时也曾讨论过“房子”。他说：“只有当观察者认识到，一座‘房子’是具有一系列其他特征的‘居住场所’，而这些特征都是由人类活动中利用这间房子的方式所限定的，这间‘房子’才会被当作‘房子’来把握。”[2]“房子”是在一个更大的概念——“居住场所”中被进一步认定的。人们对不同的居住场所有不同的利用方式，它们也就显示出不同的特征。而刘心武讲述四合院平民生活故事其目的是把它置放于更广阔的人类文化的范畴，“现在我们走进了钟鼓楼附近的这个四合院，我们实际上就是面对着八十年代初北京市民社会的特定文化景观”。“……实际上，一定的生活方式，它所具有的所有细节，便构成一定的文化，不仅包括人们的文字著述、艺术创作，而且包括人们的衣、食、住、行乃至社会存在的各个方面。”[3]如作者所言：“表面上看去我写的是些琐屑的凡人小事，触及的却是北京当代市民文化的一部发生发展史。”[4]

[1] 〔英〕汉娜·阿伦特：《公共领域和私人领域》，汪晖、陈燕谷主编：《文化与公共性》，三联书店 1998 年版，第 70 页。

[2] 〔英〕安东尼·吉登斯：《社会的构成》，李康等译，三联书店 1998 年版，第 206 页。

[3] 刘心武：《钟鼓楼》，人民文学出版社 1985 年版，第 201 页。

[4] 刘心武：《多层次地网络式地去表现人》，见《斜坡文谈》，上海文艺出版社 1987 年版。

城市中的“屋”与“人”的关系受到建筑形式、居住条件和方式的影响，这种关系的变化体现着城市现代化进程对人类生活产生的影响和作用。以《钟鼓楼》、《人间烟火》、《辘轳把儿胡同9号》、《本次列车终点》、《贫嘴张大民的幸福生活》等为代表的小说，展现给读者的是分隔在狭小院落里的各家各户的形形色色充满人间烟火的热闹场景，有着有限的私人生活空间和相对透明的公共空间，公共设施如水龙头、公厕、院子、过道等，使得邻里之间相互往来、交往的机遇更为丰富。在传统的住居方式和建筑格局中，虽然有矛盾和烦恼，虽然对物质条件的不满足心理普遍存在，物质欲望成为一种公共和时代的显著特征，但是人与栖身的环境之间的关系似乎是和谐的、相容的。像王安忆的《长恨歌》、《富萍》、《妹头》，殷慧芬的《屋檐下的河流》中上海的“弄堂”、“亭子间”、“闺阁”等等居住之地，作为“个人化历史”发生的故事背景不可分割的一部分，完全没有隔膜地融化在人物的日常生活中，显得那么自然，人性的丰富性融化于社交活动之中。

然而，“随着北京四合院的逐步消亡、居民楼的大量涌现，表面上看，人们的居住空间挨得紧密了，但人们的自然联系也随之淡化，邻居间大有‘老死不相往来’的趋势。客人来造访时，那一扇紧闭的单元门，便缺乏杂居的四合院院门的那种随和感，而显得冰冷无情”[1]。城市建筑新的格局形态导致新的人际关系和生活状态。在享受现代科技带来的高效、便捷、舒适生活方式的同时，人们也正

[1] 刘心武：《多层次地网络式地去表现人》，见《斜坡文谈》，第158页。

在失去或已经部分失去了自然经济状态中生活的宁静、平和、恬淡。都市人追求明亮宽敞舒适的居住空间，但钢筋水泥混凝土这些冷硬的建筑材料，越来越多地隔绝着人与人之间的亲切感，也隔断了人与大自然的沟通和交流。

二、模式化格局对人的个体生命需求的消解

第一次世界大战结束后，20 年代世界经济开始恢复，加上城市人口飞速增长，于是出现了历史上空前的住房危机。贫民窟的恶性发展已成为大城市的毒瘤，住宅问题成为革命的诱因。正是在这需要为普通人解决大量住房的时刻，现代派建筑模式才应运而生，而且，经济实惠是现代派建筑的最大优势。现代建筑也正因为经济实惠，所以在 30 年代以后很快风行世界，并被称为“国际式”建筑，在一些发展中国家尤其受欢迎。密斯·凡德罗认为：“建筑与形式的创造无关，建筑取决于它所处的时代，并逐步表现出它的形式。”[1]巴西总统说：“巴西的现代建筑，事实上是一个服务的工具，我们用它找到了城市规划和住宅问题的最好解决办法。”[2]

今天风行世界的单元式多层或高层建筑，就是现代建筑创造的新品种。概括来说，它设备齐全，用地节约，经济实用，简单明快。苏联在 20 世纪 30 年代的住宅领域也大力推行了单元式住宅这个新

[1] 转引自舒阳、李海英：《建筑·传统与诗意的文本》，第 175 页。

[2] 转引自英若聪：《建筑艺术与经济条件》，韩增禄、何重义主编：《建筑·文化·人生》，北京大学出版社 1997 年版，第 165—166 页。

品种，而中国在50年代的城市建筑同样模仿了苏联。正因为经济因素的制约，现代建筑在中国仍有巨大的生命力，城市里最大量建造的住宅建筑，其主体是多层或高层的单元式住宅。建筑师沙里宁早已指出：“城市的问题基本上是关心人的性质的。城市的改善和进一步发展，显然应当从解决住宅及居住环境的问题入手”，“为人民创造安适的家园”。[1] 这种现代建筑高度的模式化格局的确迅速解决了住房问题，但是它是否符合现代人住居在精神上的需求则受到了后来许多城市设计者和建筑师的强烈质疑。[2]

铁凝的短篇小说《安德烈的晚上》[3] 是一篇写到“苏式住宅”的小说，极具时代色彩和荒诞意味。小说发表于90年代后期、在商业经济大潮冲击下企业工人“下岗”成为一个时代的共同语之后。小说一开始不厌其烦地介绍故事发生的这个城市的建筑特点，由苏联专家设计并由苏联人帮助建造的近十家纺织厂和由它们派生出的生活区占据了这城市近一半的面积，这是一个让苏式住宅覆盖了的城市。当90年代的我们经过这些由50年代的苏联人设计的纺织工人住宅区的时候，那些面目相近、老旧而又略显笨拙的楼群，楼房顶

[1] 〔美〕伊利尔·沙里宁：《城市：它的发展、衰败与未来》，第4页。

[2] 美国纽约世贸中心著名双子塔的设计者山崎宾是美国重要的现代主义、国际主义建筑设计代表人物。1945年他接受圣路易市的委托，设计一批供低收入群体使用的住宅。他采用了典型现代主义的手法来设计，以混凝土、玻璃和钢材为中心的这批九层楼高的建筑具有冷漠到极点的形式特点，建筑群落工整有序、毫无感情。完工之后即使低收入的穷人也因为设计的非人性化的特点而不愿意迁入。市政府在1972年决定把这座巨大的建筑群炸毁。但现代主义设计的高度非人格化、高度理性化的特点，对于国际经济交往日益频繁的工业社会来说更加具有容易吻合的特点，以不变应万变的中立、中性特点，是国际经济发展中的最适宜的设计形式。

[3] 载《青年文学》1997年第10期。

那一溜熏得乌黑的排烟道让我们“仍能体味出苏式建筑的用料实惠、宽大沉稳和向往共产主义的浪漫热情”。

安德烈的好友李金刚就住在这种苏式住宅区里，安德烈喜欢那些一模一样的楼群和一模一样的楼间花园，它们给了他一种生活本身的宽厚和稳定感，无论从哪个单元里出来的居民都是笑吟吟的，似乎这些大楼的哪一扇门都可以是他好友李金刚的家，这种原本让安德烈喜爱的居住环境和气氛在小说中却恰恰成为了一个致命的难题。在下岗离厂前，安德烈想要了结平生一个夙愿：跟厂里也要下岗的十分默契要好的女工姚秀芬幽会一次。这是他生平第一次跟除了妻子以外的第二个女人幽会，并且这也将是对他们同厂20年来共同工作情谊的一次有意义和有意味的告别。他鼓足勇气说出心愿，并得到了欣然默许，又费尽心机从朋友处借来幽会的房间的钥匙。这一切显得是那么自然而默契、水到渠成，他和她谁都知道幽会将会发生什么，他们都在盼望和等待着一次生命力的燃烧和爆发。但是，当他们进入那片黑沉沉的苏式住宅区，几十幢夜幕下排列规矩而又错综的楼房突然让安德烈迷失了方向。也许是心情过分紧张，也许由于安德烈几十年来自由出入李金刚的家却从来没有记过门牌号码，安德烈牵着他的情人姚秀芬的手在一模一样的苏式住宅区里转悠，却无论如何找不到朋友家的那个房门口。急迫之中他们还用钥匙去捅错过别人家的门，差点被当成不轨之徒给吼出来。在盲目寻找中，借房子的三个小时已到，结果这第一次也是最后一次的幽会终于没有“幽”成。这个本该属于安德烈的晚上，他丧失了记忆。然而一个月后他再次去李金刚家的时候却毫不费力地敲响了朋友家的门！

在小说中，“苏式建筑”的一体化格局成为一个关键的“节点”，窘促困顿的生存环境与住宅格局的过分模式化，竟然直接成为一种对人的个性自由和生命力的阉割，那种生活中微小的关怀和相互的怜惜，以及在城市中继续生存下去的勇气，都因为这一似乎从未影响过他们日常生活的“模式化建筑”而导致了终结。或者，更深的意味是，安德烈和姚秀芬都属于“一体化”体制和“一体化”年代中的人，他们个性化的生命需求无法摆脱他们的实际生存现实和个体经验。激情因此而泯灭，短暂的爱情因此显得“多么不合时宜”，未发生便消失，只剩下一只在黑暗中摔过的边角坑洼的旧铝饭盒，提醒着安德烈这个城市还并未将他彻底抛弃。在铁凝轻松俏皮的语句描述中，生存的荒诞无奈和底层小人物的被挤压，令人十分心痛和怅然。正如赵鑫珊所说：“建筑是以一门以人性为中心的学科。凡人性具有的种种表现，建筑都有，一样也不少。”“建筑是人性在建筑空间的投影。建筑除了要表现时代精神和风土人情外，同时还是社会化的产物。”[1] 失去了个性的模式化住宅同样是人性缺失在建筑上的投影，它作为社会化的产物，影响甚至决定了两个小人物看似滑稽却蕴含深刻悲剧的命运。

居住在不同住宅的居民常常有不同的心理状态。在现代城市生活中，居住水平的高低和居住密度，对人们的情绪波动（冲突情境的发生）会产生不同的影响，并且进一步影响到人们的日常生活和

[1] 赵鑫珊：《建筑是首哲理诗——对世界建筑艺术的哲学思考》，百花文艺出版社 1998 年版，第 93 页。

生产活动。封闭性强的单元住宅有着明显的缺陷。由于单元住宅“形成了一个相对孤立的场所，人际接触减少到最低限度，在一定程度上又会导致新的社会隔离，以致生活呆板而缺乏活力，人情淡薄，人们对公共环境和社会利益不太关心，孩子们适应社会的能力差，从而在社会心理上产生了消极因素”[1]。城市里的“现代化”的住宅风格简约一致，就是以能够解决最大多数人的居住为目的。城市大多数普通居民都居住在结构相同的单元房里，拥有一套内部功能基本齐全的房子。为了解决住房问题而设计建筑的十分合乎时代发展需求的、合理的住宅，最大限度地缓解了人类因人口激增而带来的住房危机，然而，结构相同的房子会对住居其中的人产生怎样的心理影响？它会塑造怎样的人物性格与心理？

马叙的《结构相同的单元房》[2] 正是要揭示“住宅与人”相互间的“镜像关系”。这篇小说看似平淡无奇，但能够一直吸引读者的阅读兴趣，并期待更为“戏剧化”的情节与故事的发生，然而正如乏味、毫无变化的单元房格局一样，小说最终并没有什么离奇的故事发生，那些可有可无的事件和人物，让人提不起一点精神的平淡生活内容，乏味无聊然而又无力去改变的沉重现实生活恰似那些“结构相同的单元房”，波澜不惊，没有丝毫的激情与变化，每个人的生活其实都是那么惊人地相似，让人只能去无奈地适应和接受。

主人公李浩作为一个机关单位的职员，生活简单无味，没有任何起伏变化。他居住的 601 和对面 602 的房间结构是完全相同的，

[1] 孙金楼、柳林：《住宅社会学》，山东人民出版社 1985 年版，第 14 页。
[2] 载《十月》2005 年第 2 期。

卫生间、客厅、下水管道、阳台、防盗门（包括内在微小的结构），“它们都相对地相互存在着”，就像镜子里的影像一般，那么人呢？对面的“602”——人物没有姓名，房间代号成为人物的标志符号。人被物化，失去了人所应具有的个体特性和鲜明的存在意识——“如果按照商品房的对称原则，那么，那个站着的人应该是另一个李浩，那是一个左撇子李浩。”空着的602房让李浩感到空虚无聊，但是当602入住了“另一个人”之后，李浩感到心神不宁，情绪烦躁，一个陌生的不可知的人的活动空间，对他来说，有了一种新的对应，这让他很不适应，有一种不自在的感觉。他总是拼命倾听和猜测“602”在房内的举动，当他听到对方如厕的声音之后简直是欣喜若狂，“602”终于有一次的行为、目的、过程与自己是同出一辙！这让他心里感到巨大的安慰——对方也过着和他相同的生活。602有客人来访，这让李浩感到原先他所确定的“601、602的互为镜像关系显然已经出现了问题”，暂时的失衡状态令李浩很不舒服，他开始想象602的客人与主人之间可能出现的对话和人物之间微妙的心理转换。

小说中李浩与对面602的关系是若有若无的，而他与同事喻红的关系同样也是若即若离，喻红总是喜欢隔着报纸对他说话，两人在一间办公室里工作了3年，却仍然保持着不远不近的距离。601与602互为镜像的关系，而李浩与喻红的关系也可以看作互为镜像，李浩在机关里干了7年，年复一年日复一日，而喻红也正在重复着李浩的路，但不同的是，她并不甘心像李浩这样毫无变化地工作着，无意义地消耗自己的青春。李浩对任何人都提不起兴趣的、冷漠的做派让喻红十分不满，但李浩对她的劝导无动于衷。仿佛是“602”的影像一样，高中同学的聚会请柬使得有人开始上门拜访李浩，602出现了女人的身影——喻红也上门来李浩家做客。601与602的生活轨迹似乎又是惊人地相似了。

小说中李浩与来访者的对话和过程是实实在在发生的，而602家中出现的来访者与房主之间所发生的一切，却完全是李浩的想象，完全是李浩的“虚构”。颇有意味的是，那些想象的内容按照李浩的逻辑思维，发生得似乎合情合理，极为真实可感，而李浩自己亲身经历的事却总是出乎他的意料，他无法把握和控制事情的走向。

心理学认为，住宅结构给予人们的心理活动的影响是十分明显的，作品中，李浩遵循着吃饭、上班、睡觉的三大规律，也同样想象602和他有着一样的生活规律，他总是在寻求与602生活内容的相似和对应性关系，一旦李浩发现事情并不是他所设想的那样（早晨阳台上出现了一个女人的背影），他就大吃一惊，发现自己对602的判断突然失去了准确性，他为此而心烦意乱，心绪不宁。结构相同的单元房，是否会导致人的心理畸变？就像住在城市某楼单元房601房的李浩那样，也将人的性情、心理、生活方式完全统一、模式化？人与物，人与房子之间的内在关系在这篇小说中成为作者要探讨的问题，作者想要表达和思考的，或许就是：事物存在的刻板僵化、一成不变与思维情感的刻板僵化、一成不变互为镜像。结构相同的单元房，竟然如此冷漠地消解了个人的生命活力和精神需求。

三、《21 大厦》：摩天大楼里的“鸟笼”生活

城市总是给人们提供丰富的想象空间，“城市可以是庇护所的象征，它的城墙可以保证安全与和平，象征着躲避外界不安全的庇护所；或许城市还可以象征着快乐的地方，象征着热情欢迎疲倦旅人的快乐老家，让他们忘却日常的艰辛和痛苦：或许城市象征着王者的宫殿。城市是什么，应该什么样，人们的观念也随着时空在变换”[1]。建筑师吉迪翁说，建筑的主要任务对于我们时代而言是可取的生活方式的诠释。有人认为，美国世贸大厦的倒塌宣布了摩天大楼的终结，但实际上，长期以来建筑的高度比赛依然在各个国家之间不动声色却又剑拔弩张地进行着。人类对高度的向往确实古已有之，“危楼高百尺，手可摘星辰”。在科学技术远未发达的年代，人们就已经开始了“摩天”的想象。建筑材料、建筑技术不断成熟，科技与文明发展到鼎盛的那一天，人类的梦想得到了满足，从地面到星空终于有了捷径。一座座高耸入云的摩天大楼，都是人类智慧与力量的结晶。“摩天大楼”是都市情结的象征。

我们置身的是一个以塔吊为标志物的建设年代，是一个全面“建设”小康社会的时代，也是一个塔吊林立、无数高楼平地起的“建筑”时代。塔吊在城市肆意地瓜分、霸占和建构着地理空间，还有都市人的心理空间。当一个人站在百米高的楼上，看着下面人潮如蚁、车行如履，会有君临天下的感觉；而情况相反，站在下面仰

[1] 〔美〕卡斯腾·哈里斯：《建筑的伦理功能》，第 103 页。

视大楼的人，会感到那冷冰的砖石，异人的尺度带来的压迫感，高层夹住营造的气氛就是这样变化无常，不可一世与卑微渺小在一瞬间完成转变。在建筑师们“欲与天公试比高”的同时，专家们的统计显示，城市中有超过百分之九十的人患有恐高症。而心理学家们则发现，现在人们所患的许多焦虑、妄想等心理疾病都与摩天大楼有关。这是一个时代的病症，还是人类功能的退化？让成千上万人在同一栋大楼里工作，是拓展着人类的居住空间，还是侵蚀了人们的心灵？摩天大楼，是人类文明的象征，还是“反人性”的存在？

周大新继其长篇巨著《第二十幕》之后，又创作出版了反映当代都市生活的长篇小说《21 大厦》。如果说前者是以纵的线索展示了一个家族百年间的人生沉浮和命运遭际，思索一个世纪中国乡土社会中工商文明一脉的坎坷与曲折，那么，《21 大厦》的架构就更接近于立体化的思维，小说以一幢建筑物为象征，试图切入并揭示当今社会各色人等和各种欲望诉求，以及贫富日益悬殊的商品化的冷峻现实，集中勾画出一副当代都市社会的世态人生相。周大新似乎有意要用数字来喻示他文学创作中的历史感和时代性，《第二十幕》中的“二十”，预示的是过去了的 20 世纪，以时间为叙事链条。《21 大厦》里的“21”，喻示的是已经来临的 21 世纪，同时又是一个高层空间的命名，时间和空间的现代性色彩被一起纳入了这部小说的叙事背景。

小说以坐落于北京西郊的一座具有现代化多种功能的 58 层大厦为背景，展示了新的高科技革命后的现代人群的物质和精神生活。整个作品构思奇巧，时间是 20 世纪末的中国及走向 21 世纪的中国的交界点，它既是现代都市的缩影，也是现代相当一部分中国人的生活缩影，甚至是可以预示未来中国人的生活缩影。大厦高耸入云，睥睨京城，从功能上被切割成公司、商住、餐厅、高级住宅区等等许多空间，出入其间的人物身份繁杂，既有大款及其小蜜，也有高干及其情妇，既有一夜骤富的白领丽人，也有专靠出卖灵肉缺乏廉耻的女人……作品具有鲜明的道德化拷问倾向，叙述者以旁观者的眼睛观察21大厦内部的秘密，不断窥视和追问在物欲的强大挤压下，现代都市人的生存焦虑和精神困境。

《21大厦》把各种人物都放在一座大楼里，叙述者因为是大厦里的保安“小谭”，便具有了深入大厦内部窥视形形色色人生的便利条件和独特的叙事视角。尽管同住在一座现代化的摩天大楼中，但这些来来往往的人们相互之间十分陌生和隔阂，缺少必然的联系，故事情节之间缺少一以贯之的叙述线索，作者通过一个农村来的保安的视角将原本缺乏内在联系的事物统摄到了一起。随着保安工作的变动，“我”出现在不同的楼层，自然接触和认识了楼内原本互不相干的人群。4层的快餐厅、58层的高级住宅区、43层的白领公寓、小人物生活居住的地下二层以及从事商务活动的32层，仿佛“我”手里拿着一把万能钥匙，随时可以为读者打开一扇扇紧闭的房门，告诉人们那里曾经住过什么人发生过什么故事。每一个故事都是可以独立成章的精小短篇，串起来便是整个大厦的故事。其实保安在小说中的作用绝不止于结构形式上的穿针引线，更深层的意义在于，保安的眼睛是一双带着乡村质朴情感的眼睛，是一双积淀着乡村式的传统思维、传统文化的眼睛，在这双眼睛的注视下，我们能够体悟到一种城市文化与乡村文化之间的冲突、交融和整合。

21大厦中每一层都有一个大小不同的黑雉的雕像，这是建筑师和大厦投资方有意的设计，也是小说作者的刻意安排。最初正是21大厦展翅欲飞的造型引起“我”的兴趣，产生了“一定要进去看看”的念头。大堂的墙上，一幅巨大的用瓷砖拼成的壁画，壁画上是一只站在笼子里的大鸟。每一楼层都出现且不断变化的黑雉符号，既吉祥又不祥，而且作者有意点明和突出它的象征意义——它象征着人们虽然幽禁在功能设施完备的现代化的21大厦内，但总是想飞。这种象征手法的运用，给现实主义作品增添了一些神秘的气氛和艺术的韵味。而生活在这座大厦里的人们，又何尝不是像黑雉被囚于笼中那样被锁闭在大厦中？最难表现的是因人的居住与生存环境的变化而引起的人的心态的变化，这正是作者努力探索的方面。在一些精彩的章节里，叙述者揭开了现代人伪装下的丑恶的真实面目。小说呈现出一种“锁闭式结构”，这种结构方式恰恰向作者提出了更高的要求，那就是以极简练的笔墨画出一个人乃至数个人的灵魂——而且他们的活动空间全部局限于一座大厦之中。

现代化的居住空间中，冷酷、丑恶、荒诞、颓败的生活场景层出不穷，住在5801的女博士宋晶明虽然事业有成、物质生活优越，但由于情感生活的不满足，精神上陷入极度的空虚，最终坠楼身亡。住在5803的美女彭仪，因为傍上高官而飞黄腾达，享受荣华富贵，成了个飞扬跋扈的贵妇人，当她所傍的“沈部长”出了事，随之她也就身败名裂。“我”在四层餐厅447号餐位上认识了梅苑，她曾因被骗而失身并生下一个私生子，可是当她靠色相勾搭上5802的邱老板，并成为尔爽保健用品经销公司的经理之后，我们看到了她的一连串报复计划的实施过程，连“我”对她产生的真挚情感也被她最终玩弄和抛弃。32层一区金萝娜化妆品有限公司女老板茜蒂小姐对中方雇员吴发硕的病态“爱情”，5804的老画家令人惊讶的同性恋行径，43层A432的那位把自己幽闭起来的姓魏的老太太，她对“文革”时期行为的忏悔以及对新时代生活有意的隔绝……凡此种种，都表明“现代病”对人们生活的困扰和对人性的扭曲到了何种程度，住在21大厦里的人们既被这座大厦所困囿，同时也被各种精神问题所困惑和折磨着。

在这个“笼”中最清醒的人应该是住在A431的在中科院工作的卞老先生，他因为电梯事故造成一条腿残废，这个人物虽然着墨不多，形象有些单薄，但他在整部小说中起到画龙点睛的作用。他认为，人类创造的文明既造福于人类，也成为人类的敌人。所以在他看来，大厦就是一只束缚人的笼子，使人远离自然和自由。他虽然住在大厦里，但他的心灵并没有为狭小的城市空间、没被这座大厦所囚禁，他把自己的家重新装修之后，安装了能够变化四季风光的客厅幕墙，他出身农村，特别愿意接触土地和庄稼，特别喜欢田园风光，可是因为住在这大厦里，年事已高，只能借助声、光、电这些现代手段，来虚假地满足自己的憧憬与愿望了。也许这就是作者理想中的城市出路，一个绕不开的哲学命题在小说中出现：城市人陷入难以自拔的困境，这种困境需要乡村精神来解救。如同小说中这种理想化的设计并不能使人真正获得心灵的自由一样，其实质朴的乡村精神，仍然不能解决城市的问题，解决城市问题还得从城市本身入手。

这座大厦与大厦内的黑雉雕塑都具有象征意义，一方面城市就像一只巨大的笼子，城市人仿佛困顿在这个笼子里面的黑雉，身体和心灵都受到了束缚；笼子里的生活虽然非常方便，但生活在笼子里的人被名利、事业、竞争、情欲所羁绊，失去了最宝贵的自由。另一方面，他们又希冀自己能够像鸟一样长上翅膀，冲出樊笼，寻找到一片自由翱翔的蓝天。白领丽人、女博士宋晶明选择跳楼的方式离开人间，似乎是在冥冥之中得到飞翔的召唤，或许她在生命的最后一刻体会到了自由飞翔的感觉。

建筑是人文环境的固体符号，遗憾的是，受房地产暴利的驱使，我们时下的某些建筑在“凝固的音乐”中夹杂着太多的不和谐音符，从楼盘案名到建筑规划、建筑样式、内部设计都存在与周围社区环境的不和谐，与生态环境的不和谐，与城市人文传统的不和谐。本该兼容审美愉悦和居住实用价值的建筑，却可能蜕变为折磨人心理的幽灵。法国思想家福柯在名著《规训与惩罚——监狱的诞生》一书中，独辟蹊径地从建筑学的角度对监狱建筑的监视性功能乃至对囚犯心理、精神的规训与惩罚作了精辟的分析。高密度的建筑、集权化的建筑的确给人心理、精神带来压抑感。如今的都市人为了自己和家人的“生存与发展”而疲于奔命，密集得连阳光都显得奢侈的高楼大厦给人们的心理“雪上加霜”。那些森林一般的建筑，那些隐喻一般的空间，我们就这样苟且地栖居着。“人，诗意地栖居。”荷尔德林如是说——这也是现代人梦寐以求的人居境界。现实却往往是“人，‘失’意地栖居”——我们难以摆脱高楼大厦这个建筑“利维坦”留下的心理阴影。

第三节 城市话语中“屋”的意象碎片

“城市的发展将成为中国当代文化的生长点之一”的预言并非空穴来风，城市作为中国当代最活跃的人文景观，当代城市经济持续发展和深化改革中的艰难及迅速发展的城市化进程，的确给城市文学的繁荣提供了丰富的可能性和成长的契机。作家在城市化进程中对城市生活带来的新问题以及人性、人欲、人的本质有了更深刻的认识。从共时性这个角度来看，城市生存空间的独特性，使与之相一致的城市生活方式比乡村生活方式更有利于文学展示人性的复杂。

文学的城市话语构建了城市坚硬的物化空间，“金钱”及“物质叙事”已经成为20世纪八九十年代都市小说情节构成的基本因素之一，或者说成为一个个重要符号。“它参与到故事进程中来，参与到人物命运中来，参与到存在的幸福和苦恼、充实和匮乏中来。‘金钱’不单单是它的内容，实质上已意味着情节母题以及相关的一套叙述规则。”[1] 城市那高大林立的建筑群是经济神话的卓越见证，它穿越意识形态的地表而成为时代的象征。高度发达的物质文明是现

[1] 李洁非：《新生代小说》，《当代作家评论》1997年第1期。

代都市明显的外在形态，在城市的现代化进程中，我们目睹了物质诉求的急剧膨胀和扩张，更切身体验了“物”对都市日常生活的覆盖和支配。名牌荟萃的商厦、琳琅满目的超市、金碧辉煌的大酒店、炫人耳目的歌舞厅、幽暗暧昧的酒吧、震耳欲聋的迪厅、身份不明的各式发廊……构成当代繁华都市面目相似的建筑景观和物质化生存空间。

作为90年代城市文学代表作家之一的邱华栋，他的写作则着力印证着他鲜明的物质化叙述观念：“我在写作时，就非常注意以90年代城市标志的一些细节来填充作品，比如大饭店中各种美食的名称，各种流行汽车牌号，各种流行摇滚乐以及别墅中各种设施，都在我作品中予以凸现，我想我得以我的作品保留90年代城市青年文化的一些标志性‘符码’。”[1] 在他的大量城市小说中，对于物质的渲染和描述尤为突出。邱华栋的《手上的星光》中有对于豪华建筑充满毫不掩饰的物欲化表达：

> 有时候我们驱车从长安街向建国门外方向飞驰，那一座座雄伟的大厦，国际饭店、海关大厦、凯莱大酒店、国际大厦、长富宫饭店、贵友商城、赛特购物中心、国际贸易中心、中国大饭店，一一闪过眼帘，汽车旋即又拐入东三环高速路，随即，那幢类似于一个巨大的幽蓝三面体多棱镜的京城最高的大厦京广中心，以及长城饭店、昆仑饭店、京城大厦、发展大厦、东

[1] 刘心武、邱华栋的文学对话：《在多元文学格局中寻找定位》，《上海文学》1995年第8期。

方艺术大厦和希尔顿大酒店等再次一一在身边掠过，你会疑心自己在这一刻置身于美国底特律、休斯顿和纽约的某个局部地区，从而在一阵惊叹中暂时忘却了自己。灯光缤纷闪烁之处，那一座座大厦、购物中心、超级商场、大饭店，到处都有人们在交换梦想、买卖机会、实现愿望。这是一座欲望之都，尤其是当你几乎每天都惊叹于这座城市崛起的楼厦的时候。

这段文字所表达的一切都来源于真实存在的现代化都市的物质现实，似乎完全不必要附加更多的文学性审美或者虚构方式就勾画出了一幅欲望之都的影像，或者说物质作为一种巨大的力量征服和挤压着人们的心理空间和文学的想象空间。当真实的物质现实在读者面前如同影视纪录片或者风光片一样被文字忠实描述之时，你会强烈地感受到城市的外在表象对作者造成的视觉冲击和心理“震惊”效果。

意象来自表象，被反复使用的表象经过意义的积淀以后转化为意象，意象带有丰富的信息和文化密码。所谓“城市意象”就是指人们从视觉上可以辨认的城市的特征和形象，美国著名城市设计家凯文·林奇在他的《城市意象》中，列出了构成城市意象的五个要素：它是由城市的主要节点、标志性建筑物、城市边界、道路和区域组成的。在城市文学话语中充斥关于“城市”的意象碎片，这些五光十色的具有强烈现实感和经验性的意象碎片组合出了繁华、冷酷、隔阂、孤独、杂乱、魅惑等等的当代城市景观，同时也折射出那些穿行或居住在城市中的人们复杂的心理和精神状态。

一、意象碎片一：“玻璃山”

跨国资本的进入，使中国正在经历着前所未有的城市化、国际化，在这个过程中，中国城市生活经验趋于一体化，经历了一个世纪全球范围内的现代化，技术所创造的现代文明使我们的城市渐渐充满了相似的闪闪发光的玻璃盒子式的高楼大厦。这些现代的通天塔在阳光和夜色中熠熠生辉，展示着自己崭新的机器美学。地域差别带来的城市风貌的差异如今已经越来越小甚至消失，同样是高耸入云的大厦，同样是霓虹灯下不夜的酒吧、KTV，我们很难找到一个具有个性的城市了，即使是我们去扬州、苏州这样的边缘城市，除了那些作秀的老街或者为满足某些游客的怀旧目的的商业性假古董建筑，其他一切都和其他的城市没有什么两样。在跨国资本的左右下，不仅仅是城市的外部面貌，更重要的是城市内里的精神，传统的生活方式、生活经验正在消失和崩溃，进而，我们对生活的理解力也被划一了。所以，以邱华栋为代表的城市文学的作家们，他们笔下的城市以及城市中的“房子”带给人们的感受便具有了惊人的相似性和一致性，邱华栋虽然只是以北京为创作的时空背景，但是城市生活经验的同一性使得他的小说赢得了读者广泛的阅读共鸣。

邱华栋作为“新生代”作家中的一员，他笔下的城市生活集中反映了从外省进入城市的“拉斯蒂涅式”的年轻人生存的焦虑和选择的困境。他以写实为基调，在象征的意象里，真切描述了这些来自外省的年轻人的欲望和困惑，以都市“闯入者”的姿态，怀着对都市鄙视与渴求的矛盾心理，描绘了乔可（《爬上城市的玻璃山》）、陈灵（《沙盘城市》）、李哭（《手上的星光》）等“闯入者”在都市世俗生活中的奋斗与挣扎。他们费尽心思要挤进城市的生活，占有城市，城市五光十色的面貌对他们产生的震撼和诱惑使他们兴奋，但城市又是无情地拒斥他们的，城市对他们的排斥感首先来源于那些象征着城市神话的陌生而高耸的建筑群。

在邱华栋看来，城市里的高楼大厦是一座座诱惑人们不断向上攀爬而又会摔得粉身碎骨的“玻璃山”，它们以流光溢彩的华丽外观和五彩斑斓的都市风景吸引着芸芸众生，蛊惑他们竞相攀爬追逐。“在这座充满了像玻璃山一样的楼厦的城市中，每一个来到这里的人，必须得尝试去爬爬那些城市里的玻璃山。肯定有人在这里摔得粉身碎骨，也肯定有人爬上了那些玻璃山，从而从高处进入到玻璃山楼厦的内部，接受了城市的认同，心安理得地站在玻璃窗内欣赏在外面攀援的其他人，欣赏他们摔下去时的美丽弧线。”[1] 从高处进入玻璃山的内部，被城市接受和认同，做一个成功的城市人——这使得一个个城市人（无论是外来的还是永久居住的）孤注一掷地在金钱与物质构成的“玻璃山”上奋力追求和攀登。“玻璃山”是邱华栋用来象征城市楼宇建筑的一个独特意象，不仅在多个文本中出现，而且以此来作为小说题目，如《爬上城市的玻璃山》。尽管“玻璃山”充满了诱惑和危险性，但是人们依然前赴后继：“我在城市的手掌中越陷越深，像一个攀岩者一样在它的手掌中向上爬，可我随时

[1] 邱华栋：《手上的星光》（邱华栋小说精品集），华文出版社 2001 年版，第 2 页。

都会掉下去摔死。我必须要进入一个新的社会阶层，在这样一个社会迅速分层的时期，我必须要过上舒适的生活。我想这是我和很多年轻人的想法。”[1]

邱华栋文本中的都市是现代意义上的大都市，他对城市的独特透视和理解，构成其作品特有的都市意象。邱华栋对都市欲望化生存表象的白描，在具有强烈现实感和经验性的人类画面中触摸到现代化的生存困境，展示出一幅深受都市挤压的现代人生命存在的盲目、无聊、焦虑、虚空、厌倦及卑微的本质。在他笔下关于城市以及城市建筑的意象层出不穷，神经触觉异常丰富敏感。

邱华栋的《沙盘城市》中所表现出的对现代大都市的超乎寻常的敏感是许多身居都市的作家所缺乏甚至没有的。在城市里，“人群如同杂草一样茂盛生长在楼厦的峡谷间”[2]，人的主体性被茂盛生长的楼厦所抑制与压迫，卑微如“杂草”。在“我”的眼中，北京是一座“沙盘城市”，“它在不停地旋转和扩展，它的所有正在长高的建筑都是不真实的，我用手指轻轻一弹，那些高楼大厦就会沿着马路像多米诺骨牌一样依次倒下去，包括五十二层高的京广大厦和有三百米高、八十八层的望京大厦”。沙盘模型 / 巨型积木一样密集而不真实——这种敏锐、独特、新鲜的感觉是久居城市感官麻木的人所无法描述的。林家琪、陈灵和“我”这三个外省青年都想投入这座巨大的旋转着的城市中生活，然而，现实的严酷使得林家琪放弃了与陈灵的爱情，将自己出卖给能够“收留我，能带给我房子、钱

---

[1] 邱华栋：《手上的星光》（邱华栋小说精品集），第 69 页。

[2] 邱华栋：《蝇眼》（新生代长篇小说文库），长春出版社 1998 年版。

和安宁感”的老茶叶商。“这座城市总是在让漂亮的女孩变老，这座恶毒而又可怕的城市。”“在这座沙盘城市中，什么都是一场流沙，一座沙堡，什么都是脆弱和不真实的。”人们不再真正地爱了，成了自身消耗自身的单面人。“我”幻想着听见一座座高楼依次倒塌下去的声响，感到“复仇般的安宁和快乐”。这座城市原本就是轻轻一碰就崩塌的沙盘模型。

除此之外，他还使用了更多的意象来表述都市给他造成的心理影像，如《手上的星光》、《环境戏剧人》中都出现的“外星城市”这一意象：

> 我所居住的小区是一个庞大的小区。因为这里高楼林立，而且大都在二十层以上，以某种冷漠的姿势站在那里。有时候夜晚我回去，下了公共汽车，走在空寂无人的高速公路的边上，四周全是燃着灯火的小区公寓楼，那明亮的灯光，在黑暗之中，使你觉得仿佛来到了某个外星人的某个城市。这绝不是夸张的说法。虽然那时候孤独已经侵袭了我的心，但我依旧震惊于这座城市的雄伟和庞大。[1]
>
> 我走在空寂无人的大街上，我四周全是耸立着的高层住宅楼。它们全部耸立在黑暗的天空之中，没有一个人在大街上走，我甚至疑心我来到了某个外星城市。每一座楼都像是一座变形金刚，仿佛随时要把我吃掉。[2]

[1] 邱华栋：《手上的星光》，第 9 页。

[2] 同上书，第 61 页。

邱华栋对于城市的感受是充满经验性和人性化的，他用“冷漠”一词来形容那些20层以上的高楼十分准确，这正是城市里的高楼大厦给外省人或者来此地的陌生人的第一感觉，高层建筑、单元式楼房的封闭性和防范性特点赋予它们冷漠的表情和温度。那种深入骨髓的陌生感和拒人千里的戒备心，用“外星”一词表达得淋漓尽致，地球人对遥远而神秘的宇宙世界充满向往、恐惧等复杂矛盾的感情，而这正是一个期待融入城市的人所具有的内心情感。“夏天的气息一天深似一天，走在庞大的小区中，我再一次地感到了这座城市令我恐惧的魅力，它就像一个黑洞一样吸食所有的光线、理想、梦境与时间。”“黑洞”这个词，同样是邱华栋式的城市意象，这一令人恐惧和感到神秘的宇宙空间也是大城市给人的心理直感，那种对人致命的吸引力、无法自拔的感觉。

在他的许多主人公眼里，大城市已经不再是一个理念化的整体，而是由许许多多象征物质胜利的豪华酒店、摩天大楼、超级市场、歌舞厅、时装模特、立交桥等拼贴或嫁接而成的具有诱惑力的怪物。对于充满自信与能力的外省闯入者来说，它像个沙盘上的城市，占有它只是时间的问题，他们所缺乏的是还未找到自己的介入点。因此，他们敢于在这座不属于自己的都市里横冲直撞，推销自己，解放欲望，实现梦想。他们也深深地感受到居无定所的漂泊之苦：“在北京没房子就等于你就像是一条流浪的狗，谁都可以因此而给你一棍子。”[1] 没有衣食住行的基本生存保障，人就谈不上什么

---

[1] 邱华栋：《环境戏剧人》，第6页。

自尊和尊严。

除了我们谈到的城市建筑在邱华栋小说中出现的诸种意象之外，那些“楼宇”还是“怪异高大的金属之树”，城市则是一座欲望森林（《如何杀死一棵树》），“国际饭店、鸿基大厦还有其他高楼”是一堆令人强烈想推倒的积木（《环境戏剧人》），城市是垃圾场（《乐队》），是臭水沟（《电视人基努·里夫斯》）。即便邱华栋笔下的城市充满了复杂多变，难以把握甚至令人疲惫和厌倦，但是，城市依然是最吸引人们竞相进入并扩展自身生存空间的地方：“男人和女人，谁都想把自己无限地扩张，侵占更多的空间。我说的空间是多重的：容纳身体的空间、容纳行为的空间、容纳活动的空间。如果我不扩张的话，别人就会把我扩张掉。”[1]

二、意象碎片之二：“甜蜜的杨梅大疮”

20 世纪 90 年代后期，休闲娱乐场所的大量涌现成了都市生活中的一个突出现象，而酒吧成了其中当仁不让的佼佼者，它为都市的夜生活增添了无限的域外风情（“吧”字就是“BAR”的外来译音）和某种异样的气息。这是 80 年代文学写作中不常见到的一个文化符码。酒吧作为“欲望的迷宫”[2] 和文化符码是融合了酒吧、咖啡厅、餐厅以及娱乐场所的一种消费空间的概括性指称，“它不单纯是具有实在的地理意义上的空间，而是混合了人们的想像、期盼、错觉的

[1] 叶弥：《城市里的露珠》，《青年文学》1999 年第 2 期。

[2] 王宏图：《作为欲望迷宫的酒吧》，朱大可、张闳主编：《21 世纪中国文化地图》第一卷。

综合体”[1]。“酒吧”意象频频在新生代作家笔下出现，并占据了城市文学中“屋”的话语体系重要的一隅。酒吧意味着一种城市另类的生活，也意味着晚生代在文学上的另类写作。邱华栋、棉棉、朱文、魏薇、朱文颖……我们看到了形形色色的酒吧和在酒吧中种种模糊而颓然的面孔。邱华栋在《私人笔记本》[2]中自述道：“1995年，整整一年，我是一个酒吧里的作家。那一年我在酒吧里写了十四个短篇小说。我成了一个酒吧写作者。一般在夜晚九点左右，我会来到一家酒吧，一个人，我一个人坐在高高的吧台上开始写作……那一年我非常喜欢在酒吧写作，因为酒吧的气氛与音乐适合我写作的心情。”这也可以算是城市作家的一种代表性的写作姿态了——“酒吧”既是作家的生活方式，也构成了文学的内容。

酒吧闪烁的灯光是都市夜晚里最魅惑的眼睛，酒精的气息、昏暗不明的灯光、人工刻意修饰的室内、吉他手嘶哑低音的演唱所营造出的环境中，酒吧里的风景被烟熏似笼罩着迷蒙而颓废的色彩。朱文的长篇《什么是垃圾什么是爱》从酒吧开始叙述，“小丁坐在窄窄的满是烟头的木桌边……小酒吧里光线黯淡，几个脸色发青的服务小姐聚在他的身后不远的吧台边”，也在酒吧结束叙述，小丁送走于杨以后觉得没处可去，只能去酒吧，画面重新回到开头，场景竟然毫无二致。棉棉的《告诉我去下一个酒吧的路》，“我”和一个莫名所以的朋友在酒吧里喝酒聊天，整个过程毫无意义，朋友的话也不是我想听的……但是我们就是这样消磨了整个时光。当我们走出

[1] 王宏图：《作为欲望迷宫的酒吧》，朱大可、张闳主编：《21世纪中国文化地图》第一卷。
[2] 载《上海文学》1999年第1期。

酒吧来到夜晚的大街上，我们可能去的地方依然是酒吧，我们的下一个目的地依然只能是酒吧（除了医院）。

“酒吧”成了90年代都市最好的舞台，在这里上演着一幕幕情感荒诞剧。邱华栋给我们讲述了这样一个故事：“我”爱上了对面风姿楚楚的纯情少女，将她当作理想来追求，最后却发现她是朋友为了恶作剧而给我特地安排的鸡。无独有偶，卫慧《水中的处女》同样写了某种纯情、“处女式”的艺术美的不可能存在，画家在酒吧无法等到他的女模特儿，他来到另一个城市的街道上时，并不能从中得到他想象的那种轻松，他不得不再次在一个异地走进了一家酒吧，只有“在酒吧里他找到了一股熟悉的气味，温暖而无意义的气味”。

他们在对这种另类和隐私的描写中，为我们提供了“看”的对象。纵观他们的多数作品，性是描写的主要内容，欲望是基本主题，酒吧是其重要意象，自虐与自恋是其最主要的心理特征。很显然，这些都是“青年亚文化”的直接表现，属于个人经验和体验的秘密性领域。“酒吧”作为青年亚文化的一个重要代码，20世纪90年代以来，在中国各个大中小城市开始遍地开花，但它并非是大众化的，而是圈子化场所。

正因为酒吧这种逐渐蔓延开来的都市文化空间所显现出来的特性，使得这一空间里的行为规则呈现出“另类”的面孔，聚集着波希米亚式/游手好闲者般双重特征的人群，他们奉行的是与日常世界截然相反的法则：尽管还未达到狂欢节那种将森严的等级秩序彻底颠覆的地步，但它对日常生活的秩序构成了一种切切实实的挑战。酒吧给深陷于其中的“新新人类”制造出一种虚拟、暧昧、幽秘、诡谲的乃至随意放纵的迷宫景象，尽管这种令人迷醉的景象只能存在于酒吧这一特殊的幽暗空间之中，是虚无不真实的，但是它充满魅惑力，使人一次次返回、沉醉于欢乐的虚幻性和短暂性当中。

西飏的《青衣花旦》中，暧昧性笼罩了全篇，在几乎是“无故事”的叙事过程中始终笼罩着一层梦境般的若有似无的虚幻感，这正是从酒吧开始的讲述所具有的迷幻性质。而他的《聚散》则完全由都市里一系列司空见惯的生活片段——酒吧中的朋友聚会连缀而成。它围绕几个青年男女间的情感纠葛展开，没有强烈的激情与冲撞，多的是都市人的小心翼翼、犹豫不决。等到时过境迁，人们在酒吧中重新相逢时，先前的情愫更是显得模模糊糊，飘忽不定。都市人情感漂移不定的性质，在酒吧这一镜像迷宫的背景中得到最充分的展现。

有一篇短篇小说题目就叫《酒吧里的幻影》[1]，讲的是在一个冬日寒夜下着大雪的天气，“我”和一个朋友王永民，在酒吧里喝酒打发无聊的时光，看到了一个高个子男人在独自喝酒，然后一个年轻漂亮的女性出现在他身边，又忽然消失。高个子男人向他们讲述了一个离奇的鬼故事。小说笼罩着一种虚幻的氛围，虚构的故事与酒吧迷醉的环境也是相一致的，“酒吧”也成为都市夜晚所特有的一种另类风景。

---

[1] 载《十月》2002年第6期。

三、意象碎片之三：“发廊”

“发廊”一词在90年代后期以及近些年的城市小说中出现的频率不得不使人开始关注取材于发廊的这类作品，“发廊”已经成为文学中一个趋之若鹜的想象区域。吴玄的中篇小说《发廊》[1]直接以此作为小说标题；盛可以的小说《北妹》中详细写到了“发廊”内部的生活场景和发廊妹们的工作；王安忆在小说中叙述“发廊情话”；池莉的小说《不要和陌生人说话》也写到“发廊女老板”；万方小说《空房子》里的丁亚兰也是一家美容院的女老板，和池莉笔下的徐灵一样，她们是以正当的职业和美的塑造者的形象出现的，这类身份的女性在以前的作品里很少出现。“发廊”成为文学中受人关注的一个城市建筑和生活意象。

西飏的小说《河豚》[2]中写一对青年男女到一个海岛上寻宝的故事，他们此行一无所获，而岛上信用社的100万元被盗却牵连了整个岛上的游客。故事本身是纯粹主观虚构甚至是无边想象的结果，故事的结局同样不会满足习惯传统阅读方式的读者的好奇心。小说并没有揭开这些怪异的人的身份和盗窃案的结果，而林雁是否能接受阿舟的追求也不得而知。小说中有个细节，阿舟让林雁在旅店等着，自己却出去了。通往天香庵原来另有一条直接的路，路旁盖了

[1] 原载于《花城》2002年第5期，2002年《中华文学选刊》第10期、《小说选刊》第11期相继转载。

[2] 收入《中国国外获奖作家作品集·西飏》，1993年获马来西亚首届世界华人小说奖，云南人民出版社2001年版。

很多小房子，门口一律挂了发廊的标志，或圆形或柱形的玻璃灯，不停地转动着。发廊里放着各种流行歌，阿舟一路走过去，不时有发廊妹向他招呼。在洗头的过程中，阿舟听到有人问按摩的价格，并进到里面一个黑乎乎暗室里去进行交易。洗头的小姐和他周旋寒暄了半天之后也问到他是否需要按摩，阿舟想象林雁对他此时的行为会有怎样的反应？她放不下架子，等着男人来追求，阿舟则要故意刺激她，问她是否害怕“那些地方”、“那些姑娘”对她造成威胁，林雁一定会反唇相讥：“所以你就退而求其次了？跑到那种地下道一样的地方去寻求安慰了？可是你心里面想的却还是那些你想得到而没得到的。”

“地下道”一样肮脏不堪、充斥着病菌和毒素，这就是“林雁们”心中对发廊的定位。“发廊”是城市身上的一种寄生物，似乎只有自甘堕落或者走投无路的女人才会进入这种充满色情意味的场所。吴玄的中篇小说《发廊》，描写的是“我”的妹妹方圆进城开设发廊的曲折经历。小说一开始便开宗明义地指出：“发廊这个词不干净，在20世纪的90年代，发廊几乎是色情的代名词。”“发廊，并不是一种合法存在，它是城市最暧昧部分，处于社会底部，就像弗洛伊德的潜意识。”“发廊”作为极为暧昧的字眼，标示着一个暧昧的场所，但它又如雨后春笋般在城市的大街小巷遍布，成了众多涌入城市的打工妹的谋生之地，也成为城市人眼中一处肮脏的场所。《发廊》中，叙述者“我”怎么看待自己的妹妹开发廊呢？其实一开始方圆并没有出卖过自己，她和丈夫一起经营着发廊，但她丈夫的赌博、伤残和无休无止的虐待使得生活朝向不幸的方向滑落，她最终无法控制自己的命运而发生了戏剧性的改变。她终于有一天出卖了自己的身体，做了“鸡”。小说叙述者的身份是一位中学教师，以一种传统的道德身份面对自己亲妹妹的生活现状，叙述中有着必然的尴尬，但是生活的坚硬和不可抗拒性逐渐使得叙述者的语调转为无奈而冷漠、世故甚至隐含欲望。存在就是合理的、现实就是合理的“必然性”，《发廊》似乎有一种让你感到不安的力量，它把我们大家都意识到但都不说出来的合理性说出来了：“若不是开发廊，方圆的命运将是这样：16 岁或者 17 岁，嫁给周作勇，17 岁或者 18 岁，生下一个孩子，过几年 20 岁或者 22 岁，再生下一个孩子，然后就老得像个老太婆了。以前西地一带女人的命运，大抵都是这样。如果方圆是这样来我家，她很可能要遭到我老婆的嫌弃，城里女人向来是看不起乡下女人的。不管怎样，发廊确实改善了像西地这种地方女人的生活质量，她们不开发廊是不可能的。”方圆的丈夫死了之后，方圆曾经回到了家乡，可是小说的结尾竟然是方圆再次回到了城里，还是开发廊。这样的一个结尾是精彩的、出人意料的，城市生活对农村的冲击和对农村人的改变力量由此可见一斑，她们走出了乡村，就再也无法回到故土，即使是在城市里的一处“地下道”一样肮脏黑暗的地方谋求生存空间，她们的生活质量也胜过在贫瘠落后的农村，这是令人震惊而又无奈的现实真相。

女作家盛可以的《北妹》最先发表于网上，关于这部小说引发的有关道德的争论也使得对这部小说的定位有些分歧。尽管小说中有很多性描写因而被一些人看作色情小说，但是如果不用色情的标准来看的话，实质上那些性描写并不是作者要适应“市场经济”、吸引大众的目光而有意为之，作者对于生活残酷真相的揭露，实质上恰恰是对所谓的道德优越感的否定和嘲弄，引发的思考却是直指道德的实质和真相到底是什么这样的问题。

在南方开放城市打工的女孩被一律称之为“北妹”，这些从内地农村来到沿海城市的女孩像潮水一样漫溢到城市里的工厂、车间的流水线上苦苦做工，或者是宾馆酒店、歌厅发廊等服务行业，靠青春来获得基本的生存条件，她们没有受过更多的教育，缺少城市生活经验，毫无保护自身的能力，没有明确的生活目标和方向，居无定所、随波逐流，没有一点点反抗能力，经常遭遇到各色人等的欺凌压榨、不公正的对待，甚至没有任何人身安全。她们被人强暴侮辱，在一言不发的情况下躺到手术台上被人为地剥夺生育机会，她们甚至无辜失去生命……这些遭遇都激不起社会一点小小的波澜。没有人能够为她们发出声音，真正处于“北妹”生活中的人不可能用文学或者其他的文字方式批判揭露这样的生活状况，而作为知识分子的作家也不可能有她们的真实生活经验和感受，这是一个空缺和矛盾。而盛可以却令人惊讶地做到了，作为曾生活在深圳的一个外地女子，盛可以也自称为“北妹”，她对外来打工妹们充满了深切的同情和怜悯。她认为“生活可以时尚，写作完全可以不时尚”。这部长篇处女作表现的北妹生活的沉重、苦难、封闭、愚昧让人触目惊心，给人带来心灵的阵痛，文中随处可见真实度极高的生活细节，除了精彩的叙述和描写外，富有生活质感的语言和情境会让你产生怀疑，作者是否本身也曾经是“北妹”中的一个？盛可以放下了一个作家的道德优越感，她与她的人物平行对视，她似乎在她们之中，深谙她们的遭际和一切困苦。《北妹》被有的评论家称为一部“底层女性的生死书”。

小说中，钱小红和李思江找到的第一份工作即在詹士邦发廊做小工，给客人洗脸。发廊的房子和理发工具是简陋的，然而处于人口密集杂乱的工业区内的小发廊却不愁没有客人光顾。客人的身份复杂，有台商、有保安和工厂里的技术主管……发廊里有暧昧的、单独为客人“服务”的小房间。这里的“性服务”在小说中是用一种不带任何感情和道德判断的无动于衷的语气写出来的，仿佛这和洗脸洗头的服务根本没有区别。正是这种不含任何作者道德批判色彩的写实语言，让人更为震惊地意识到“底层”生存的苦难以及人的身体和自尊被践踏的麻木程度。20岁的李思江，失去了贞操，遭遇过强奸，经历过同居、堕胎、试婚、结扎、欺骗和自杀，最终一无所有地回了湖南老家。性感的钱小红被发廊老板觊觎，被发廊老板娘陷害而被抓到收容所，她不停地辗转于酒店、医院等打工地点。

这些在暧昧不明的场所里打工的“北妹”们因那些暧昧污浊的场所而获得了污浊的名声，由此又给“北妹”们带来了更加不幸的遭遇和命运。她们的卑贱身份使她们无法在社会上获得正常的尊重和保护，人们对她们连基本的同情心也失去了。处处是陷阱、残害和蔑视，“发廊女”遭到的是全社会的唾弃，而那些将她们推向深渊的“帮凶”往往还高高凌驾于道德的顶端，满怀着道德的优越感。到底谁比谁更道德？盛可以用现实的真相对着大众大声质问。但小说中所提出的问题恐怕不是文学能够给出答案的。

池莉对于“小市民”生活的书写和批判更是入木三分，在她笔下出现的“发廊”，却是新的城市空间和时尚新潮生活方式的代表，恰恰要将人们对于“发廊”的暧昧看法予以消解和颠覆，这是池莉的独到和对市民心理认识的深刻性所致。《不要和陌生人说话》中出现了一间发廊和发廊女老板徐灵，与男性作家笔下的从乡下来到城市打工，在身份暧昧的发廊“混饭”、出卖的发廊女不同，徐灵是个真正的美容师，有着美容美发的高超手艺，她酷爱并享受这份工作，她酷爱美发店的香气，酷爱把一个蓬头垢面的人创造成一个漂亮清爽的人。她有自己的做工标准和原则，并不是纯粹为了挣钱而挣钱，因而徐灵被称为一个艺术家，是天才的唯美的“艺不惊人死不休”的美发师。这样的角色定位和人物身份让人眼前一亮，徐灵的美好形象似乎将“发廊妹”身上所有的暧昧不洁以及卑微下贱的东西一扫而光，彻底改变了人们印象中“发廊”的特殊意味，力图恢复它应有的形象和作用。尽管叙述者多数时间采用了徐红梅这个退休女工的内视角来对徐灵进行审视和“丑化”，但美容店还是在徐红梅带着怨气和怒气的絮叨中越发显得光彩照人：美容店被装饰得温馨舒适，香气四溢，发廊生意扩大后又装修一新，“到处是明亮的镜子，窗子上垂挂着雪白的空花纱帘和风铃，风铃不时地叮当叮当，把发廊浓郁的香气送出老远老远”。

在池莉笔下，美容美发店是清洁舒适和制造美的地方，完全不同于那些城市死角里灯光晦暗不明的色情场所，而徐灵这个年轻的发廊女老板，也是作为市场经济时代经济自立、性格开朗而又善于处理人际关系、懂得女性的美并敢于展示自己的美、能够把握自我和选择自己生活方式的新型女性出现的，尽管她出身农村没有受过高等教育，但是她的善解人意、时尚漂亮、独立能干使她能够在武汉这座大城市中立足，并且融入城市生活中。她恰好成为小说女主人公徐红梅的一面镜子，照出她的邋遢、落伍、固执、狭隘、自负而又弱智的某类“城市女人”形象。在徐红梅的眼中，徐灵只是个“乡下人”，身份不能和她这个城市人相提并论，她毫无根据地认为，徐灵每天打扮得鲜亮漂亮坐在发廊门口就是在公开勾引男人，既然开发廊，那么徐灵必然是只“鸡”，开着“卖淫嫖娼违法乱纪”的一个“鸡”店，自己的丈夫去了发廊，自然就是干了“不正当”的事情，因此她理直气壮地把丈夫的茶杯砰然摔碎在发廊门前，并和丈夫刀光剑影地一通吵闹，但这场争吵最终还是以她的失败而告终。50 岁就退了休的徐红梅其实是一个被无情地抛出时代轨道的可笑又可悲的女人，她的思想观念和价值标准早已与当下的市场经济时代脱节，无论是在个人的形象还是在内心的思想观念上，她都无法适应当今城市生活的变化，因此她常常被人讥笑、嘲弄，常常被人抓住心理弱点一而再再而三地上当受骗，而她内心里却还常常涌起的“写诗”的冲动，在池莉笔下，这一常常出现的“写诗”的念头，其实就是对徐红梅那些完全不合时宜的思想在当今物质时代（她的写诗冲动一次次因为找不到一只陈年的钢笔而作罢）所遭遇挫败的讽喻。

王安忆对于城市生活肌理的抚摸从《长恨歌》开始是越来越仔细、越来越耐心，因而她的小说对生活细节的描摹与刻画走向了迷恋和极致，在城市中遍地开花的发廊自然绝不会被她敏锐细致的观察忽略掉。《发廊情话》[1]在风格上延续了王安忆90年代以来城市题材写作的特点，即所谓“城市无故事”的典型，王安忆认为如今事情没有了开始和结束的状态，只会呈现出过程中一个个源源不断的瞬间，根本没有过往的和完成的事情可供讲述。所以片断、侧影、细节、叙述的漂浮、结构的散漫，在这不长的篇幅里俯拾皆是。在《发廊情话》中，依次登场的人物个个都受到多角度多层次的精雕细刻。她以更多的笔墨、更细的层次，兴趣盎然地勾画了两个洗头妹，在此我们看到王安忆书写生活细节的天才展现，她从口音写起，然后写到她们的发型、眼神、五官、表情、衣服式样……然后又写她们洗发的过程。小说接着费尽笔墨，写一些常来的女客，接着回头不厌其烦地刻画理发店的场景，从气味、摆设开始写起，然后像西洋音乐的回旋曲式，再把老板和洗头妹进一步刻画了一番。小说的正题，讲一个女客人在发廊里回忆自己的故事，而回忆的内容，除了交替出现上述的静态人物及场景描写外，就只是对陈旧“事实”的陈述。小说基本取消了对话，而只是叙述和描写。

小说中发廊里的人们终日在饶舌中度过，但仍然如同无头无尾重复着的日子一样没有形成一个完整的故事。作为中心人物的“她”讲述自己的经历也是含糊闪躲，只攻一点不计其余的，洗头妹们想听一个完整的传奇故事的愿望落了空，而老板却能从这零落不成文章的叙述中迅速判断：“鸡！”横空打断了洗头妹们的聒噪。“鸡！”这是一个不容置疑的身份判断，这样一个判断似乎并不需要由完整

[1] 载《上海文学》2003年第7期。

的故事来支撑，城市发廊这一天里的经历，“她”所讲述的自己曾经开发廊的故事等等，乍看起来根本就是一篇铺陈勾连着各类细节的散文，叙事语气的散淡平静和情节的淡化都是一致的，而这种平淡中的“无故事”的生活流动状态恰恰就是作者所认定的“实质性”的生活内容和方式。

第四节 消费时代的城市住宅与人的异化危机

一、为“屋”所役的“人”

较之20世纪80年代，90年代的社会生活和观念意识更加复杂了。市场化的物质关系使人们的追求变得尴尬、暧昧，人们的生存形态日益复杂多变。在迅速发展的现代都市中，生存空间的拓展一方面为人们的自身发展和选择提供了更多的可能性，另一方面，也使人们不可避免地面临着困境。90年代城市化以来，城市人越来越处于一种失落了自我的生存状态，这种生存状态表现为异化的危机。建筑设计大师赖特说过：“喜欢宽敞的房子，这既是现代人的需要，也是自然给予人类的机会。”[1] 虽然国家非常重视城市住宅的投资与建设工程，但至今仍无法满足大多数人对于居住的要求——住上宽敞的房子。在中国现有的经济条件下，对于宽敞的房子——超出实际

[1] Frank Lloyd Wright, *The Organic House* (New York: New American Library,1954), p.16.

能力的生活方式的过度追求会成为城市人的精神枷锁。

凡是写到了上海市民日常生活的文学作品，似乎都无法不涉及到人的居住环境恶劣给人带来的心理和精神上的危机，李肇正的《城市生活》便正是涉及这一问题的小说。上海返城知青杜立诚和宋玉兰得益于1994年上海市解决人均居住面积4平方米以下住户住房问题的政策，作为困难户集资分房，分到了一室一厅。“在上海这座人满为患的城市里，民以房为天。”正因为房子在上海人生活中的重要地位，宋玉兰决心要把新房子装修得像模像样，从而真正享有上海人的舒适生活。而作为两个工薪阶层的教师，钱成了装修房子最大的障碍。他们虽然不是彻底的贫困，但为了满足温饱之后那生出的欲望——让新房子像模像样——两人的生活开始走上了坎坷不平的崎岖之路。

“上海人有共识：分到房子叫做有本事。”对于物质的欲望不再被看作不道德的新的市场经济时代，人们开始坦然地承认对于更优越的物质生活的艳羡和追求，不再掩饰对金钱的热衷。在住房紧张的情况下，是否能比他人获得更好的生活环境、更大的居住空间，成了衡量一个人是否有本事/存在价值的硬性指标和社会标准，这也是在我国经济发展过程中出现的一个并不奇怪的社会现象。对于人口稀少而地域宽广的发达国家的人来说，居住面积不会成为生存所要竞争的一个重要因素。在进行住房制度改革之前的当代中国社会，房子作为物质对于人的精神的挤压，的确曾经达到过一个极端（其实至今仍然是一个实际的难题），《城市生活》就是通过一个被房子牵制、挤压、异化得有些疯狂偏执的女性不可理喻的固执行为，让我们看到了为物质/房子所“役”而对人的身心健康、伦理情感、传统美德等一系列美好事物造成的破坏和伤害。在精明能干要面子的妻子宋玉兰眼里，“钞票是最鲜明的男性特征”，而赚不到钱的丈夫则是无能懦弱而且迂腐的；杜立诚虽然理解妻子、怜惜妻子的辛苦，对自己不能提供给妻子更好的生活条件而愧疚，但妻子永无休止的埋怨唠叨指责使得杜立诚对宋玉兰早就心生反感和抵触，夫妻间的矛盾和摩擦因为这套新房而不断升级，两人感情最终破裂。

装修房子、挣面子是以金钱来作为支撑的，对教师来说挣钱的办法只能是做家教。杜立诚是个具有传统精神品格的知识分子，他看重自己的知识分子身份，尽可能地保持着自己的一份独立和清高，不与世俗同流合污，“君子言义不言利”。他善良高尚的品格赢得了学生和家长的赞誉，家长们为感谢杜立诚而帮助他装修，找路子买便宜的材料，宋玉兰为此喜出望外，算下来觉得很占了便宜，她不相信这世界上“还会有算不清爽的东西”，这是和杜立诚完全相悖的人生观。宋玉兰精心设计二十来平方米的房子，在“狭小的空间里精彩绝伦地开拓疆域”，秩序井然、环境整洁，令人叹为观止，充分体现上海人精打细算的聪明。在装修过程中，宋玉兰和装修队杀价，算计工钱，对工匠们十分苛刻。强迫公婆出钱，丈夫孝敬父母的50元钱她也要在春节给老人的送礼中扣除。此举彻底伤害了杜立诚的心，对妻子的感情越来越淡薄。新房装修完毕，杜立诚却没有一种属于自己的“家”的感觉，宋玉兰总是强调自己对这个新房的贡献，“以后你要离婚，不要和我来抢新房子”。在宋玉兰的心中，房子的位置早已高出了一切。

然而，“新房子是一种永无止境的追求过程”。当宋玉兰参观了同事富丽堂皇的三室一厅之后，她的心立刻失衡，刚刚获得的一点满足感顷刻间消逝得无影无踪，还是为了“面子”，她开始背水一战，装修房子已经使她捉襟见肘，物欲的增长不断升级，为了使新房子更加“抢眼”，名牌家电和豪华家具成为她的下一个目标！收入的增长总是落在物欲增长的后面，宋玉兰开始向老迈贫困的父母借钱，逼迫公婆掏钱，最终仍然不够，就去银行办贷款……她仿佛被一只无形的大手所掌控，完全陷入了身不由己的一种魔障中，杜立诚努力去原谅她的病态，但却是徒然，他的男人自尊正在被她破坏殆尽。

新房子应有尽有，已经处于巅峰状态，但她很快失去了成就感，与同事姚老师的富丽堂皇的三室一厅相比，新房子只能算是小家碧玉。身背沉重债务的宋玉兰并没有因为新房子告竣而止步，三室一厅的蓝图激起她新的雄心壮志，越发炽热地追求金钱。夫妻二人至此已经彻底失去了共同语言，杜立诚始终不能接受“按劳取酬”的观点，认为钱收之有愧，更加专心于授业解惑；宋玉兰的眼睛则除了金钱能使它亮一下之外，对其他一概漠视。杜立诚劝说她“钞票是要算计，但不能算计掉人情”。宋玉兰却不为所动，适者生存是她坚信的社会法则，宋玉兰已经蜕变为一个彻头彻尾的拜金主义者，在她的眼里，只有赚钱是最重要的生活目标，其他的一切如对于父母的孝敬关心、纯洁神圣的师生情谊、教师的崇高道德品格在她眼中一钱不值。“市场经济”四个字牢牢地占据了她的头脑，她变本加厉地思谋着怎样才能“从枯槁的生活中榨出油水来”。她用市场价格与丈夫讨价还价，用成本意识来换算人的同情心，坚决不做“蚀本生意”。

“房子”像一座大山挤压和不断异化着这个普通的女人，宋玉兰就像一个被房子的枷锁套牢的囚徒，拼命挣扎却越陷越深，无法自拔。毁掉自己的健康和容颜（因过度疲劳致使腹内生瘤，未老先衰，形容憔悴），毁掉曾经幸福的家（夫妻终于离婚），无止境的欲望摧毁了她的生活，而她却仍不思悔，反问丈夫为何自己就不能想要“汽车洋房”？传统与现代、物质与精神、金钱与人性尖锐对立，市场经济对于传统文化和道德的冲击力量是巨大的，叙述者在这里有着鲜明的立场和倾向，并作出了自己的价值判断，站在杜立诚的传统立场和居高临下的视角，宋玉兰夸张扭曲的物质追求显得可笑复可悲。

新写实小说代表作家方方的小说思考人的复杂性和人性中一些根本的东西，把对人的精神文化的关注放在首位。在其不同题材的作品中，方方以犀利的人性解剖和人的精神历程流变甚至人格分裂的方式，深入人的精神内核，显示出作家对人的生存困境的关注，在方方市民题材小说中，中篇小说《风景》是对人性进行解剖的范本。小说选取武汉市汉口最贫困的一隅——河南棚子居民区，以一家两代七子二女各自不同的生命形式及其粗俗、恶鄙、穷困的精神和物质窘况，真实再现了城市社会底层人们的生存状况、文化心理，写出了他们的物质困顿和人性挣扎。小说中，给人印象深刻的是那间“汉口河南棚子一个十三平米的板壁房子”里，十一口之家的底层生活。在北风呼啸、火车的轰鸣中颤动欲倒的小屋，晚上睡觉，孩子们只能在地铺上拥挤。即使想办法占尽空间，地铺还是容纳不下像牲口般生长的儿女，大哥只好常年上夜班，白天才有个睡觉的地方。父亲为两个女儿搭了个极小的阁楼。其余七个儿子一溜睡在夜晚临时搭的地铺上。而七哥则干脆在床下，以地为床。生长在这样恶劣住居环境中的儿女们的命运仿佛和这“小屋”结下了不解之缘，我们无法否认这九个孩子的成长和人生之路的选择与这个居住环境无关。作品反映了一个真正属于都市“草根阶层”的家庭生活。

二哥是对以父亲为代表的痞性文化的反叛者，也是人生高层次精神追求的献祭者。二哥因偶然的机会进入了这座城市“上流社会”的一户人家：父亲是市里一所大医院的著名医生，母亲则是中学里的语文教员，这样的知识分子家庭与河南棚子的人家完全是天壤之别。这户人家住在天津路英租界的一幢红楼房里，他们的家庭显得极洁净且极雅致，“他们有七间房子，整整占据了一层楼。仅保姆许姨住的房间都比二哥家的屋子大两个平米。他们一家四口人住四间屋子还剩下一间客厅和一间储藏室。杨朦说这房子是他的外祖父留下来的。他祖父的一幢房子更漂亮，前面还有花园。但他父亲老早就把它贡献给国家了”。二哥幸运地结交了这样一个知书达理的知识分子家庭，在河南棚子里长大的二哥看到了与他们完全不同的另一个世界的“文明”生活方式，没有打架斗殴、没有兄妹间的吵闹，一家人相亲相爱、民主平等、文质彬彬、温情脉脉。“他觉得只有到了这儿他的心才感觉到它是为一个真正的人在跳动。”文明的家庭环境和良好的家庭氛围改变了二哥的人生和志向，“他想当一个建筑师。他要让父亲和母亲住进他亲手设计的世界上最美丽的房子里”。

美好的梦想对于一个生长于河南棚子里的孩子来说恰恰成为他悲剧的开始。他爱上了这家的女孩杨朗，他想考大学，然而一场时代的浩劫将这一切冲击得粉碎，他最终为爱情而死去。

在这个家庭中，七哥对父亲生存文化根基的颠覆是最彻底的，是政治的、权力的。“七哥”从小在家里被父母姐姐们当作一个小东西、小动物一般呵斥、殴打，他从来没有享受过父爱母爱，常年睡在大床下面潮湿黑暗的狭窄空间里，甚至连活下来都是一个奇迹。这样的生存记忆奠定了七哥的实利人生哲学的基础，更是他不择手段向上爬的潜在因素。上山下乡时被选送到北京大学镀金的幸运，使七哥获得了改变下层社会低微处境的机会，拥有了为自己确定另一种人生目标的条件，那便是从此一心去“干那些能够改变你的命运的事情，不要选择手段和方式”。长大了之后的“七哥”成了一个“人物”，他野心勃勃地改变着自己的人生道路。他为了“向上爬”，果断地同已经谈婚论嫁的女友分手，女友的父亲作为一个教授对他“就像这些过时的报纸一样毫无帮助”。他胸有成竹地向一个失去生育能力的高干子女求婚，当他的真正目的被看穿之后，七哥把她带到了他的家。20 多年过去了，这间河南棚子并没有什么改观，屋子里光线晦暗，“七哥掀开床板指着那潮湿幽暗的地方告诉她他曾在那儿睡到他下乡的前一日”。他毫不隐瞒和避讳自己对仕途的渴望和改变人生道路的追求，他坦荡而又冷酷地将自己的目的和盘托出：“你如果在这样的地方生活过一年，你就明白我所做的这一切是多么重要。我选择你的确有百分之八十是因为你父亲的权力。而那百分之二十是为了你的诚实和善良。我需要通过你父亲这座桥梁来达到我的目的地。”这桩交易最终果然如七哥所愿，婚后他跳到了团省委，分到了很宽敞的房子。“在他原来的学校拥有三十年教龄的老师也没资格住上七哥现在的这房子。他的房子布置得像宫殿，落地的双层窗帘，先锋的组合音响，遥控的彩色电视，还有松软宽大的席梦思床。”

方方使我们看到了现代物质文明与传统文化的冲突，方方关注的是生活环境和条件对人的巨大的改造作用。她说：“生活环境和时代背景对人的影响很大，主要对人的性格、思维方式、心态有影响。我的小说主要反映了生存环境对人的命运的塑造。”[1]《风景》中恶劣的生存环境和七哥从小艰辛的遭遇迫使他在获得生活的某种转机后不择手段地来改变自己的生活。《落日》之中狭窄的住房条件等生存窘境正是丁老太的儿孙们仿佛铁石心肠、不愿老人活转的因素之一，丁老太对儿子婚事的百般阻拦使得丁如虎几近于疯狂，这是方方揭示的人的自然本能对人的巨大作用。而住房的拥挤狭小加上母亲的死不让步使得丁如虎一再放弃努力，外在环境和内在本能的冲突终必造成悲剧。房子对我们的奴役，似已登峰造极，把天纲伦常、道德良心都吞噬灭绝。[2]

城市生活中为“屋”所奴役，被“物”以及生活环境所异化的人

---

[1] 转引自沈梦瀛：《方方的沉郁：拷问卑微灵魂》，《吕梁高等师范专科学校学报》1999年第3期。

[2] 1988年1月6日的上海《文汇报》登载了一篇名为《房官司写真》的文章，记述了各种无奇不有、明里暗里的房官司。为了占房、调房、分房，同胞反目、邻里操戈，友情、亲情，统统成为交易关系或角逐的手段。甚至有人为了房子，杀害父母或者祖母，1988年5月《北京晚报》载，青年温玉峰为一间小房勒杀81岁的祖母。

不在少数，而“消费社会就是这样一个被物所包围，并以物（商品）的大规模消费为特征的社会，这种大规模的物（商品）的消费，不仅改变了人们的日常生活，改变了人们的衣食住行，而且改变了人们的社会关系和生活方式，改变了人们看待这个世界和自身的基本态度。换言之，生活在消费社会中的人们和他们的前辈的根本差异，并不存在物质需要以及满足这种需要的方式有了改变，而在于今天人们的生活目的、愿望、抱负和梦想发生了改变，他们的世界观和价值观发生了改变，最终是作为人的本体的存在方式发生了改变”[1]。

二、“偷窥”：破坏“安全自由”的虚妄之感

人类发明服装，起先无疑是为了保护身体不受伤害。建筑的发明也一样。但是，当一件东西被特别地包裹起来时，也就意味着它是不可公开的了，不可公开的就是“隐私”。墙的建立使人有了隐私权，隐私的前提是遮蔽。因此，对墙、对建筑和服装的尊重，就是对人的尊重，对隐私权的尊重，比如说不能私入民宅，不能强迫别人脱衣服，否则就意味着他被剥夺了隐私权甚至人权。隐私权是仅为人所有的。隐私和栖身不同，栖身是为了生理需要，隐私是心理需求；栖身是为了保护身体，隐私是为了保护心灵。建筑的作用是隔离性的，它把人和自然区分开来。一个人或一群人，一旦拥有了或建造了这种隔断，便意味着有了不容侵犯和不可进入的“独立性”

---

[1] 罗钢、王中忱主编：《消费文化读本》（前言），中国社会科学出版社 2003 年版，第 1 页。

和“自主性”，意味着墙内的空间是仅属于自己的“小天地”。

城市越来越密集的人口和局促的居住空间，使得人们越来越珍惜和维护自身仅有的一方个人住居的隐私空间，挤挤挨挨的空间里相互谨慎地防范着，保持着近距离的陌生和互不干扰。但是，客观上造成的视线狭窄必然和人际关系的冷漠带来一种负面效应，即几乎无法回避视线交叉和对他人生活内部的好奇产生的探测欲望。城市密集的居住环境就是这样戏剧性地制造着相悖的生存方式，人们既相互有意疏远又加倍地想要了解他人的生活隐私，前所未有的个体自由与日渐一日的孤独冷漠。

《对面》[1]选取了新的叙事点，叙事人故意采取了男性视角和一个令人有些反感的男性叙事口吻，作者精心设置了一系列对女性的“偷窥”情节和欧·亨利式的意外结尾。“我”因逃避牛高马大令人讨厌的女友的追逐，躲避有洗生殖器洁癖的男室友的龌龊而搬到一个闲置仓库里来，不期然在黑暗中发现仓库阳台“对面”住着一个优哉游哉风度翩翩的中年女人，她并不知道“对面”仓库里还有一双随时在窥视她的眼睛，她一直以为她的房子是处于安全之中——“安全”是因为隐私不被人知晓——她常常自在随意地裸着健康的胴体在自家厨房出出进进，还频繁地轮流着跟一个高个男人和一个矮个男人在家幽会。如果不进入其中，这一切对于这间房子之外的人来说是不可想象的。“我”觉得新奇而刺激，不断躲在幽暗处偷窥，渐而喜欢上了那个女“对面”，并对长相粗俗的矮个男人产生莫名的反

[1] 收入《铁凝自选集·告别伊米》，作家出版社 1997 年版。

感和仇恨。在某日“对面”与矮个男人行将做“好事”之时，“我”却不怀好意地突然之间点亮事先预备好的共500瓦的几个大灯泡，并将录音机音量大开，“对面”那位39岁的女游泳教练蓦然受了窥视者的惊吓，不幸心脏病突发而去世。“我”因而深刻反省：“无论如何我摧毁了一个女人最后一个个人的角落，我又庆幸我的确亲眼见过一个女人生活中最真实的片断。她使我领略到人在逃离了人类注视时那份无可比拟的自如的魅力，她在无意中教我学会了欣赏和疼爱生活中那些不为人知的自然。这一切其实是从她的背后而得，虽然她每天与我面对着面。原来人类之间是无法真正面对着面的。”城市到处布满了窥视和无端暗害的陷阱，它打破了居住城市里的人所共有的“安全”和“自由”的虚妄之感。其实人在城市里无处可逃，到处是窥破秘密的眼睛。

韩东的《房间与风景》再一次印证了铁凝小说给读者带来的“震撼”——都市生活里你其实是无处可逃的，你无法躲避“他窥”和求得自身的真正自由存在。阅读这类小说的时候我们其实不能再去追究生活的真实和文学的真实之间的纠葛，故事的离奇与否并不是我们要关注的东西，文本的写实性其实只是一种表象。具体就这篇小说而言，文本中写实的特征显然能令我们阐释出小说的某种社会意义：人的不可遏止的窥视欲在都市化的进程中得到了强化，人的隐私生活越来越受到侵扰，并最终造成人们精神与肉体的伤害。但是，小说显然并不仅仅强调这一点，作者更在意的是如何依据虚构的法则，以偶然的事件和精心的逻辑安排推动小说发展。大楼的工程进度与一个叫莉莉的女人的妊娠期同步，形成相互影响、相互制约的框架，从这一主观虚构的起点而生发的故事依靠的是逻辑的推演，而不遵循人们的日常生活法则。

城市的现代化进程毫不例外地伴随着城市建筑的日新月异，建筑工地轰鸣作响的噪音和高高的起重臂的起落就是典型的都市化进程的标志。日夜不停的城市建筑仿佛永远没有终结的时候，城市未来的规划需要成百上千年的时间去实现，而且“最后一栋房子建成时最初的那栋早已变成了废墟”，房子还可以因建筑技术的提高而随时可以推倒重来，这就注定小说主人公莉莉和丈夫克强的生活必定要与城市某座建筑的工程发生关系。

莉莉家旁边的一个幼儿园被拆迁，幼儿园的拆迁和倒塌使得一个“真正的儿童乐园”里所有的天真的歌声、充满童趣的图画和孩子们可爱的身影消失了，取而代之的是一座工厂大楼在这个地方将拔地而起。而莉莉的妊娠和这座大楼的兴建偶然地成为一个同步的事件和故事的框架，小说的精心安排使得这两件事在内在逻辑上互为一种隐喻的关系——“房子的生生死死就像万物一样”，它们相互影响、相互制约，大楼的开工建设的真实图景和居民生活之间的矛盾以及莉莉妊娠期间心理变化的过程交织在一起。

毫无疑问，一座大型建筑的建设噪音对居民生活的影响是极其严重的，除了睡眠所受到的折磨之外，还有住房的开裂变形导致了邻里生活矛盾和装修房子的干扰。莉莉无法逃离这样一个充满噪音的恶劣居住环境，因为怀孕她无处可去，丈夫克强为保证她的安全强行将她锁在了屋里，而这个封闭、狭小、有限的家庭空间，对女人来说恰恰是十分致命的，女人的苦恼、不满、抑郁乃至逆反心理、对抗情绪，甚至疯狂、暴烈等，常常直接源于她们对空间无与伦比的敏感。“作为抗议她开始尖声呼号。起初只有克强在场时她才这样做。后来克强上班未归她对着镜子里的自己也能叫上两声。继而发展到不用面对任何人任何形象，隔着玻璃对着轰鸣不已的工地她尖叫怒骂，直到最后莉莉能听见的只是自己的声音。”被关在屋内的莉莉失去行动的自由，时时感到空间、噪音对她的强制性的压迫，她不得不拼命叫喊，用自己愤怒的声音来对抗“囚禁”和外来噪音的伤害。

“在一个耳朵基本失聪的环境里，眼睛的观看就变得异常锐利和歹毒。”对于孕妇莉莉来说，噪音使人几乎失聪之后，她和这座大楼的建筑之间的对抗更可怕的是来自眼睛的“窥视”。人所具有的窥视欲因为空间提供的便利（视线平齐时，双方距离不过二三十米）而得到释放，看/被看的相互关系取决于双方所具有的建筑高度，女性从最初的主动、好奇地俯瞰逐渐因为大楼的平齐、升高而陷于被动，莉莉的私人生活空间和日常生活变为被男性窥视目光所骚扰和侵犯的对象，她的心理随之受到越来越严重的伤害。在对窥视的目光进行不断升级的防范过程中，克强采取了用武器相威胁的极端行为，这使得双方的暗中较量变成一场光天化日之下的战争。然而被窥视的命运仍旧无法避免：“他现在自上而下地注视着她阴暗的窗口，注视着这个生物出没的洞穴，使她无可逃避地感到这个洞穴就是她本身，就在她身上。莉莉下意识地抱紧了胸部。那人眯着眼睛，在如此触目惊心的处境里明察了一切。”莉莉在此固执而阴鸷的目光窥视下感到了自身生存和安全的威胁，她就像一只“洞穴”里的雌性“生物”，已经完全剥除了文明的伪装和掩饰。这种不安全感不仅仅是来自农民工对城里人根深蒂固的敌意，也不仅仅是男人对女人的肆意窥视和侮辱，更多的是人与人之间在生存意义上的相互仇视和相互注视下失去的自由感、莫名的矛盾和变形的心理在此特定环境中被凸显和“放大”。

这个窥视她的工人最终从塔吊上摔下来死去，而莉莉同时早产了一个失聪却视力超群的婴儿，这个虚构故事中的富有巧合意味的结尾，使得这篇小说具有了先锋派小说表达的多种可能性，而其中所蕴含的生死循环以及含糊不明的“人的生死与建筑的诞生消逝”之间的隐秘联系，使得这篇小说具有了被多方位解读的内涵。

城市的新的居住方式使人们不能像过去一样，聚在一起畅叙家长里短，或就另一家邻居的为人处世窃窃私语、品头论足——许多城市居民由此抱怨世界变得冷漠了，实际上并非如此，现在的人们既没有比过去更冷漠，过去的人们内心也未必比现在更热情。但是，他们彼此的确陌生起来，且越来越陌生。比方说，我们不会知道，当我们正在自己的屋内忙这忙那时，会不会像刁斗在《移步换景》里虚构的那样，对面某座楼某个房间里，有一个不为人知的陌生人，正举着望远镜不怀好意地隐藏在窗帘后面，把焦距对准了我们。或者正好相反，像邱华栋在《蝇眼·天使的洁白》里描写的那样，这个窥视者长期地规律性地用“摄影记者专用的‘大炮’”，“观察一对年轻夫妇的生活场景”，并拍下一些照片仔细地“研究”，以至于这个为对方完全陌生的窥视者就如同那对夫妇一样熟悉他们的生活。然而某一天，已对年轻夫妇的一切了如指掌并渐感乏味的窥视者，却突然目睹了令他震惊的场景：一个突然闯入的陌生男人，先用刀刺死了丈夫，再冲入卧室杀了那个女人。……城市里到处隐藏着随时可能介入或者已经悄悄介入我们生活的陌生人，以至于连隐藏得很好的、自以为单方面介入他人生活的窥视者，也会突然发现自己被置于另外一个陌生人面前。

三、异化与人的“城市病”

显而易见，现代城市生活方式的开放性、异质性，使得城市人更容易处于一种矛盾冲突状态之中。人与自然，人与人，个人与集体，个人与社会，个人与自我之间，都存在矛盾，这些多样的矛盾冲突使人常常处于心理病态中，产生了各种“城市病”，如焦虑症（拥挤性焦虑、期待性焦虑、疲惫性焦虑、选择性焦虑、噪声性焦虑）、恐惧症（竞争性恐惧、被算计性恐惧、对隐私丧失的恐惧、对隐名状态的恐惧）、淡漠症（职业性淡漠、异质性淡漠、货币型淡漠）、孤独症（遗弃性孤独、同步性孤独、强欲性孤独、豪猪性孤独、精英性孤独）等等。[1]一方面城市被异化，另一方面，人被城市异化。

“城市被异化”的原因之一，是对城市建设的目的不明确。人类创造城市只是手段，目的是使人更好地生存。但在实践中往往发生这样的情况：城市成为目的，人却成为手段。城市成为一个与人类自身毫无关系的水泥构筑物，人游离于城市之外。造成这种状况的

[1] 参见张擎：《城市是上帝还是魔鬼——城市文化及其演示》，《艺术广角》1988 年第 2 期，时代文艺出版社 1993 年版。

客观因素在于，人一生下来就要面对周围的环境，可用“适者生存”来比喻人与城市的关系，不是人改变城市，而是人去适应城市。具有讽刺意味的是，人建造了城市，反而要受到城市的束缚和制约。人是最习惯和喜爱贴近自然界的动物，可大城市的楼层越来越高，绿地和森林却离人越来越远，人与自然的接触机会也就越来越少。实际上，所有城市构筑物都是人所创造的，是人的劳动产物，是人的思想、意识、行为的体现，是人类历史的体现。因此，城市环境的本质是人与人之间的关系。

城市的本质特征不仅表现为人与人之间的关系，而且表现为人自身发展的一种矛盾性状态，表现为人的生理需要的有限性和人的精神需要的无限性之间的矛盾。人们往往由于经济利益的驱动而将城市建设重点放在物质需要上，而忽视了人的精神需要，而人的精神需要得不到相应满足势必限制人的智力和创造力的发挥，影响到人的生存质量。因此，人自身生存和发展之间的矛盾是导致“人被城市异化”现象的一个重要因素。

社会学家认为：“城市，它是一种心理状态，是各种礼俗和传统构成的整体。换言之，城市绝非简单的物质现象，绝非简单的人工构筑物。城市已用其居民们的各种重要活动密切地联系在一起，它是自然的产物，而尤其是人类属性的产物。”[1]不同的人看待城市的态度都不相同，随着城市的发展，城市作家的态度和观照越来越趋向于多元化，有的是完全认同，有的是批评和否定，

[1] 〔美〕R. E. 帕克、E. N. 伯吉斯、R. D. 麦肯齐：《城市社会学》，宋俊岭等译，华夏出版社1987年版，第1页。

也有的是留神地注视，有的是微微地嘲讽……把城市作为一种心理状态和人类属性的产物接受下来，这种态度与若干批评家将城市作为某个可阅读的文本来看待很有相通之处。“‘城市’就像一个文学的文本（literary text），拥有众多相异的诠释和读者，随着这个文本和读者演绎的层出不穷，我们的视野也将得到不断的扩展和补充。”[1]

人类按照自己的欲望建造了城市，而城市的建立和发展却使人类远离了自然这个生命的故乡。斯宾格勒对此有一段精彩的论述，他把乡下人看作“植物性的存在”，他们是从土地上生长起来的。然而城市割断了人与土地的关系，城里人变成了“动物性的存在”。随着技术的发展，人又从动物性的存在逐渐变成了“机器性的存在”、“信息性的存在”。从人的本质来说，城市生活无论如何舒适方便，都令人难以摆脱那种与生存竞争伴生的为物所压迫的紧张感，只有到了大自然中，人才能体验到不为外物所迫的植物性存在的生命体验。这样说来，人类对城市的惊恐和焦虑的心态是面对城市的一种本能反应。城市工业发展带来的环境污染，城市组织契约化带来的人与人的疏远，城市生活的自动化、机械化带来的人的智力和体能的退化……这些都使人对城市生活感到不安。

都市的发展，影响了我们对于时空的概念，对速度和距离的估计，也改变了我们的美感经验和对外界的认知方法。进入 90 年代之后，城市更具现代消费社会特征的高楼大厦、公寓豪宅以及酒吧、

---

[1] 洛枫：《香港诗人的城市观照》，《香港文学》第 57 期（1989 年 9 月）。

咖啡屋、购物中心等等建筑频繁地出现于小说的文本之中，并且对城市人的生活方式和精神心理造成了不可估量的隐形影响。消费社会的“物”挤压着、异化着人们，“屋”从过去对人的无限吸引、向往、魂牵梦绕的身体和心灵的归宿变成了人们想要逃离、厌倦、令人颓然和绝望的场所，个人常常会迷失在城市的某一间房子里找不到自我的方向。让·鲍得里亚在《消费社会》一书的开篇写道：“恰当地说，富裕的人们不再像过去那样受到人的包围，而是受到物的包围……我们生活在物的时代：我是说，我们根据它们的节奏和不断替代的现实而生活着，在以往所有的文明中，能够在一代一代人之后存在下来的是物，是经久不衰的工具或建筑物，而今天，看到物的产生、完善和消亡的却是我们自己。”[1]

《环境戏剧人》（邱华栋）沿着寻找龙天米的线索，我们看到了城市充斥着同性恋者、妓女、骗子、富商、艺术家、失恋者和城市孤独症患者。大街上漂亮的女孩割腕自杀，周围的人群却视若无睹（似乎带有浓重的荒诞和象征意味）。小说中的形形色色的城市人似乎都患了各种各样的疾病，独自住在小区里孤独的退休老干部，在所有的房间里都安装了电视，起居室、洗手间、客厅、厨房，他靠着一个女孩的指令每天按照规定程序来生活。城市幽闭症患者告诉“我”，深圳这座城市已经越来越使人在欲望之海中变成平面人，而这个城市幽闭症患者总是待在他的浴缸里，用望远镜看人，“城市已经叫他开始怀疑人本身，他对人性深处的东西

[1] 〔法〕让·鲍得里亚：《消费社会》，刘成富、全志钢译，南京大学出版社 2001 年版，第 1—2 页。

既恐惧又厌恶”。

龙天米在寻找孩子的父亲，寻找她的爱情，寻找着能够过上理想的幸福生活的“爱达荷”。“我”深爱着她，一路循着她的足迹找寻她的下落，然而，找寻的过程中“我”看到了城市人令人彻底失望的东西，“我想我永远也回不到爱达荷了。只要离开了故乡，生活在改变一切的城市中我就永远也回不去了。……城市已经彻底改变与毁坏了我们，让我们在城市中变成了精神病患者、持证人、娼妓、幽闭症病人、杀人犯、窥视狂、嗜恋金钱者、自恋的人和在路上的人。我们进入城市就回不去故乡”。这里作者明显受到了美国作家塞林格《麦田里的守望者》的影响，包括语言文字的风格。“爱达荷”作为一个象征性的理想之地，是“我”和一群环境戏剧人认真寻找的乌托邦，而这个寓意在小说的结尾一览无余，可以说是随着寻找的一次次失败，城市阴暗面和人性肮脏一面的不断显露，最终龙天米的死使“我”的期待和理想终于完全破灭，叙述者感叹我们已经回不去了，爱达荷就是我们最终的故乡，然而我们进入城市就回不去故乡。在作者笔下，城市成为吞噬自然人性和破灭人们心底梦想的地方，充满了难以想象的阴暗与险恶。它与故乡是生活的两极，二者之间存在不可调和的尖锐矛盾。人们只能非此即彼。

生长在优越城市环境中的年轻人却在城市的内部，深刻体会到封闭的、防范森严的私人空间带给他们深刻的孤独感和遗世感，他们常常感到郁闷和迷惘，内心充满怀疑和焦虑，渴望逃离城市，摆脱生活在空中产生的“上不着天下不着地的”悬浮感，渴望与大地泥土阳光空气亲密接触。卫慧的《爱人房间》描述的即是父母双亡的单身女人对远处楼房里男人的窥视和想象。开首就是这样短短的四句话：“没人轻念我的名字 / 没人来摸我的膝 / 我独自一人太久了 / 我坐在床上想象无爱的日子太多了”。整个小说一下子就落入一种极度的孤独和凄清之中，而她房间里的烟、打火机、烟缸、酒瓶、书以及日夜开着的电视机，白天与夜晚之间毫无意识的转换，勾勒出一个独居于城市中的有些病态的女孩的生活景象。卫慧依然延续着她的写作语言风格，继续书写着那些“天才”、“漂亮宝贝”——也被人称之为“精神分裂者，妄想狂，偏执狂，焦虑者，自恋者，抑郁症患者，他们酗酒、流泪、阅读、自慰、失眠”，这些在都市里孤独脆弱的身影，他们像孩子似的住在有家具的房子里，他们徘徊在车站，淹没在无爱的人群中……女孩用望远镜看到了银白色的一幢楼房和楼房里那两个熟悉的窗户。楼房就在不远的地方，跟她所在的楼隔着一个不大不小的花园。窗户几乎与她的视线平行。没有窗帘或其他任何妨碍物，透过窗户，她看到了室内的布置，甚至看到了屋主的照片，而她用梦想家的眼睛进入一个陌生的房间，想象着与这样一个艺术男人相爱。带着幻觉，她和那间房子的邻居、留着漂亮胡子的男人做爱，她撬开门锁闯入艺术男人的房间，将男人的照片和头发带回自己的家。最终女孩得知他实际上一年前早已出车祸而死。整篇小说从一个孤单的城市女孩的内视角出发，视线所及之处一片凌乱无序和荒凉，她的生活也是缺乏一种常规的秩序和规律，任由自己孤独的心灵封闭，但这种自我封闭的生活方式导致她的神经更加错乱、身体更加不健康，内心更加渴望异性的爱情与令人安宁的温暖。

李洁非在《城市相框》中通过诸多新生代作家的城市文学文本，分析指出新一代城市人严重的“爱的匮乏”的精神与情感特征，“这一代城市人处在一个缺乏自我牺牲、缺乏相爱的环境里”，爱的匮乏“不单单是指新一代城市人与其他社会群体之间，尤其是指新一代城市人彼此之间的关系。因此，他们太少为什么事情而献身的意识，从根本上说，也没有这样的力量；物质使他们现实化，现实化使他们远离浪漫和激情……”[1]人的情感需要源于人类的本性。现代人的情感不仅表现为对某人某物的依赖，而且表现为对故乡故土，对居住过的房屋，对向往已久的地点，对周围熟悉的事物，对人工环境等都存在广泛的依恋之情。人对同类人的情感维系最为密切。人对情感的需要往往与大城市的生活环境和人际交往特点发生冲突，与日益发达的信息通讯技术和商品社会的激烈竞争相矛盾。美国未来学家阿尔温·托夫勒认为当代西方社会所面临的“未来冲击”的特征之一就是“短暂性”。即人与物关系的短暂性，人与地点关系的短暂性，人与人关系的短暂性，人与组织的关系、人与信息的关系也都表现为短暂性。[2]

人的自然本能和城市本能冲突不断，最终社会本能占了上风，现代人最终选择了城市。人一旦进入城市就很难离开城市，然而人的“植物性存在”的自然本能又不可能丧失。这样，人类始终处在一种两难的境地，无法获得两全其美的生活。然而无论现代人是怎样地拒斥城市、怀念田园，作为人类文明的必然趋势，城市化的进程是不可

[1] 李洁非：《城市相框》，山西教育出版社 1999 年版，第 117 页。
[2] 宋林飞：《西方社会学理论》，南京大学出版社 1997 年版，第 510 页。

阻挡的。“个人应学会使自己适应都市。”[1]早在20世纪初，德国城市学家齐美尔就作出了这样的忠告。是的，我们面对城市化进程中的种种新变化应该持一种客观的态度，“不必总是喋喋不休地为一个经济社会的来临而惊慌、而怨尤，我们需要的是应变和创造”[2]。

[1] 〔德〕齐美尔：《都市生活与精神》，转引自杜霞：《都市生存的质询》，《小说评论》1998年第1期。

[2] 《上海文学》之《编者的话》1995年第1期。

第四章
谁能诗意地栖居?

文学作为人类社会上层建筑中的一个组成部分，一种重要的艺术类别，人们有理由要求它创造出高于时代经济现状、物质基础的优秀精神财富，产生人类在精神领域超越苦难现实的灿烂成果。中国文学“文以载道”的传统和其对人生进行“勘探的本质”（昆德拉语），也使读者有理由要求文学对现实的摹写不仅有对现实的仿真性“写实”，更要求能够得到精神性上的满足和思想上的受益。在当代文学中，关于“屋”的精神话语虽然与写实性物质话语相比显得单薄和稀少，在寄寓物质意义上的“房子”之外的精神栖居地的诗意想象，在当代文学中出现的对人类存在的现代性思考，尽管有所涉及和表现，但还是处于较低的探索阶段，这与中国当代作家自身思想深度的不足和整个民族文化氛围有关。但是毕竟我们看到了一些作家将思考的深度引向一种更深的、更为本质问题的形而上的努力，从新时期初期的探索性戏剧到新潮小说先锋派文学的实验性写作，一直到 20 世纪 90 年代末 21 世纪初，作家们孜孜不倦的精神探索始终在延续和深化。

当然不可否认的是，与西方几百年来的精神世界探索的历史和思想传统相比较而言，中国文学的“形而上”精神追求显得相当薄弱和肤浅，普遍性地缺乏对人类生存 / 存在根本问题的哲学思考，虽然有的作家也曾冒着失去读者大众 / 商业市场的危险进行先锋性的实验写作，但更多的是醉心于形式上的探索，思考的深度还是有限的。而 20 世纪 80 年代末 90 年代初，在市场经济体制下，受到商品大潮冲击后退到社会“边缘”的文学家们，面对当代瞬息万变的社会现实集体失去了崇高的身份感、坚定的立场和清醒的判断力，更加处于一种“不安定”的意义“多元化”乃至缺失的“失语”语境。正如杨匡汉先生所说，中国 20 世纪的文学有着鲜明的“功利主义倾向”，尽管也是一个不断仿效西方、竭力进行新的文学创造的过程，但是 20 世纪处于“动”与“乱”的中国文学家，在“艺术地处理个体和属类整体的关联、存在与本质的同一”的路上，显得分外艰难和矛盾重重。[1] 哲学史家施太格穆勒认为，旧的“知识和信仰已不再能满足生存的需要和生活的必需了。形而上学的欲望和怀疑的基本态度之间的对立，是今天人们精神生活中一种巨大的分裂。第二种分裂就是，一方面生活不安定和不知道生活的最终意义，另一方面又必须作出明确的实际决定之间的矛盾”[2]。这种心理上的负担和心灵的分裂困惑，影响着中国当代作家集中注意力去关注纯粹的人精神世界和信仰问题，“形而下”的生存欲望和“形而上”的精神追求

---

[1] 杨匡汉：《倾向与启示：20 世纪的中国文学》，《山花》2004 年第 11 期。

[2] 〔德〕施太格穆勒：《当代哲学主流》上卷，王炳文、燕宏远、张金言等译，商务印书馆 1986 年版，第 25 页。

之间的冲突加强了心理的紧张度；或者一些作家完全是依据市场需求而进行文学写作，将文学完全商品化，成为波德莱尔所描述的那些在市场中漫无目的地游逛，伺机寻找能出个好价钱的买主的那一类文人。这样的作品充斥着文学市场，更加使我们看不到当代文学的精神追求和"改造国民性"的力量。

美国作家威廉·福克纳在1949年诺贝尔文学奖受奖词中说过："人之所以不朽，不仅因为在所有生物中只有他才能发生难以忍受的声音，而且因为他有灵魂，富于同情心、自我牺牲和忍耐的精神。诗人、作家的责任正是描写这种精神。作家的天职在于使人的心灵变得高尚，使他的勇气、荣誉感、希望、自尊心、同情心、怜悯心和自我牺牲精神——这些情操正是昔日人类的光荣——复活起来，帮助他挺立起来，诗人不应该单纯地撰写人的生命的编写史，他的作品应该成为支持人、帮助他巍然挺立并取得胜利的基石和支柱。"[1]所以无论时代发生怎样的变化，文学都应当对人类的生存处境和精神处境予以关切、探索和思考，应当为解脱人类的精神困境投入真诚和热情，作家有义务通过他的作品表达他对人类基本价值维护的愿望，在文学的娱乐功能之外，也应以理想的精神给人类的心灵以慰藉照耀。

建筑与人、人与文学、文学与建筑……从"事物是普遍联系的"这一辩证唯物主义观点来看，我们发现在文学与建筑之间确实存在着某些潜在的相类似的意义功能。建筑的功能被分为基本的和第二

[1] 《福克纳中短篇小说选》，李文俊、陶洁译，中国文联出版社1985年版，第606页。

位的两种功能，第二位的功能指的就是指示意义和暗示意义的功能。建筑师要通过第二位功能表达意识形态的东西，一种世界观和特定的精神特质。举例来说，德国 18 世纪的农舍，清楚地表明了其基本的和第二位的功能，给住在里面的人强烈的家的感觉。[1] 艾可作为一名十足的后现代主义学者，建议“建筑师应该把基本功能设计得富于变化，以便给第二位功能留下更开放的空间”[2]。建筑的这两种功能——为人遮风避雨、容身居住与心灵的安居之所之间其实不能截然分开，黑格尔把建筑的起源归结为人类寻找精神家园的缘故，而不只是为了纯粹的使用功能。他认为，精神家园是圣洁的，是“把大众灵魂联系到一起的东西”。建筑的任务就是在人和神之间建起一座桥梁，为个人和社会提供一个统一的核心。建筑主要是一种象征，表明它隐约感觉到的掌管自然和人类命运的神的力量。[3]

人同建筑除了具有实用的居住关系外，还存在着一层更加休戚相关的感情关系与精神关系。海德格尔说：“我们通过什么达于安居之处呢？通过建筑。那让我们安居的诗的创造，就是一种建筑。”[4] 正因为人“诗的创造”同样是一种让心灵得以安居的“建筑”，一种精神乌托邦的诗意建筑，文学与现实生活中的具体建筑物之间便产生了连接与默契，作家们未必能够如此清楚地发现这两者之间奇妙

[1] 尽管我们今天看来可以感受到强烈的怀旧之情，但大多数现代人住在那样的房里会感到精神压抑，时代发展了，我们现在已经学会要求有更多的自由、更开放的空间了。

[2] 〔美〕卡斯腾·哈里斯：《建筑的伦理功能》，第 89—91 页。

[3] Christian Norberg-Schulz, *Intentions in Architecture* (Cambridge: MIT Press,1965), p.111. See also pp.112-114.

[4] 〔美〕卡斯腾·哈里斯：《建筑的伦理功能》，第 138 页。

的“姻亲”关系，但是，他们笔下的关于“房子”的叙事和诗意构想，却不可避免地带有精神上的象征和隐喻意义。

获得2005年诺贝尔文学奖的英国剧作家哈罗德·品特的剧本的标题即为《房间》，在瑞典文学院的颁奖公告中，称作者“强行进入压迫的封闭房间”，指国家权力的扩张逼得个人蛰居在狭窄封闭的空间里，那些来自房间之外的威胁，剧中的戏剧冲突，来自人与他人所组成的“黑暗”社会之间，“房间”既是避世者的“壳”，也是作家品特对人类生存状态的反思。人际关系准则的伦理学，不能用语言来表达的哲学观点，在品特的作品中流露出来。因此，我们看到这部作品表面缺乏逻辑性的语言对话中所阐释的哲学思想。因此，“房间”成为一个极富象征和隐喻意义的文学意象。

因为中国20世纪的文学有着鲜明的“功利主义倾向”，“站在一个缺乏哲学背景而更多的是政治的和实用的背景的舞台上，自身不能不受到三种明显的局限，即：文学泛政治化进而形成了政治性的基本规约的局限；经验美学的局限；个人创作圈子狭小的局限”[1]。在当代文学中，关于“房子”的精神话语与写实性物质话语相比处于弱势地位，依附在“房子”上的精神栖居的诗意想象，对人类存在的现代性思考还远未达到一种“形而上”的哲学深度。但是我们也应该承认，作家们毕竟在通过创作，孜孜不倦地将思考引向一种更深的、更为本质的层面，已经有不少作家开始关注“房子”与人类精神之间的意义联系，并进行深层的哲学思考和形而上的探索。

---

[1]　杨匡汉：《倾向与启示：20世纪的中国文学》，《山花》2004年第11期。

第一节 具有象征和隐喻意义的“房子”

人们似乎早已意识到“屋”作为象征物可以寄寓美好的想象和丰富的意蕴。建筑的终极目标是人，建筑的价值所体现的必然是人的价值。因此建筑不是一种独立、自在的存在，它是在与人的现实关系中、在人的理解和体验中的存在。奥地利精神分析学家荣格在晚年自建了一个自己的住宅，[1] 在荣格新建的“小天地”里，“塔”对他有特殊的意义，因为它替他的灵魂带来了前所未有的宁静。他在《回忆录》里写道：“从一开始我就觉得从某些方面来说塔是个孕育生命的地方—— 一个子宫或者是一个我可以造就我的过去、现在和将来的母体。”“塔”对荣格来说，是一个前所未有的新环境。在这个环境里，他可以放松自己紧张疲劳的神经，仿佛退回到母亲的“子宫”，隔绝、排除来自外部世界的严重干扰和由它引起的一切焦虑。“塔”在荣格的意识中含有一种象征意义，它是圆形的，象征精神的圆满，它是“一个充满了灵性的圆满的象征”，而这便是住宅对人的生存所具有的意义。从精神分析学家荣格同他自己住宅的关系来看，人同建筑除了具有实用的居住关系外，还存在着一层更加休戚相关的感情关系与精神关系。只有通过对“象征”意义的破译，才能走进人类自身的内心，并认清建筑对人的影响。[2]

人们不能掌握所有外部的客观情况，感到许多莫名其妙的东西

---

[1] 三座塔和一个庭院，它既是荣格的居住世界，同时也是他的精神世界。如果没有这个四位一体，也就没有荣格的充满真知灼见的哲学思想。

[2] 赵鑫珊：《建筑是首哲理诗——对世界建筑艺术的哲学思考》，第 447 页。

在心中波澜起伏，他们必须为这些神秘的东西找到一种恰当的表现形式。在这种情况下，对含糊不清的意蕴的表达，自然就会采用象征的方式。黑格尔说："象征一般是直接呈现于感性观照的一种现成的外在事物，对这种外在事物并不直接就它本身来看，而是就它所暗示的一种较广泛普遍的意义来看。"[1]古埃及人就赋予金字塔的每一部分以象征意义，遍布欧洲的基督教教堂都以"十字形"或"拉丁十字"作为它们的平面布局形式，这种"十字架"的平面造型形式实际上象征了耶稣受难的神圣、崇高的教义。

中国当代文学中，"屋"被赋予的象征意蕴尽管有着时代政治意识形态的鲜明色彩，或者是显而易见的"文以载道"意图，但是这些作品中也寄寓了人对自身存在和生命意义的思考。马中骏、贾鸿源、瞿新华编剧的《屋外有热流》[2]和高行健的《绝对信号》、《车站》等都属于80年代初影响较大的探索戏剧。《屋外有热流》以超现实的象征手法，将屋外的热流与屋内的寒冷构成鲜明的对照，屋外象征着广阔的世界，有着沸腾的热流般的生活；屋内的世界是寒冷的，屋内狭小的空间象征灵魂的自私与卑鄙，死者的高尚、自我牺牲与生者的自私卑劣，构成了代表不同人生的对立形象。哥哥积极向上的精神代表屋外的热流，代表旺盛的生命，由此把屋外与室内、社会与个人、肉体和精神的生与死加以对照表现，形象化地揭示了一个深刻严峻而又富有哲理意味的主题："一个人如果逃避火热的斗争，龟缩于个人主义的小圈子，就必然抵挡不住脱离集体失去亲人

[1]〔德〕黑格尔：《美学》第二卷，朱光潜译，商务印书馆1979年版，第10页。
[2] 载《剧作》1980年第6期。

的寒冷。他只有走出屋子才有热流，才有生命。”[1] 该剧站在反思历史的时代思想高度上，审视被荒疏的一代青年物质和精神双重贫困的生存状态，“屋”在剧中成为一种道具和象征物，屋内室外、冷热、生死之间的对比，使现在与过去、现实与梦幻、人与鬼魂、具象与抽象做到转换自如，衔接流畅，用抽象的人与物、寓言的风格、诗的自由结构、直喻或隐喻的手法，表达一种人生哲理、一种对世界的认识。

话剧《红房间 白房间 黑房间》是一出四幕喜剧。在这里，不只是红色的房间和白色的房间，而且是象征性、写意性的艺术空间，这三种色彩的房间是剧作家有意设定的三种人生境遇的象征场所，白色的纯洁象征着乌托邦的精神幻想世界，超越了物质世界的一切俗艳色彩，“白色又常被认为是‘无色’，然而它却是一个世界的象征，在这个世界中，一切作为物质属性的颜色都消逝了”[2]。红色房间象征着火热充满希望的新生活真实图景，这里展现的是年轻一代积极向上、朝气蓬勃的人生追求以及善良的人们对生活的向往。而黑色则是生活中无法摆脱的黑暗、龌龊、卑劣、无耻、颠倒是非和绝望的心境的象征，这同样是人们无法摆脱的一种现实场景。这三种色彩构成了人类生存的基本社会空间和心理空间，因而具有很强或者是过于鲜明的象征性寓意。

黄蓓佳的小说《玫瑰房间》[3] 围绕着一个充满浪漫色彩的“玫瑰

---

[1] 贾鸿源、马中骏：《写〈屋外有热流〉的探索与思考》，《剧作》1980 年第 6 期。

[2] 〔俄〕瓦·康定斯基：《论艺术的精神》，查立译，人民教育出版社 1980 年版，第 50 页。

[3] 黄蓓佳：《玫瑰房间》，河北教育出版社 1995 年版。

色的房间”讲述了一个追寻梦想的悲剧故事，“玫瑰房间”并不是一个具体的房间，而实际上是女主人公新月在“永远千篇一律”的生活中苦苦追寻的美好的理想世界，或者说是个永无可能实现的梦幻。她“不止一次梦见过玫瑰色的房间，那房间里厚厚的窗帷、柔软的床罩，以及所有桌布、椅套、沙发垫，全都是玫瑰色的，她就在这样一种玫瑰的芳香里生活。清晨起来推开窗户，楼下是一大片玫瑰花园，花朵上露珠闪闪，娇艳无比。她真想张开双臂跳到这片玫瑰的海洋里”。

新月是个充满了幻想的年轻女性，她不愿意在不喜欢的工作和色彩单调的居住环境中、在平庸的家庭生活中消磨掉自己的青春和激情。“生活中面对的是图纸上没完没了的墨线，拥挤不堪的公共汽车，和烟熏火燎的狭窄的厨房”，与她梦中常常出现的“玫瑰房间”相差甚远，她因此烦躁和喜怒无常，梦醒后面对“白石灰刷过的墙壁，天花板上的斑斑水渍，和房间里可怜巴巴的几样家具”，她无法理解为什么有的人无论拥有还是不拥有玫瑰房间都一样活着。而挣脱无望的平庸生活的唯一出路似乎只有“出国”，离开这块让她憋闷的土地。新月偶然获得了自费出国留学的机会，然而她一再被拒签，丈夫对她毅然离开的不解和不舍逐渐导致家庭矛盾激化，通向那个充满诱惑的“玫瑰房间”的路途显得那样艰难曲折，令人烦躁不安。现实和未来的险峻在梦中潜入新月的潜意识，但她宁愿在这种向着深渊无止境坠落的恐惧梦境中体验那种眩晕的快感。这种义无反顾的决绝姿态使获取“玫瑰房间”“居住权”的奋争过程充满了苦涩。最终，好友叶薇的帮助终于使得她与那个“玫瑰房间”只差一步之遥，然而最终故事结局仍然是悲剧性的，那个一再出现的噩梦仿佛就是一个咒语。一个同样想出国的年轻的研究生为了能有几十美元的报名费参加托福考试，动了偷窃的念头，并在极度的惊慌之中杀死了新月。这个故事似乎带有非常强烈的时代印痕，在八九十年代的中国，“出国热”多年冲击着心怀理想对人生设计充满“野心”的年轻一代。“出国”曾经是在国人心目中获得成功的最佳人生途径。似乎走出国门就会离梦想中的天堂更近些，就一定会住进梦幻中的“玫瑰房间”。因此，作者把“玫瑰房间”的意象与具象的“出国”行为相联系，是有着真实的开放时代的背景作依托的。

新月所向往的梦幻式生活，使她远离现实的土壤，忽略了生活中最真切的美好的东西。她的结局也揭示出：梦幻永远是梦幻，也只能是梦幻。新月短暂的一生，就犹如花开的一瞬间，但也让人悟出生命的过程是一场灵魂的角逐；人实际上也是精神与肉体的抗争，躯体是享乐主义者，总希望享受舒适安稳的生活，而灵魂是不肯安宁的，时时刻刻想要去追逐什么东西。其实这种不安分的背后，是渴望更深刻的安宁，一种心灵的安宁。正如巴舍拉德所说：“没有了梦中的房子，人们就不得不四处流浪。梦中的房子能够帮助我们度过各种天灾人祸。它是我们的身体和灵魂。它是人类的第一需要。……在我们的梦想中，这座房子就是一个永远的大摇篮。这是玄学家不会忽视的事实，一个简单的事实，尤其是因为这个事实实际上也反映了一种价值观，一个重要的价值观，我们最终要去依附的价值观。生命的存在就表明了一种价值观。它的诞生是美好的，它需要呵护，需要房子的保护和温暖。”[1]

而在迟子建的小说《旧时代的磨房》[2]中，人类的两大基本主题——食与性——同时得到了透彻的揭示。这里既有占有粮食的欲望，又是性得以肆虐的场所，食与性被奇妙地结合在一起。四太太最初就是在那个堆满农具的磨房里被付老爷占有而成为四太太的，而老爷与丫鬟的偷情同样是在磨房里被四太太发现，四太太想不明白，“厢房那么多，老爷为什么单单喜欢在磨房里成事呢？是因为磨房矮小、偏僻、不引人注意呢，还是因为那里别有风味……而今的二太太也把短工安置在磨房里。四太太就越发觉得磨房的神秘了”。而那个与老爷在磨房里只偷过一次情的丫鬟，却总是不忘旧情，这正是她丈夫程四两最终杀死主人、带领穷人劫富济贫的最根本的原因。作品中的黄家将值钱的东西藏在磨房里，付家也将粮食藏在了最不起眼的磨房的磨盘下面，四太太在离开付家时暗示用人李妈如果将来有人分这宅院，只要一间房子就行，就要磨房。简陋低矮的磨房却成了最有生机和财富的一间房子，食与性既给这里的人带来了一种疯狂的满足，同时使付家的人们陷入了阴郁的心理状态，这里的“磨房”成了人类最为本能的食与性贪婪需求无法遏制所造成的悲剧性结局的象征。

迟子建是个对房屋与人的关系认识比较深刻的女作家，她以诗

[1] Gaston Bachelard, *The Poetics of Space*, trans. Maria Jolas (Boston: Beacon, 1958), p.15. This work is hereafter cited parenthetically in the text.〔美〕卡斯滕·哈里斯：《建筑的伦理功能》，第 195 页。

[2] 收入《你一直对温柔妥协》，百花文艺出版社 2002 年版。

意的语言风格表达了自己对房屋的深刻思考：“房屋不仅是人的休息之所，也是人类表达感情的场所。人们需要祈祷，于是有了风格各异的教堂；人们需要歌声，于是这世界多了一些著名歌剧院的建筑。房屋在不知不觉中，已经成为人类表达自己精神气息的一种象征。”[1]在迟子建笔下多次写到故乡黑龙江漠河一带的木刻楼民居，那种与自然相和谐的“非同寻常的美感”令人印象深刻，“冬季的雪花开始拥抱漠北小镇时，这些房屋就更显得无与伦比的沉静。它们在不知不觉中已成为大自然最和谐的一部分”。这既是木刻楼房屋与漠北自然风光、自然形态的真实感受，同时也是作家刻骨铭心的故乡情结渗透回忆和想象之后的结果。作家对故乡小镇新出现的红砖房十分反感，她认为其俗气的色彩和红棺材一样死气沉沉的红砖房对漠北风光是一种破坏，应该保留一个村镇的房屋的地方特点。迟子建对那些无比钟情于抒写和描绘房屋的作家和画家充满敬意：“普鲁斯特的《追忆似水年华》，就有大段大段的对房屋的描写，他甚至能把每一条回廊都写得光彩勃发。我所崇敬的大画家凡·高和蒙克，他们也在画中动情地描绘教堂和村镇的房屋风景。房屋像精灵一样在画面中闪烁，它有血有肉，它已经不仅仅是人类的休息之所了。……我们需要在房屋里休息，更需要在它的怀抱中永久地梦想。”[2]

参照作家本人对房屋的理性认识，我们则可以比较有依据地解读迟子建的《零作坊》中，那些对“零作坊”的描写和在粗俗生活表面之下所要真正表达的诗意梦想。迟子建的《零作坊》被列为

[1] 迟子建：《房屋杂谈》，见《清水洗尘》，中国文联出版社 2001 年版，第 306 页。
[2] 同上书，第 309 页。

2003年中国中篇小说经典，表明了学界对这部作品文学价值的肯定。《零作坊》这个极富艺术气息的小说标题，令人想起典雅高贵的艺术团体或艺术家的工作室，然而这部小说开头的第一章就赫然亮出了标题——“屠宰”，接着，“马灯”、“嚎叫的猪”等词语接连出现于眼前，这不能不令满怀期待的读者扑了个空，诧异题目与内容之间的巨大反差。然而故事就这样有滋有味地讲下去了，我们就如同那个曾经在这个陶器作坊制造过无数美妙绝伦的艺术品的孟十一一样，从无法相信这个“玩笑”到最终黯然接受，心理的落差在故事真实细致的讲述过程中慢慢消弭。翁史美与几个屠夫的不合法的生活却如此合理自然地铺展开来，带着原始的、粗俗的、浑浊的血腥气息，屠宰台沾满了污血和猪毛、苍蝇满天飞、注水的猪肉、成堆的猪下水……这个私屠滥宰的生猪屠宰场给人的感觉充满了肮脏和罪恶，没有经过检疫的猪肉和非法的屠宰出卖过程一起构成了小说令人不齿的现实场景，尽管充满了屠夫式的满足和快活，但给读者的感觉是不舒服的，甚至是有些反感的。那么，在这样一个毫无诗意的甚至是与诗意完全相悖的地点，为何能够成为以“诗意化”写作著称的女作家迟子建所要描述的“居所”？

虽然翁史美是个精明干练、开朗大度的杀猪场女老板，但她性情中始终有着与她农村出身不相符的温柔高雅浪漫气质，正是这些性格中无法摆脱的因素，使她在结婚生子之后还毅然爱上了城里来度假的纪行舟，并抛家别子跟随他进城。最终这场婚外恋以她被伤害而告终，但是制陶艺人孟十一留下幽雅的陶器碎片和雕花的廊柱再次唤起了翁史美心中的爱恋，尽管这种爱是那样不合现实和虚幻，但这成为她生活中最重要的支撑和幻想。正如孟十一所说：“一个靠宰猪为生的女人，怎么会喜欢我刻在廊柱上的花纹，怎么会喜欢那些破碎的陶片呢？”而这些话与纪行舟对她的评价如出一辙，翁史美最终发现了自己“悲剧的源头”，她终于放弃了对这段虚幻爱情的向往。

同样，在这群粗俗不堪的屠夫们中间，也并未完全失去人性和对生活的幻想，为爱情而成为植物人的鲁大鹏、爱拍照和写诗的年轻人杨生情，以及屠夫们相互之间的朴素感情，都成为小说中浪漫诗意的亮点。如同那两根雕花的廊柱一样，在柱子上一再贴出的诗歌，与整个屠宰场是那么不协调，然而恰恰就是这些不协调的东西，成为心中怀有诗意和幻想的人们感到生活充满希望的所在。最终屠宰场的生意因为人事的变动而无法继续下去，杨生情给她寄来了20多种花种，希望她把这屠宰场改造成一个花房。或许这才是“零作坊”应有的身份和气息，翁史美似乎也是在这样的居所里才协调的女性。虽然我们无法知道她是否愿意接纳这包花种，接受这个诗意的建议，虽然她在花种中希望发现杨生情能留给她表达情意的字条。但是对她来说，将屠宰场改为花房，不幸的缺乏诗意的生活就此可以结束了吗？

第二节 “屋”的存在哲学意蕴

从哲学上说，建筑于人，就是它为人提供了一个“存在的空间”，或者说是一个“存在的立足点”。这一西方建筑哲学观点同中国古老建筑哲学殊途同归，《黄帝内经》说：“宅者，人之本。”建筑永远是和人捆绑在一起的。用海德格尔的术语“In-der-Welt-Sein”（存在于世）来看建筑的本质就是：人，不能没有建筑而“存在于世”。美学家赵鑫珊在他的著作《建筑是首哲理诗》一书中，对建筑艺术进行哲学思考，指出“房子”与“人”之间的深刻联系，他认为建筑从诞生之日起，就是同生存哲学捆绑在一起的，他倾向于把建筑说成是“存在主义建筑”，“因为，这个术语更能一语道破建筑的原义和本质”[1]。

如果从哲学意识的角度来看，中国作家与西方作家的区别之一就是缺少哲学思考的文化传统，20世纪中国百年文学作品虽然数量浩如烟海，质量却贫瘠单薄，在哲学背景缺乏的当代文坛上，女作家残雪充满了卡夫卡式“存在主义”哲学意味的文本才会显得如此一枝独秀。其实感悟到“屋”与“家”、“存在”之间精神关联的中外作家不计其数，但是从一种存在主义哲学的意识来书写“屋”的中国作家大概只有残雪是最为突出和执着的。尽管她的写作不合当下流行畅销书写法，喜爱她的读者并不算多，但是我们的确无法忽略她在当代文坛中的特异性存在，以及她那些读后便不会被立即遗忘的作品——也许阅读感受并非是令人愉快和满意的，但是绝对印象深刻。

阅读残雪，你会感觉到她总是用一种带着恐惧、警觉、敏感乃

[1]　赵鑫珊：《建筑是首哲理诗——对世界建筑艺术的哲学思考》，第23页。

至神经质的眼光和触角来观察和试探着周围环境，她常常陷入一种个人的臆想世界中去，现实环境中发生的故事和人的行为举止往往不成为她小说所要描述的对象和内容构成，她所感兴趣和倾力构建的总是一种充满了荒诞、变形、阴郁、梦魇的想象世界。进入这个虚构世界之后，读者阅读的感觉是完全失去了对现实世界的自然感知，并往往与最初的阅读心理期待背道而驰，但这个世界也给读者带来了新鲜的陌生感，尽管怪异难懂，文本仍旧散发出它独特的吸引力。文中阴郁、晦涩、恐惧、焦虑、窥探和变态的人物心理及人性种种的丑恶，萨特式的“他人即地狱”的存在主义哲学观念的再现，人与人之间的相互仇视与倾轧、防范、冷漠……这个虚构世界在变形和荒诞中仿佛还蕴藏了某些现实真实世界中存在的一些本质性的丑陋，展现出人类生存的悲剧。

从存在主义哲学的角度来看，残雪的小说的确受卡夫卡的影响很深，二人创作风格在很多方面，不仅是外在故事结构而且在内在的精神探索上，都有可比较之处乃至相同点。卡夫卡与普鲁斯特和乔伊斯并称为西方现代主义文学先驱和大师，之后的各种现代主义文学流派，如“荒诞派戏剧”、法国的“新小说”都纷纷把卡夫卡奉为自己的鼻祖。他的小说好像是“一个个令人恐怖的梦：人物言行古怪离奇，场面变化突兀，人、物亦真亦幻，背景不明不白，气氛肃杀阴沉”，是“一座永无出路的迷宫”。[1] 进入卡夫卡的小说世界，感到的是浓重的迷茫、孤独、抑郁、恐惧、异化和非理性。残

[1] 谢占杰、侯宝英：《永无出路的“迷宫”——论卡夫小说的世界模式》，《许昌师专学报》（社会科学版）1998 年第 4 期。

雪善于以荒诞不经的讲故事方式来表达一种本质性的生存体验，阅读她的小说时，你会不由自主地进入一个氛围殊异的“场”，整个“场域”被一种独特的气息所围绕，被人物的困惑、无奈、焦虑、紧张、恐惧……的情绪所抑郁，感到暗无天日的压抑与憋闷。那些精神异常者梦魇般的呓语、神经质的人格叠合、阴郁恐惧的意象堆砌、毫无逻辑的时空转换等排斥读者的写作元素，被读者和评论家称作“弄不懂的残雪”或“残雪之谜”。

在表现世界的荒诞性时，卡夫卡和残雪同样采用了象征的手法刻画人狭小、灰暗而孤独的生存空间，传统意义上的避风港、家、大自然的概念已然不复存在，取而代之的是异己的人间地狱。如卡夫卡在《致科学院的报告》和《饥饿艺术家》中为人猿和艺术家设置了笼子；《地洞》中不明身份的小动物生活于“地洞”之中；《乡村医生》中的医生迷失在寒冷冬夜的雪地里。土地测量员 K 的生存环境最具代表性，无论是他可望而不可即的城堡，还是客栈和贵宾饭店，同样是阴暗、压抑的。再如，格里高尔（《变形记》）生活于其中的家、卡尔·罗司曼（《司炉》）所在的轮船、约瑟夫·K（《诉讼》）受审的法庭等等，这些具象的符号像一个个密不透风的黑盒子，剥夺人沐浴阳光和自由呼吸的权利，压迫着人的肉体，禁锢着人的思想。

无独有偶，同样的象征也以不同的形式出现在残雪的小说中，集中地表现为“小屋”（《山上的小屋》和《苍老的浮云》）、“黑屋子”（《天堂里的对话》之二）、“想象中的空屋”（《天堂里的对话》之三）、“铁笼子”（《天堂里的对话》之四）、“空旷的黑屋”（《旷野里》）、“潮湿的仓库”（《雾》）和“空无一人的大楼”（《新生活》）、

“未完工的大楼”(《民工团》)。在残雪的《天堂里的对话》中写道：“在漆黑的房间里，焦虑不安地等待山崩来临，我用剪刀在房顶上剪开了一个洞，拼命地往外伸直脑袋。”拼命从漆黑的房间里伸出头去呼吸新鲜空气，让光线透进来，这表明作者的思想——打破这沉闷压抑的局面最有效的途径是文学和艺术。这种思想以及小屋的意象均源于鲁迅，他曾说：文学和艺术是唤醒中国国民的最好方式。为了强调其重要性，同样的情景在小说中出现了两次，“小屋”象征了一种精神枷锁，具有虚幻的特征。作为现代主义作家，卡夫卡和残雪对现实同样是敏感的，表达也同样是抽象的，也正因为这种抽象性，才使他们的描写具有普遍性和巨大的包容性，反映的是人生存状态的本质上的非理性，精神层面的深刻困惑。

残雪的词语重复率的确较高，而她的小说中出现频率最高的物象就是“屋”。残雪对房子似乎是情有独钟，她喜欢反复叙述人物对房子的感觉，及人在房子里怪诞变形的心理感受和想象。或许残雪的写作方式，就是在一种封闭性的空间中对人类生存的一种悲观性的书写和表达，她笔下的人物也同样是被拘囿于一种毫无安全感的境地，想寻找一处安全生存的处所，或者想拼命挣脱某种抽象的制度束缚或人际之间互相仇视敌对的困境，带有强烈的存在主义哲学意味。小说中的人物常常是莫名其妙地就生活于一个孤独的、寒冷的房子或高楼里，离群索居或者被莫名其妙地孤立，他 / 她想远离人群寻找安全的容身之地，又害怕被人群抛弃，这种矛盾的心态始终在她的小说里萦绕不去，我们努力猜测主人公期待的是什么，寻找的是什么，他们恐惧和害怕的又是什么。

《山上的小屋》这篇小说的所有细节都极其平凡，而且没有构成故事的本事，从传统的小说技法和读者的阅读习惯看来，传统的叙述要素和典型化模式完全不见，似乎是混乱无章缺乏可读性的，而且会给人莫名其妙的感觉。小说中，没有逻辑连贯和顺序的阴暗世界里，稀奇古怪地发生着种种怪诞的事情，人物的言谈举止荒谬而不可理喻。王绯是较早对残雪《山上的小屋》进行解读的评论家之一，她的解读细致深刻。她认为，那座荒山上的小木屋是主观臆造的虚象，是（中国人）生存环境感觉的暗示。那个在小屋中不停呻吟的人，是在“梦的妊娠中痛苦痉挛”的抽象人类的象征，其中附着了主人公自况的意味和自怜自恋的情绪；那永生永世也清理不好的抽屉，赋予了人类执着的追求与精神寄托永恒又可悲的抽象寓意。父亲几十年来在梦中下决心去打捞掉在井里的剪刀，从整个人生的意义上概括了人类存在的失落感；“我”上山去寻找永远也不会找到的虚幻中的小屋，在彻底的人生失落里弥散着一种无可奈何的宿命情绪。[1] 季红真认为残雪以超现实的梦境，彻底颠覆了一个东方的家庭伦理神话，重构出来的则是“中国生存的噩梦式体验”，不停地收拾抽屉、晒被子，这些细节构成了一种象喻，隐喻出生存内容的贫乏与单调；贯穿始终的小屋的意象，则是这全部“中国生存噩梦式记忆”的总体象征。小屋中被囚禁的是“子一代”人的灵魂化身，“《山上的小屋》将鲁迅由呐喊而至彷徨的心理过程，整合在卡夫卡式的梦呓形式中，只是铁屋变成了木屋。也将一代一代精神探索者

[1]　王绯：《在梦的妊娠中痛苦痉挛——残雪小说启悟》，《文学评论》1987 年第 5 期。

的心路历程，都以寓言方式，几乎全部转喻出来。周而复始的中国生存被这寓言所概括，而作者残雪则是一个极端的理想主义者，在囚禁中不断地痉挛，写作便是她唯一的缓解方式”[1]。

当然也有人从中国当代的政治环境历史来解读，如加拿大的李天明认为残雪的这篇小说是“用隐喻的形式解构了过去中国极左的文艺政策”[2]，是残雪象征派文学的宣言。台湾作家叶洪生的阐释是：小说采用象征主义的手法来表现从1957年“反右”运动到“文化大革命”中的人和事。山上的小屋及里面的人，其实并不存在，仅仅是臆想的虚像，然而，因为这并不存在的“幻想的敌人”，每个人都疯了。这真是人类最大的悲剧。[3]主人公坐在围椅里面看见小屋的画面在《山上的小屋》中重复出现四次，暗示她只要进入写作状态，她便想象那小屋，或者更准确地说，她便感觉到了社会环境沉闷、压抑的空气。小屋里的那个不停呻吟、整夜狂暴撞击木门的人，实际上可看作“我”的象征，象征了“我”与世不容的灵魂。黑眼眶的描述暗指“我”和小屋里的人通宵未眠的写作。这两个人物因相同的特征而被视为作者的自画像，“我”代表了残雪作为一个与世不容的作家的外部形象，而小屋里的人则代表了“我”的灵魂或通过写作“报仇”的心理渴望。

无论对这部小说作何解释，应该说都是在逐渐切近文本的核心，

[1] 季红真：《被囚禁的灵魂——读残雪〈山上的小屋〉》，《当代作家评论》1994年第1期。
[2] 〔加拿大〕李天明：《残雪〈山上的小屋〉的象征意义》，吴非译，《中国文学研究》2000年第4期。
[3] 叶洪生：《十年生死两茫茫——综评十四篇大陆小说》，《联合文学》（台北）1987年第4期。

都有解说存在的合理性，正因为文本自身想要阐释的内涵的不确定性、语言的模糊性与意图的遮蔽性，使得评论者的解读构成了另一种丰富性的创造性的文本。可以肯定的一点是，作者的确是将一些变形了的视觉形象赋予了象征性的意义，来暗示“文革”那段灾难的历史及力图揭示人性“恶”的本质。

残雪的作品多表现自我人格的各种分裂，以反映现代哲学意义上的人在命运面前的无能渺小引起的空虚荒诞，她早期的作品中表现出了个体存在意识，其中的人物大多处于封闭式的恐惧中，主人公遁入“山上的小屋”，把门窗紧紧封住。这种非常态的不安全感被姜云飞先生称之为“困兽意识”[1]。残雪的后期创作却逐渐打破这种意识，并且无论是从思想上还是写法上都有了明显的改变，她笔下的主人公开始作出从封闭式的孤独困境中突围出去的努力，而她所讲述的故事也开始淡化那些怪诞难懂的情节构成方式，开始逐渐显露出日常生活的面目，这些作品同时依然保留了残雪文本哲理性的思考、探索的方向：对人的存在状态的追问，对人的精神世界的探索。她延续了对人的命运进行哲学意义上思考的“怪诞”风格，并逐渐找到了再现现实生活与哲学思索这两者之间的“契合点”。

短篇小说《邻居》率先反映出这种改变：我的邻居家是个密室，“所有的窗户全用黑布蒙上，门上挂着厚厚的门帘”。邻居晚上躲在密室里，白天却从这个“与外界隔绝的小天地”中走出去，坐在大街的藤椅上，观看邻里的纠纷。邻居的视野虽然还是盯着别人的隐

[1] 姜云飞：《突围表演——论残雪、伊蕾作品中的“困兽”意识》，《当代作家评论》1998年第4期。

私，干的还是无聊的行径，但他毕竟已经开始了从“密室”到“大街”的行动的尝试。

《新生活》[1] 里主人公述遗是个退休了的老女人，虽已年老体衰，可她还是把家搬来搬去，以体验一种新生活。这次她把家搬到一幢公寓的顶层——30 楼上。述遗每天不停地上楼下楼、迷路寻路。残雪在小说中不厌其烦地描写述遗日常生活的细节，古怪的居住环境和那些时刻偷窥着述遗生活的人们。老邻居彭姨认为这些住在高层的人容易胡思乱想，辨不清方向，住得会不踏实。她曾经在邻居间搬弄是非，与述遗吵过架，述遗原本以为搬了家就会摆脱这些骚扰烦恼，离开了原来的平房，也“剪掉了生活中的很多死结，眼前的蓝图一下子变得单纯起来”。然而，彭姨的话还是对她造成了心理影响。述遗果然觉得自己在高楼里开始失去了方向感，出门不知道该朝哪个方向行走。“城市在蔓延着，越来越大，还有很多新地方她至今没有去过，她的活动圈子一天天缩小了。”这栋古怪的楼里似乎根本没有住户，她问修理工这栋楼里住了多少居民，却根本得不到回答。她主动找到黑脸汉子了解楼里的情况，他却告诉她，她受骗了，这不是栋新楼，而那个修理工其实是掌握了大权的人，他控制着整栋楼的生活，有些人忍受不了离开了这里，“我们不过是他们手中的玩偶”。这栋楼电梯常常出事的问题已经人所周知，这实际意味着进入这幢楼的人时刻都会面临着生命的危险，没有任何安全保障，这是个不宜居住的地方——想要离开原有的烦乱生活，

[1] 收入残雪：《蚊子与山歌》，中国文联出版社 2001 年版。

重新开始过上一种自由生活的人是不可能如愿以偿的。述遗想了解熟悉这个在扩大的城市，想四处走走，然而这个城市变幻莫测，变得让她无法辨认方向，只能逃回楼里。她发现即使住在了高达30层的顶楼上，她的生活还是处于被原来的邻居和更多的陌生人的监视、好奇的目光中，有人每天夜里都在眺望观看她住的那栋楼，偷窥她的生活。

住在楼里久了，述遗的感觉开始麻木，日子也过得混乱起来，生活毫无目的性，随心所欲。最终这栋楼里只有述遗一个人居住了，她安慰自己："我已经战胜了大楼里的寂静。"渐渐地，她不再怕坐大楼里的电梯，她习惯了在恐惧中苟活。在述遗的新生活中，其实她碰到的最大难题就是孤独，以及她的生活始终无法摆脱的被强权的控制、被他人的窥视的烦恼。黑脸汉子是她的前辈，他明确知道，想摆脱他人的窥视和过去生活的死结是绝对不可能的，脱离原有的生活，往灵魂的深处探索，寻求自由，摆脱羁绊，这种新生活的选择就意味着要和孤独寂寞为伴。因此整个楼里除了她不会再有别的人居住。述遗的神经就如同楼里的电梯钢索一样顽强，但是战胜寂寞和恐惧以后，领悟了绝对自由的境界后，她就只能感受到死亡的临近，"感到死亡已从她的脚趾头那里开始向上蔓延"。只有正视死亡，人才能合理地安排自己的生存。孤独是生活中常见的，却并不是生命的本质。述遗是个自由的探索者，她的探索体现出人性中渴望精神独立、灵魂自由的情结，以及为了获得自由而作的向死而生的努力。

残雪在创作谈《另一种生活——关于〈温柔的编制工〉》[1]中，谈到艺术家除了在世俗中与人们一块度过的生活之外的“隐秘的生活”，即在“心灵深渊中的创造生活，那种生活是看不见的，在暗中度过的，多年以来，我就想描述这种内部生活，自发的精神生活”。她认为真正的艺术家都具有双重人格，并且过着双重生活，“实际上，在近代文学史上已经有一些作家自觉地描写了自己的创造生活。他们每一个人的模式都不同，但本质完全一样。这种生活模式的共同特征是：焦虑、挣扎，内在的无休止的搏斗，每时每刻咬噬着人心的出世的冲动”。艺术家应当用心去临摹心灵深渊里的那幅神的风景画，“这种特殊的临摹，是上帝给每一位有信念的艺术家安排的方式”。

残雪的创作几乎全是向内的探索，她十分关注人的灵魂也即人的精神领域。她这样说道：“我所做的工作，是用艺术的手段来凸显人们所知甚少的某个精神领域。”[2]她认为“自己是位真正的灵魂的写作者”，“凡是同灵魂有关的艺术作品都可能对我产生很大的影响”。[3]残雪的灵魂世界与西方宗教意义上的灵魂有很大的区别，她抽去了西方宗教意义上的彼岸性，“所谓灵魂世界就是精神世界，它与人的肉体和世俗形成对照的图像”[4]。作为一位职业作家，虽然置身于世俗生活之中，但她能够远离世俗的纷争，写出人类精神领域

[1] 载《大家》2004年第1期。
[2] 残雪、唐朝晖：《灵魂探险》，《当代小说》2000年第10期。
[3] 同上。
[4] 同上。

中的原始风景。曾有访问者问残雪创作的原动力是什么，残雪回答道：“是想冲破裹挟着自己的、来自外部的和社会的压迫的力量。那是从内心涌出、分裂、通过特异的个性变化而来的。那是谁也没有到达的、没有见过的对人心的黑暗的描写，越黑越好……把对现实社会的抵抗移入自己的内部，在内心反复地广泛地展开斗争是十分重要的。”[1]

《海的诱惑》中的痕和伊姝，本来可以靠祖上的遗产过安稳的日子，可他们抵制不住海对他们的诱惑，长途跋涉来到海边的一个小村庄住了下来。他们夜夜循着海的声音在海边徘徊，只为“生活的谜底”能在他们面前展开。痕和伊姝遇到的障碍是村里人的怀疑和不信任。他们的菜地被毁，他们的女儿菊菊在上学途中被人追打，村里人派了说客劝他们搬家。他们挺住了，把窗子改大，门改小，将房子改得和别人一样。他们与村里人的敌意渐渐缩小，菊菊跟了年老的季婆往海边奔去，痕梦见自己变成了一条鱼，他们离海的本质越来越近了。此外，还有《鱼人》中的句了，《神秘列车之旅》中的痕……这些主人公本性都不安分，由此他们进入一种陌生的环境中。他们寻找着、思索着关于生命的真谛，关于人生的意义。这正应了存在主义者的观点：生命的本质要靠人的选择和行动去证实。

残雪同样是关注社会发展变化的作家，但是她始终保持着一种精神探索的姿态和先锋性的写作方式，《在城乡结合部》[2]是残雪一篇相对容易阅读和写作意图表述比较明晰的小说。小说是以残雪惯用

[1]　《残雪的叙述——残雪访谈录》，《海南广播电视大学学报》2002 年第 3 期。

[2]　载《花城》2004 年第 3 期。

的人物内视角来叙述的，它与《新生活》有着类似的故事结构。主人公“我”——青木叔是个鳏夫，他终于实现了很久以来的夙愿，从闹市搬到了现在的这个城乡结合部——他厌倦了闹市的生活，也不喜欢人太多的社区和像小笼子一样的郊区小区，经过挑选最后终于找到西郊小山下边的一座廉价的楼房。在搬家前，同事马述来送行，送给了“我”一个很普通的小收音机。“我”搬进了这个叫做“美丽苑”的楼房后，新居四周的生活逐渐展开，但越来越多的怪异发生了：收音机里不但说着令人完全听不懂的话，而且反复播放一个节目；女邻居打女儿异常凶狠；西头楼上的老头戴着硕大的耳罩，为了防止噪音，“我”最后也开始戴耳罩。在小说中这些看似怪异的事件其实都是一种暗喻，收音机里传出来的“乡村之音”是只有本地人能够听懂的充满感情的另一种生活的声音，它不是城里人所能听懂的，他们只能听到令人心烦的噪音。而本地人却不受噪音的影响，凡迁居此地的人都能听到那来历不明的噪音，因为“私心杂念”太多了。

邻居们的行为都十分诡异，女邻居肥胖、懒散、衣装不整，眼皮总是耷拉着，她告诉“我”买错了房子，住在这小区的人都有“血债”，“美丽苑”在“我”眼里仿佛变成了一个“魔鬼苑”。胖子告诉“我”女邻居是个杀人犯，和女儿一起谋害了丈夫；而三楼东门的邻居则是一对制造假酒的夫妻。正如教授所说，“到了这里也逃不脱监视”。人们之间互相偷窥、相互防范——我去代买菜的邻居家表示感谢，要敲半个小时才有人开门。本地人对外来户的积怨很深，农民对这些拆迁户非常反感，甚至有的以自杀来反抗。“我”对这些不速之客把农民从美丽的家园驱逐出去十分内疚。房产公司下一步则要破坏小区的环境，他们把周围所有的地买下来，卖给一个采石场，树将被全部砍掉，老年的安宁从此将要失去。为了抵制房产公司这股黑势力，教授希望大家联合当地农民一起捍卫自己的心灵家园。

青木叔在城市里生活了60多年，在一楼四层的灰色楼房里每天上班，临街的平房位置是这个失眠者的痛苦。为了实现梦想，他付出了行动，结果却是一个带着耳罩也难以宁静的“美丽苑”，早年他半夜在大街上疯走之际，最为渴望的画面，正是这种城乡结合部的生活，如今这种生活的梦想被无情的现实击碎了。而马述的手记则清楚地交代了这矛盾发生的原因，日益向周边扩张的城市遇到了原住民的麻烦，城市与乡村势不两立，乡村的城市化如何实现？融合的过程非常恐怖，陷害、笑里藏刀、谋杀……在复杂、难以说清的战斗中，获胜的农民高声宣扬：土地只能属于世袭的使用者。在小说结尾，“我”在河边看到“那些农民的土屋是黑黑的，没有人在夜里点灯，也许那是些空屋”。农民被赶出了自己的家园和土地，放弃了自己的房屋，失去了居住的土地。关于农村城市化进程中所出现的对立问题，是残雪在这部小说中比较明晰地一再阐释的主题。这使得残雪的写作似乎开始越来越具有了人间的世俗生活的气息。

直至残雪2009年的短篇小说新作《紫晶月季花》，对个人“隐私空间”的维护与防范似乎有增无减，小说中描述的煤太太家中的环境是被固化和封闭着的空间，布满了阴冷的气息。煤与金夫妇过着貌合神离的日子，内心世界心照不宣地相互紧闭，他们只是熟悉的陌生人。他们害怕并拒绝外界一切的流动和变化，内心变得敏感、焦虑甚至扭曲、变形。汽车灯光、声音、邻人窥视的眼神……都会让煤和金夫妇心慌意乱。作品中所构筑的环境某种程度有悖于现实，是现实世界的异化。曾有评论家将残雪小说中的环境称为“梦”的大环境和“笼子”的小环境的组合，作为小环境的“笼子”则是恐怖的、不安全的象征。小说中的人物生活在一个“笼子”般的环境中，正是这种封闭的生存空间，对个人隐私的极度维护，造成了人物之间对话的不可能性。虽然“紫晶月季花”以前所未有的美好意象给读者以温馨之感，但“意象可以作为一种描述存在，或者也可以作为一种隐喻存在”[1]。“紫晶月季花”是小说贯穿始终的一个意象，是作家虚构的一种奇怪的植物，“现在还没有人能栽培成功，生长规律很简单：你将它忘记了时它就在生长”[2]。作家就是透过这个虚构的意象引导煤太太一步一步走向自己灵魂的世界，而对灵魂世界的进一步追询便建构在幻觉意象上。小说采用复调小说的对话性与非对话性两种形式，小说中的人物都能发出各自的声音，表达各自的独立的思想意识，然后再将众多意识结合起来，形成事件，打破了传统叙事性作品故事情节贯穿始终的叙事手法，各种对话性的片段组合、拼贴，形成平面化，把作品变成语言的碎片；而非对话性形式，揭示出了人的孤独、恐惧的生存境遇。

空间暗示了人的情感，影响着人的精神存在。人在试图确定与空间的关系时，试图理解自身之外的、物质之外的存在。在人们试图去理解人之外的存在时（包括之前和之后）就产生了迷惑，迷惑和企图揭示是人无法解脱的梦。残雪对“屋”的迷恋非同一般，她

[1] 王先霈、王又平：《文学批评术语词典》，上海文艺出版社 1999 年版，第 203 页。
[2] 残雪：《紫晶月季花》，《上海文学》2009 年第 2 期。

几乎在每篇作品中都写到了房子，不仅在作品中反复书写各种各样的房子，邻里之间的敌视、冷漠、怪诞的人际关系，相互的防范和倾轧、窥视，不合逻辑、情理的碎片化情节，让她笔下的主人公时时刻刻都处于一种迷惘困惑乃至神经质的紧张、幻听幻觉之中，也因为作品常常采用“限制视角”的叙述方式，给读者带来不明真相、憋闷困厄的阅读感受，那种心理上的压抑和郁闷萦绕阅读的整个过程。残雪小说的梦魇般的世界是耐人寻味的，可以有多种解读与想象空间，人们试图多方面进入她的文本，找到解读小说的秘密通道，抵达本质的核心，于是出现了各不相同的解释和发现，不断出现新的看法和领悟。残雪自己也是有解释的，但是她的解释仍然隔着一层雾，让你仍然朦朦胧胧地看不清。她的创作谈和访谈，也缺乏理性的明晰和透彻感。残雪的小说令人迷惑，甚至有人干脆否认了她试图用文学作品来反映社会人生的“纯文学”的企图，但是无论如何，她的作品仿佛一座迷宫，令人迷惑甚至有些难以进入的同时也吸引着好奇的人们去尽力解读，找到迷宫的出口，寻找那照亮黑暗的一丝光亮的所在。

残雪笔下的人物都在为自己的生存争夺着卑微的空间。述遗选择了一座30层高的大楼，脱离了脚下的大地，意味着她要脱离原来所有的社会关系，抛开梦魇般的记忆，尽管这新生活是建造在空中因而梦一般缥缈并最终破碎。但主人公的反抗多是被动的，躲避型的，她们只能诉诸“山上的小屋”，喜欢“钻入洞中，把洞口封上”，或“用被子紧紧地、紧紧地捂着头”，还要费尽心机地把门窗全死死地钉上“铁栅”……诸如此类具有封闭性功能的意象和行为方式与卡夫卡小说的主人公形成了鲜明的对应，都最终流于失败，只不过反抗的方式表现不同而已。在《天堂里的对话》（之一）中作者三次描写了“桑树下的小屋”这一意象。“桑树下的小屋”是一个从前的家园，一个丧失了的家园，一个叫人念念不忘的家园，也就是“我”从前拥有的精神家园。可现在呢，“我早就忘了那个地方”，所以要寻找。最后的结果从《山上的小屋》可知，山上“没有小屋”。人类没有家园，寻找也无用。残雪的小说表现了现代主义的主题，当然也表现一种虚无悲观的情绪。残雪在80年代发轫期的作品基本是充满了迫害、施虐与受虐，后期则多表现着“囚禁”的主题。这个世界似乎被一张肉眼看不到的巨网笼罩着，它严密而又无形，处处压抑着人，人却无法也无力反抗它。它囚禁着活动其间的人物，使他们无法与外界、与社会、与他人沟通，进而在强烈的孤独、惶惑、恐惧和灾难感中生活，以至于失去自我的本质，异化为非人，从而把他们逐出了人类正常的生活圈子，在精神上把他们流放了。人们在黑暗中，没有黎明也不准许出现任何光亮，人们不再有希望和等待，“只要不去想天亮之类的，就会与这所房子和谐起来。天是不会亮的，你抱定了这个宗旨，心里就踏实了”（《归途》）。这无疑表现了残雪对生活的绝望和虚无。

残雪小说的人物都是各类不健全的神经质的人格。人物之间充满敌意、无休止的攻击、戒备与战争。残雪以超现实的笔法描写了人间的恶，表现着人际关系的丑陋。残雪的《民工团》[1] 仍然采用

[1] 载《当代作家评论》2004年第2期。

人物内视角的叙述方式，主人公虽然身份明确——一个从农村来到城市的打工仔，故事的开头也如某些现实主义作品那样极具现实生活的真实感，有着日常的故事氛围和背景，但是随着故事的讲述，残雪逐渐又回到了她标志性的写作风格和习惯性的荒诞手法之中，进入了关于人性、人的存在的内部精神性漫游之中，思考人性的本质，在想象中展示人对于自己命运无法控制和掌握的心理恐惧。按照存在主义的观点，“他人即地狱”，面对他人，无论“我”作出怎样的努力来维护他人的利益，坚持自己的良知与道德感，但被孤立、误解、排斥乃至被囚禁的命运到底是无法摆脱的，人与人之间形成牢狱般互相陷害、提防的可怖空间，相互的倾轧与猜疑折磨着人的神经，夜晚不能安睡，毫无由来的猜忌与防范……这一切导致个人生存的困境与绝望的心境。与在《新生活》、《城乡结合部》中出现的情形类似，主人公都有想与他人联合反抗、争取个人权利与生存自由的企图，然而结局却都如出一辙：这些“个体”最终成为孤独的失败者、“局外人”。他们仿佛都面对着一个巨大的“城堡”找不到进入的入口，这个“城堡”可以象征着威严巨大的“权力机制”，也可以说是整个社会的生存环境和构成制度，等等，这个密不透风的“城堡”是完整自足的，无法了解与感知。而人恰恰是群居的动物，人最大的恐惧是被人群孤立，因此，面对“无物之阵”，个人的奋斗和努力一再落空、一再失败，并被一只看不见的手所操纵和摆布，这种内心的恐慌、焦虑、孤独等的生存体验恰恰是通过这样一种“非现实”的、想象的、荒诞变形的场景无比清晰地凸显出来。

残雪的《民工团》先是写到一群人，一群民工为谋生而挤在一间空气污浊、条件恶劣的工房里，这既是现实生存环境的空间图景展示，但另一方面，残雪还将这一空间抽象化，抽象为底层小人物生存的哲学场景的现实再现——人与人之间在狭窄污浊的空间里，相互地排挤、敌视、陷害、告密……而主人公作为一个独立的个体，逐渐被这群为生存而倾轧的人所孤立，他最终被莫名其妙地囚禁在一幢未完工的空无一人的高楼的顶层（除此之外，《新生活》、《奇异的木板房》都写到了一幢无人的高楼，顶层的生活永远是冰冷刺骨的），开始他为自己摆脱了一个拥挤危险的居住空间而庆幸、沾沾自喜，但很快他便发现自己陷于一个更令人恐惧的空间中，他失去了最宝贵的人身自由，被孤立和囚禁于人群之外，“高处不胜寒”，他被恶狗咬伤，无人关心和理睬，真正陷入一种绝望的境地之中。林舟对《民工团》的解读是从“权力机制”的角度展开的，他认为“小说并不是从政治化和社会化的角度展示权力的图谱并获得稳妥和正确的道德立场。毋宁说，小说是对权力关系的高度抽象，以此来喻示人的真实处境的一般状况”。最终林舟的解读把这一切归结为人的“欲望”：“欲望是权力的源头，正是欲望启动了权力的机制。”[1]林舟的解读带有较为鲜明的社会政治学的色彩。

而夏烈则更侧重于对于残雪创作中精神性思考的分析，他认为残雪一再重复她所要表达的观念，在人物背后不可更改单一和宿命，在《民工团》的原话就是：“你逃不脱的，什么办法都没有。”那种

[1] 林舟：《权力与欲望：精神强力的形式——对〈民工团〉的一种解读》，《当代作家评论》2004年第2期。

对命运无法控制和掌握的无奈与沮丧。“用多样来映射单一，显示那些生存黑洞的无可逃避。”[1]如果用这两种解读的角度来看，残雪的一系列新作其实都具有这些写作意图，在她的写作中，权力机制的控制与对抗关系趋于激化和紧张，甚至出现了“暴力”行为，使得她的创作中原本就很浓郁的压抑与反抗的对立更加凸显，施予暴力的人的身份其实是可以转换的，每个人都可能是强权的施予者与受害者。残雪文本中原有的那种令人感到抑郁、烦闷的气氛中又添加了尖锐的血腥气，小说对读者神经的刺激性比前作更强。

《奇异的木板房》[2]是残雪谈创作的一篇文章，创作谈同样采取的是写小说的方式，有人物、故事，如果不标明是她的创作谈，似乎和她的文学作品没有两样。《奇异的木板房》本身就是一个吸引人的故事标题，但是，这则故事本身的单纯性还是让我们看到残雪对文学创作的一种精神性思考。残雪所有的小说都在向着一个命题挺进，那就是不断地追问人的精神本质，并用这种小说形式的本身来回答有关“艺术本质”的问题。和她的小说一样，在创作谈中，残雪实际上也是在不断追问“文学创作”的艺术本质。那座用普通的木料盖成的高耸入云的楼房，上半部分隐藏在云里，感觉离地面非常遥远。楼房虽然年代久远、乌黑破旧，但是还是吸引“我”走进去探个究竟——那仿佛就是文学创作的历史以及在当代存在的现状的具象描述，以及我对文学的情感态度；楼里房门紧闭，似乎已经没有人居住，表明文学创作在当今时代被冷落或被人遗弃的现实。“我”要造访的主人住

[1]　夏烈：《“无物之阵”里的生存隐秘》，《当代作家评论》2004 年第 2 期。
[2]　残雪：《奇异的木板房》，云南人民出版社 2000 年版。

在楼房的最高处，远离地面和人群，而房里设备简陋，寒冷刺骨——这就是某种创作远远地脱离了现实人间，靠梦境和想象进行创作的比喻。文学这座“房子”曾经是这个地区最高的“建筑物”，那从前是文坛前辈的骄傲。那时人口稠密，传播信息的手段不如今天，其实对文学来说并非好事，反而对文学的广泛传播和进一步发展形成了不可逾越的障碍。如何让文学能够克服这种距离的障碍？而外部世界的各种侵害也在宣告着文学这座建筑的末日。人们纷纷远离了文学，搬离了这座建筑，它因此变得空空荡荡。

楼房主人创作所依赖的素材都是由一个小孩子来提供，他无法抵挡外界的侵扰，毫无反抗和生存能力，天天昏睡不醒，对外界一无所知，房子成了他的牢笼。这座木楼七层往上就隐没到雾当中去了，下面与上面的气候反差也极大，“我”不禁对造出这种房子的祖先充满了怨恨。残雪的讲述充满了寓意，文学创作事业仿佛这座看不到顶部的高耸的摩天大楼，过去从事文学创作的人就是人民中的普通一员，而现在他们早已远离了人群和生活，高居于楼顶，与世隔绝。大楼高耸云层之中，“嘭！嘭！”闷闷的两声关窗的声音意味着作家彻底地闭目塞听，远离人群。这或许也是残雪对自己以及所有的作家闭塞的创作姿态提出的忠告。“一个作家，不论多么难以被人理解，他的这类文字总会给读者透出某种信息。”[1]残雪走进了现代主义的非理性世界，以焦灼痛苦的荒诞感、悲剧感和绝望感，犀利地批判世界的异己本质，撕破了人类温情脉脉的面纱，正因为他

[1] 残雪：《残雪散文》，浙江文艺出版社 2000 年版。

们之间的心灵契合，可以说残雪用这种艺术使“卡夫卡的存在主义在中国得到了中国式的传承”[1]。

第三节　思考“安居”的精神性话语

海德格尔曾经指出：让人居住的地方和暂时的栖身之地也有很大区别。他是在区分“安居”和“栖息”这两个概念，是真正定居下来还是找一个暂时的栖息地。要想使人安居下来，房子必须有家的感觉。“建筑”的真正含义是“定居”，反过来，“定居”的意思是“存在、建造”，所以，“定居”是人类存在的基本特征。定居最早的意思不是把人丢弃到无边的空间中去，而是指人在世界上某地固定下来。“人和空间的关系就是定居关系，这是经过严密思考并传颂下来的。”[2]

个体为成就自我，必须离开家去外面的世界闯荡，在世界上找到自己的一席之地。但是在这个奋斗过程中，他始终被回家的梦想所困扰，希望能在将来找到理想的家园，舒适地定居下来。每个人都会有自己对于“家”的构图与想象，郁达夫有一篇散文《住所的话》，他对于住所的想象是：

地皮不必太大，只教有半亩之宫，一亩之隙，就可以满足。

[1]　佘丹清：《存在与距离——残雪小说创作》，《常德师范学院学报》（社会科学版）2001年第5期。

[2]　〔美〕卡斯腾·哈里斯：《建筑的伦理功能》，第150—151页。

> 房子亦不必太讲究，只需有一处可以登高望远的高楼，三间平屋就对。但是图书室、浴室、猫狗小舍、儿童嬉戏之处、灶房，却不得不备。房子的四周，一定要有阔一点的回廊；房子的内部，更需要亮一点的光线。此外是四周的树木和院里的草地了，草地中间的走路，总要用白沙来铺才好。四周若有邻舍的高墙，当然要种些爬山虎以掩去墙头，若系旷地，只需植一通矮矮的木栅，用黑色一涂就可以将就。门窗当一例以厚玻璃来做，屋应先钉上铅皮，然后再覆以茅草。[1]

尽管不同时代的房子会有质地样式的区别，但是那个“房子”必定是一种理想生活的载体。正如巴舍拉德所说的，每个人的内心深处都深藏有这样一所梦一般的房子，常常在梦中萦绕，从中我们可以依稀看到真实的过去的影子。梦想有这样一所理想的房子实际上是在期望一种更和谐的生活，也就是真正实现心灵的“安居”。[2]

张承志的《黄泥小屋》，写一个叫苏尕三的回民因被东家所逼而成为杀人的逃犯，东家不放过他，他只好引领着“诚心实意”爱着自己的女人远走他乡。苏尕三是贫瘠焦旱黄土地上的一个普通农民，他的理想也只是拥有一间属于自己的安宁、温暖的“黄泥小屋”。作品中的“黄泥小屋”既是苏尕三和尕妹妹二人苦苦追寻的具体归宿，又是贫苦农民生活幻想的一种象征。一代又一代勤劳、善良的农民为这一理想奋斗着，即使冒着下“火狱”的危险也在所不辞。苏尕

[1] 《郁达夫散文集》，浙江文艺出版社1985年版，第210页。
[2] 〔美〕卡斯腾·哈里斯：《建筑的伦理功能》，第194页。

三想："我知道我生这一世总有个走到的地方。……我总能走到那个地方一头栽倒，或者我就能在那个地方寻见我的终宿，寻见那座黄泥小屋。"小说采用了浪漫主义创作手法，故事发生的具体时间背景并不明确，其创作旨趣更多地指向人的精神归宿。整部作品被一种沉重、黑暗、压抑和愤懑的基调所笼罩，像一个被封闭着的内部压强极高的危险品（东家的残酷剥削、死亡的威胁、饥饿、劳苦死死地将这群人压迫着，喘不过气来），任何一个小小的导火线都会将这群人生活表面的死寂与平静轰然炸开。小说多从人物的内视角出发进行叙述和心理独白，叙述的语言则是一种与人物的性格、身份相一致的，充满了克制的仇恨和痛苦的基调。小说中的人物主要是月亮山上给东家刨洋芋的年龄、性格、经历各不相同的五个短工：年老善良的阿訇、健壮憨厚的韩二个、爱说荤话的丁拐子、精瘦的15岁的贼娃子、心事重重的苏尕三。还有一个被东家邪恶的眼睛死死盯着的尕妹妹。狡猾凶恶的东家让他们就住在山上的洋芋地旁，为方便干活，他们临时盖起了一间歪歪斜斜的黑席窝棚，一秋就靠着它躲风寒。

他们默默忍受着屈辱和饥饿，深深埋藏着各自的苦难、血和泪，爱和恨；各自怀揣着渺茫的希望，并为之追求着。苏尕三在焦干火辣空荡荡的野山里挖洋芋的时候，总是不由自主地寻找着什么，阿訇对他的劝说并不能阻止他的张望——那一座低矮破旧、给烟火熏得发黑的黄泥巴小屋。在他艰苦的劳作中，在心理承受着犯罪杀人随时被抓捕的巨大压力之中，这间"顶子塌歪了，墙给柴火熏黑了半截"的黄泥小屋成为他心里的热切期盼。"遍山地张望那间熏黑的尕尕的黄泥屋”是他唯一“稀罕”的一件事：

> 黄泥小屋的念想不是罪过。……可是那黄泥小屋远远地卧在山那边呢，它矮矮卧着，半截长在黄蒙蒙的旱渴的地上。它是用麦秆子搅了泥，用苞米秆编了笆盖的，歪斜的屋顶是寻来隔雨水的黄胶土掺了牛粪抹的。那顶子上用手捏出个短粗的泥烟囱，柴火烧着了灰白的烟就漫下来。那淡淡的白烟漫了满屋满院，后来就把黄泥巴墙熏黑了。那熏黑的墙夯得实稳，人看见它心里就踏实。那屋后该有一眼清凌凌的水井，井上盖上盖子，销上一根木栓子。……真主为了磨试人们的诚心，给了人们几辈子的苦难；可是真主知道这些庄稼汉心里有处怕碰的肉，所以也给了他们这种黄泥屋。若是寻不见天堂，又害怕火狱，主是能让他们寻一块地场的。在那泥屋里，哪怕是背着再沉的罪，也能躲风避雨。劳累了能歇息，浪远了能回来。能蹲在那低低的泥屋里护住自己，护住自己心里那块怕人糟辱的地方。……黄泥小屋是主造化的，人不该失了这个念想。……我只想寻上那个地场，寻上那座主给我预备的泥屋子。[1]

“黄泥小屋”作为一种象征已在当今文学评论中具有它独特的魔力，成为贫膺状态下一种精神向往的代名词。正如阿訇所说：“熏黑的那座黄泥巴屋是个幻象。真主给你盖下的黄泥小屋，那座遮疼避

---

[1] 张承志：《黄泥小屋》，四川文艺出版社1987年版，第52—53页。

辱，挡风拦雨的温暖暖的小屋，不在这荒山野岭，它在你尕娃的心里呢。”[1] 将张承志最终引入神性王国的，是回民的黄土高原。它是“黄土的海，焦干枯裂的黄色山头滚滚如浪”，这样的处境，需要超常的生命意志与群体信念，而伊斯兰教信仰崇拜成了精神血源的强大纽带，成了全部的希望所在。宗教性的小说创作在中国一直阙如，《黄泥小屋》是带有宗教情绪的优秀之作。从生存的俯瞰到精神的仰视，从揭示生命意义到自觉赋予生命以意义，张承志创作所勾画的正是人类奋战以求超越有限生命、渴求灵魂不朽的精神史。

人类定居的空间不仅是现实的生存基础，也是心理和精神上的更高需求。“如果定居反映了人类和空间的关系的话，那么空间就被赋予了多种意义：空间不再是无声的，它在向我们述说着什么。”[2]“如果一座房子或公寓只是偶然成为某人睡觉、吃饭、做爱或者养家的地方——无论怎样，我们不再要求它包括所有重要的功能了。但海德格尔会说，这只是人们暂时居住的地方，不是安居的地方。海德格尔曾说过，真正的困境是人们必须要探索安居的真正含义。人们必须要学着去‘安居’。”[3]

“阁楼”作为住宅的一部分，在中外文学作品中具有生存之外的特殊作用和意义，它把人从家庭和现实中解放出来，它既满足了人的“洞穴情结”，亦成为一个特殊的精神寄居地。所以，一间不起眼的普普通通的小阁楼，在文学文本中，恰从某种程度上成为了人们

---

[1] 张承志：《黄泥小屋》，第 60 页。

[2] 〔美〕卡斯腾·哈里斯：《建筑的伦理功能》，第 153 页。

[3] 同上书，第 165 页。

想象中延续安居生活的一个“飞地”。“要想准确地把握一个人的思想，就必须深入到他意识深处的东西。我们的精神也有自己的阁楼、地窖和壁橱。如果是这样的话，我们要想真正地安居就不能省略这些部分。”[1]

王安忆也曾写过一篇小说《阁楼》[2]。小说标题中的“阁楼”似乎和故事内容并不十分契合，因为整个故事发生的主要地点和环境其实与阁楼并没有太多牵连。故事以“文革”前和“文革”中的一段时间为背景，主人公王景全有志于国家的节能事业，辞职在家专门搞节能研究。为了使自己的科研成果尽快变成产品推广开来，为国家节省宝贵的煤炭资源，除了邻里街坊免费使用他制作的煤炉之外，王景全不辞辛劳地背着他亲自研制出来的民用节能煤球炉，在上海市的大街上一遍遍给群众演示，一次次到手工业管理局、市科委、市政府、金属公司等有关部门去推介自己的研究成果。然而政府部门的官僚主义作风使得他一次次吃闭门羹，受尽冷遇和白眼，他的劳动成果根本得不到丝毫的重视，反而被人无耻地窃取了技术从中获利，他满腔的热情和善良的心受到一次次的伤害。但是他的妻子和孩子理解和支持他，即使他没有工作，没有一分钱的收入，妻子也从未因他痴迷于革新而埋怨过半句，总是无言而坚定地支持着他；“文革”中的手工业管理局更是陷入瘫痪，王景全的新式煤炉被接待他的干部自己拎回家用了，他为手工业管理局改造的食堂炉灶的成果被人剽窃，无奈之下王景全写信给党中央毛主席，终于引

[1] 〔美〕卡斯腾·哈里斯：《建筑的伦理功能》，第 201 页。
[2] 收入《王安忆小说选》，人民文学出版社 2009 年版。

起了市革委会等有关部门的重视，但是好事多磨，他不是被怀疑人品有问题，就是节煤公司想买断他的革新技术，垄断煤炉的价格而获利，这恰恰违反了王景全“不为工作，不为钞票，只为推广”的信念和理想。最终他煞费苦心保全了图纸，决心走出上海，亲自到浙江农村一家一户地推广，以他的年迈之躯开始又一次艰苦的“万里长征”。

小说以“阁楼”为题，其实采用了一种“点题式”的命名方式。小说五次写到阁楼，前四次都是写王景全在阁楼中进行节能试验的情景，最后一次详细描述了他将图纸藏到阁楼上的煤炉中的一个细节——为了坚守自己的理想和信念，他像保护自己的生命一般藏起珍贵的图纸。“阁楼”在小说里带有了隐含的象征意义，它不仅仅是指现实中王景全进行节能技术革新试验的地方，而且也是他高贵的人生信念和精神理想的乌托邦，这个破旧灰暗的小小阁楼恰恰就是王景全的“精神家园”，阁楼中盛放的是普通技术工人王景全遥远而伟大的梦想。

人人都应有自己的理想家园，“但这并不见得一定是一座房子，它也可以是一个小棚屋，也可以是一座宫殿，也可以是我们熟悉的把外界关到门外的栖身之地，还可以是森林里支起的帐篷”[1]。在他全心投入工作的时候，阁楼把“熟悉的外界关到门外”；“楼下传来孩子欢乐的叫声，那叫声跟他隔得十分遥远，像从另一个世界传来”。在“文革”期间，家里的生活更加困窘，饥饿迫使他放下他所

[1] 〔美〕卡斯腾·哈里斯：《建筑的伦理功能》，第 202 页。

钟爱的节能事业，在园子里种瓜种菜，物质的困顿暂时压倒了精神上的追求。“一日，他一人在房里闲坐，坐了一会儿，慢慢地走动，走上木梯，木梯在脚下吱嘎作响，他并没有发觉。直走上半腰，眼前陡然显出幽暗的阁楼，他一惊，停住了脚。”失落和怅惘的心境来自他的不肯放弃的精神追求，阁楼里有他最痴迷的事业，他下意识地走上阁楼，然而现实又使他不得不走下来。“走到木梯底下，便滑坐了下去，坐在木梯的最后一级上，双手抱着膝盖。楼下传来女工们放浪的调笑声，与他离得如此遥远而隔膜，虽是十分清晰，他却听不懂那调笑的意义。”还是少年的大儿子十分懂事，他理解父亲的心情并以还很稚嫩的语言鼓励父亲坚持下去，这使得王景全终于鼓起勇气重新走进了阁楼——他的精神“飞地”。卡斯腾·哈里斯在《建筑的伦理功能》一书中写道：“巴舍拉德梦中的房子既有地窖也有阁楼。阁楼可以把人从家庭和现实中解放出来。阁楼是思考、梦想、游戏和写诗的好地方。”[1]

王安忆将一个其实不平凡的故事，用一种极为朴素的日常语言娓娓写来，叙述过程中有意克制和淡化“文革”时期特有的时代气息，没有采用宣扬式的理想主义激情的高亢调子，她只是用她特有的细致、干净、日常的语言，用讲家常故事一样的平淡语气，耐心和缓地展开故事情节。除了叙述方式具有明显的个人化特点之外，和以往英雄人物 / 先进人物的形象截然不同的是，有着高尚情操和伟大理想的王景全却是一个极为普通的形象：他老实憨厚，谨慎谦恭，

[1] 〔美〕卡斯腾·哈里斯：《建筑的伦理功能》，第 199 页。

对别人的要求有求必应，对妻子孩子温和关怀，也有传统知识分子的正直、善良、固执和迂腐的特点，他不是什么英雄，他的个性甚至给人有些懦弱无能的感觉，使人不由怜悯这个小人物的悲酸无助。然而这个人物形象就是在他对理想的坚持中，渐渐高大起来。在低矮的三角形屋顶的阁楼里，沿墙排列着他的研制成果，各种式样的炉子，他把炉子燃起来，“火苗包围住他，映红了熏黑的椽子，火花在椽子上闪烁，照亮了那一个幽黑的三角的屋顶。而这时，他的身影陡地升在三角形的屋顶上，顶着那一根朽烂的脊檩。屋顶带着他巨大的身影升高了，阁楼空阔起来，变成一座殿堂，有着红色和黑色的精灵在舞蹈”。小说结尾王景全在一幅具有“光明”意味的图景中，形象已经达到了英雄人物的伟岸高度，尽管带有作者创作意图的美好想象和虚构的痕迹，但这个“光明的尾巴”或许正是用来消解整个文本给读者造成的压抑和灰色的感觉。正如巴舍拉德所说，与其说真正的定居就是守在家里，不如说它是一场生命之旅，不断地改变梦想，不断地去调整、去追求的一个过程。[1] 王景全就是在不断的追求中寻找和守护着他的精神安居之所。

在当代文学众多涉及“房子”的文学作品中，都有对于“房子”、对于理想家园的向往，在物质意义上的“屋”还是个难题的同时，精神性的、理想的家园、实现真正的“安居”始终是作家们所要表达的终极目的。韩小蕙的散文《无家可归》中，被生活所迫无路可走的韩小蕙自我推荐，写了一份殊异的“寻工启事”，不论单位

---

[1] 〔美〕卡斯腾·哈里斯：《建筑的伦理功能》，第 205 页。

如何，她“唯一的要求就是一套房子”！在这里，对“房子”的关注成了写作的一个再清晰不过的动机，年幼的女儿对豪华、舒适、气派和阔绰饭店的向往、自己对那些花园洋房的“望洋兴叹”、居民楼如雨后春笋生长的态势、居住条件和装修水准大大提高……这一切都在刺激着作者天然的对于改善居住环境的渴望，《无家可归》这样直率地写到个人对拥有自己的住宅的向往和现实之间脱节的愤激之情：

> 虽说是社会进步了人人平等了谁都可以去购买这些可爱的小楼，可是钱呢？以我工资条上 286 元（其中还包括女儿的独生子女费、副食补贴等等）的财力，敢去想入非非那些动辄数十万上百万的高档楼？假如我能借得神人一口仙气，活个五百一十八岁，不吃不喝不花费不养家糊口，光干活一天到晚脑不停手不停脚不停，也许临死之前能买上一座？可是到那时连我女儿的女儿的女儿……也都早就老死了，我还守着一座空房子干什么用？

想要拥有一个豪华住宅的梦想与现实之间的巨大差距让人绝望，只是“因为有女儿在，还不得不留在人间”，她一方面不断追问着：“我们真正的家在哪里呢？”一方面又以母亲的眼光重新打量那种生存的绝望，最终求索到的竟是“还有比房子更重要的精神的家园”，那是她以母亲的一颗心用力为女儿撑起的“家”：“女儿张开小手搂住我的脖子，乖乖地靠在她的‘家’上……我就是她的房子，可以为她遮风挡雨，可以为她除病去灾，可以为她赶走黑暗的压迫和坏人的欺辱，可以为她创造一个人文意义上的最温馨的家。”她也在《我家的烦恼》里大谈生存空间狭小的一大摊烦事，但最终她仍然非常理智地走出这些物质现实的烦恼，在不合理的现实参照物的理想世界里，以强大的精神力量进行自我拯救。

宋唯唯的“非虚构作品”《当青柚子落在你的头顶》[1]，则探究了人的“故乡”和城市“安居”之间的关系。她相信我们的灵魂必有出发和终结点，人都需要一个“故乡”，童年生活里稚嫩的心灵感受到大自然带给孩子们的快乐，单纯、甜蜜而美好，这种感觉隔着时空常常会不期而然地回到她的梦境里。“一直以来，我想要带着我的孩子回到我的土地上，走近我青砖黛瓦的老屋”，笑微微地看着孩子像小松鼠或者小刺猬一样，在柚子树下玩耍。正因为故乡对于作者而言意味着真正的安居的“家”，所以对于城市中的房子，作者这样写道：

> 所以，请原谅，我在都市生活中居住的房子，我永远只能称呼它为寓所，而不是家。我的房子是在这北方的城市，一幢高楼里的某一层，它上不着天下不着地。它的地板是低一层人家的穹顶，它的天花板以上则生息着陌生的日子。楼梯上相遇的是不同肤色、不同服饰、不同语种的人们，唯一的姿态是擦肩而过。我的寓所从来只放置着简单的家具，使用的书本和衣物。它只能用

[1]　载《大家》2004 年第 1 期。

来生活，寄放我们的躯体和年轻时候的一些生活。我们注定彼此互为客栈与过客。城市的生活充满了这样多的偶然，奇遇，无头无踪的邂逅与分离。想想吧，当你走在一条人来人往的大街上，与你迎面走来的一个人可能成为你的伴侣，你的仇敌。而隔着车流的马路对面的人呢，则是永远的陌路人。而在这人山人海当中，我从不能安之若素地生活，我害怕的东西是那么多，屋子里错综复杂的管道，电，煤气，水，大门以及门外的敲门声。甚至，我并不能信任煤气灶上蓝色的火苗，我一直认为那不是火的颜色，火是我故乡的灶膛里燃烧的金红的、跳跃的焰舞。

在对物的追逐、时尚的追逐与对真我、个性的向往之间，在舒适化、标准化、制度化的生活与返璞归真、自由、旷达的生活之间，现代都市人彷徨无措，想两者兼得。每个都市人都赞美自然，却又贪恋物质，这正是人性自身存在的矛盾。作者所表达的无根的漂泊感，害怕在城市中迷失自我的恐惧感，使她时时要用一种“回返”的姿态面向故乡，而不甘心在“半空中”——这既是城市居住的普遍现实景况又是作者心灵无根的所指——的某一间房子里静默地度过一生而没有丝毫的声响和变化。作者以诗意的语言，叙述了人类生存中一个恒常的主题：寻找与回归。“星星”意味着人们想要寻找的理想和希望，它是遥远神秘的，在广阔的天空中永远对好奇的人类产生吸引和诱惑，最终人们会发现，其实它“永远都只是闪烁于我家屋瓦和树叶上方的星星”，它并不遥远，它就在我们最亲最近的生活里。

关于“安居”思考的另一面就是作家对于无法安居的焦虑表达。鲁羊的小说《在北京奔跑》被《北京文学》评为1997年十佳小说。小说中没有鲁羊一贯的双重叙事，也没有鲁羊小说一贯的缓慢而悠长的情绪梳理，整个小说被一种“奔跑”简单地占用了。鲁羊还有一篇小说《出去》，这篇小说以“我们怎样才能把屋子改造得可以居住呢”开题，“屋子”在新生代作家的意识中是“无法居住”的意思，因而在《出去》中主人公马余有着一种近乎强迫症式的“出走”、“出去”、“离开”的感觉和冲动，然而出去之后又能到哪儿呢？事实上马余是无处可去。他最终的结局只能通过酩酊大醉而“从自己出去”。新生代作家现在所面临的精神困境是他们连自己的世界都找不到，他们正如《无处告别》中的黛二小姐，“她知道自己永远处在与世告别的恍惚之中。然而却永远无处告别，她知道自己在与世界告别的时候世界才真正诞生”。“无处”与“告别”构成了新生代的两个状态，他们尚不能找到自己的精神定居之所，他们在这个世界“尚未定居”。他们将永远地处于“奔跑”之中。

徐星在长篇小说《剩下的都属于你》中，也写到了人们在世界上寻找精神定居之所的过程，“出门、回家、出门、回家，这已经成了一种生活节奏，一种生存方式”[1]。两个可以被称作堂吉诃德式理想主义者的流浪汉，希望可以在世界某地寻找到生活的真谛。他们为生计在电影里跑龙套，公共汽车上见义勇为反遭痛打，赌钱碰运气输光了路费。游历西藏、漫游欧洲……经历了各种奇特遭遇之后，

[1]　徐星：《剩下的都属于你》，长江文艺出版社2004年版，第91页。

到头来总之什么也没找到，却发现时时尴尬、处处碰壁，一切都已经被占有，“剩下的”却“都属于你”……

作者的笔触无所不到，是因为人物放弃定居某处，不断地漫游和行走、寻找，从城市到乡村，从国内到国外。人生的脉脉温情与险恶诡诈，理想的沦丧与变异，中西文化价值观念的碰撞与融合，在作者笔下无一不被涂抹上黑色幽默的色彩。“我”对社会现实的不公深恶痛绝，对此有着浓重的讽刺和抵触情绪，极不情愿屈服于现有的社会制度和生活秩序。他要的是公平、自由、归属感和被尊重。他一直在寻找属于他的什么，然而一再地发现，这个世界是一定要争夺、去哄抢的，因为本来美好的东西都被占有的差不多了，给他们剩下的本来就不多了，这种所剩无几的恐慌和不满情绪始终笼罩在这两个流浪汉的心头，他们在路上流浪，寻找，但是所到之处看到的更多的是罪恶、肮脏、贫穷、邪恶、欺诈、饥饿、白眼……虽然他们也感受到可贵的美好的东西，但是都是远离着他们、不属于他们的。“多年来我就这么胆怯懦弱地张望四周，想找到那一小块悲哀的、传奇似的地方，哪怕那只是一小块地方，仅够我用来跪下祈祷，因为我根本说不清我找那块地方干什么。于是我就心怀鬼胎地在这片巨大的、悲哀的土地上乱转，这是抽象意义上的理解，具体说也许就是因为我根本不敢面对面问问自己——你到底是谁？”[1] 对那“一小块地方”——精神安居之地的寻找是一个充满艰难的未知过程，或许寻找的结果依然是虚无与绝望。

[1] 徐星：《剩下的都属于你》，第 42—43 页。

发表在《大家》上的柳宗宣的散文《我住过的房子》[1]有着沉重而飞扬的哲思和神妙直指内心的文字表达，仅从朴素的题目当中读者便会感到一种思想的力量。“房子”的概念对缺乏哲学性思考传统的中国人来说，也许就是一个有着不同建材材质和装修水平的具形的物质建筑结构，可以用价格来定位的居住的地方。中国的文人也好思想家也好很少以“房子”作为载体来对人生、人性和人的命运进行形而上的思考，或者是对于“物质”的鄙夷所致，或者是他们根本上缺少从“一花一世界”的物质中发现哲理的深邃眼光。

我们得承认，作者首先是一位诗人，其次他还是一位思想者。或许“诗”与“思”确实是非常接近的两种思维方式，它们都是能够超越物质现实而抵达神性殿堂的途径。我们看到，作者在书写他一生中所经历的不同的房子的时候，无论是童年消逝了的房子，还是凹字形的校园、在郊区租赁的民宅，或者楼房的顶层、农家小院……你看到的不仅仅是童年、青年时期的成长与追求，不仅仅是自愿过着漂泊动荡、居无定所的生活历程，尽管这其中的美好或艰辛的回忆足以赚取你长久的叹息、同情的凝眸，但是作者是有意将此遮盖了的，淡化了的，他用诗性的语言告诉我们，那些他曾经住过的房子，就是他人生的一个个重要的组成部分，他人生的过往轨迹完全可以倚靠这些“房子”所留下的“点”串联起来，最终画出一道完整的人生路线图。那么，在一个个“点”的回忆、寻觅、改变、建造的过程里，诗人的所得是什么？

[1]　载《大家》2004 年第 5 期。也许散文这个概念已经不太适合新的时代的文体发展实际，《大家》杂志上发表的“非虚构作品”，往往是比较有思想含量的哲理散文。

在不同的居住空间的改换之中，诗人写下的是人生的轨迹和思考的轨迹，我们透过诗人诗意化的笔墨文字和蒙着一层轻纱的回忆，看到的是更为深刻的关于自然、人生、生命、诗意栖居的思索，“那消逝了的童年之家，是自然的一部分。我很荣幸自己出生在乡村，一个人在我看来最好要有乡村生活经历，童年在那自然的原始的神性的环境里起居、生息、长大，你就是自然的一部分，你是自然之子。那是人类的初始之地，村子里到处漫游着各种各样无名的神灵。你对自然对宇宙对生命起源对上帝，对民歌对音乐或所有艺术有了了解，感性的诗意的体悟”。然而童年的房子是无法回去了，那诗意的农庄在大地上消失了，环境的破坏、河流污染、树木被伐，各种动植物都消失了。“当我回来，存在成为遗址，过去的房子看不见了，活生生的世界被破坏了，我只能在记忆里寻找过去的房子的位置，在想象中重构它们——”在作者的记忆中，乡村的房子是开放的，它与天空下的田野在一起，空间拓展出去，整个村庄都是我们的家，家里的那几间小屋只是一个住地或收藏之所。“现在无论我居住在哪里都想回到那开放的神奇迷离的村庄去，回到那泥的房子……我知道消失了的就是美好的，一切都在消失，我最早居住的屋子或村庄是最早消逝的事物……凡我居住的地方都是故乡（周作人语），但真正的故乡，是出生地，那是我出发的地方，我的生命之根，一切都从这里生长，我们离开它但一生走在返回的路上。”

经过了乡村校园的教书生活，到郊区租赁民宅的过渡，直到拥有了一幢楼房的顶层，作者进入一个新的稳定的生活和工作环境，但是，他总想走出周围的隔墙，到外面的世界寻求自己的理想生活。

“一个人在窗前张望窗外，发现自己身体在室内在此地，精神却行走在异地在远方。”于是，在 39 岁的时候，作者拖着他漂泊的旅行箱开始了在北京的“北漂”生活。一个灰色的旅行箱带着他住遍了北京的东西南北：北大公寓、地安门内大街的筒子楼、画家村里的农家小院……在不同地方居住的经历给了作者丰富的生活阅历和对人生的思考，当他在农家小院居住的时候，他曾经体会到某种久违而亲切的家园感，但是文明生活的习惯又让他难以适应这种贫寒粗朴的环境。被都市生活抛弃的恐慌使他重新回到城市里的套间。然而“自己离天空远了，你的空间在缩小，你被套间所囚禁：你愿意接受的囚禁，但你不断地想出门……这让我成了一个分裂的人，不断地想拥有一个乡村院子，在城市里享受都市文明，同时能回归乡野在田园里获自然的抚慰”。

“住地”在作者心中的记忆是和他热爱的写作分不开的，“只有留下文字的生活才是让人难忘的”，留下文字的地方似乎也留存下生命的一部分，刻下了活着的痕迹。回到旧地，他感受到的是时间的无情和勇敢选择的正确性，对于过去的房子我已经成了陌生人，旧居给我的空洞感让我觉察到在此地灵魂的缺失。“在旧居呆久了，我发疯地想回到我的异乡去。”在异乡我学习“安居”。“多年的漂泊，我想着重新拥有自己的房子。……而生活渴望有质量、安定自足，在世上我们只是个暂居者，世界之空蒙，我们渴望又有一个依靠之所，长久的漂泊有了住所，以后再次离开也行……当他拥有了自己的房子，好像在大都市有了一块土，有了扎根的感觉。我们就像奈保尔小说中的毕司沃斯先生一样，一生的奋斗就是拥有自己的房子，并从中获得自己在家的感觉。”

当作者拥有了地铁边上的新居之后，他把房子当作建立内部世界的一个根基，就像荣格那样，开始面对他的“第二人格”及其内部世界。外部工作和内部愿望同步进行，“这要我付出超出常人的平衡力”。当整个城市面临突发疾病的灾难之时，我想到的是“我们的家不仅在那几十平方的套间内，它应把大地上所有存在当成了自己的家园，宇宙就是人们赖以生存的家园。……应把我们的家的范围拓展开去，关怀那几十平方米之外的更抽象而具体的存在，关怀大地上隐藏的生命，与之共生息，噩梦的命运本是一体，我们哀乐共享、生死同系”。作者通过写作和内心的信仰来战胜内心的恐惧，“诗歌真正使我的居住变成诗意地栖居，我再一次听到语言的言说，我聆听到它的呼唤，我作出了应答，在诗意中我获得纯真和自由，在新房子里体会到真正的安定与充实。……只有在语言的家园里，你才感觉生的踏实和安泰，精神才不至于流离失所、惶然无主”。作者在通过精神性话语的写作使自己的精神得到“诗意的栖居”。

白居易关于故乡和家有几种界说：“我生本无乡，心安是归处。”“无论海角与天涯，大抵心安即是家。”所谓以人为本的建筑，营构人性的建筑空间，其核心都是追求“自在”和“家”的心境。“物—人”关系是19世纪下半叶以来全球范围内的重大“现代性”主题，屋，是物质性的，第一性的；家，是精神性的，第二性的。家是人生命的必需，是心理的必需，个人的精神空间和心灵“自在”安居的需求居于最上层。“屋”的语言延伸构成了：屋—家—精神家园。人有了“屋”，有了“家庭”，未必就会有“精神家园”和内心宁静的感觉。

当屋、家、精神家园三者合而为一时，便是人生的一大幸事。

借助“屋”与“人”的多重文学话语分析，阐释中国当代文学中的居住空间经验对个人精神空间和心理经验的影响，再进一步扩大到探索中国当代文学中的“物—人”关系、物质经验与文学经验转换关系，必将涉及在社会组织制度、新的法制体系、世俗化的价值观念和审美认知方式等诸多方面产生的强大而长期的社会变革和精神变革等等“现代性”问题。

谁能诗意地栖居于广袤的土地上？那就是能够使自己的心灵和精神得到真正“安居”的人。

并非结语
新的文学话语生长点

屋，是人类生活的最基本的领域。屋，不仅仅是人最基本的生存需要，它也和人的心理、精神、艺术审美追求，与社会制度、观念和社会习俗以及人类历史相关联。对于“屋”与“人”在物质与精神上割舍不断的内在关系，古今中外的文学作品中并不鲜见，在中国文学史中，对“屋”的描述就曾经寄寓了古代文人浪漫主义的精神渴求。随着社会现代化进程的发展，中国当代文学的话语系统前所未有地丰富与多元，从物质、两性、城市和精神四个方面来看中国当代文学中关于“屋”的话语，只是一种为了方便从适当的角度入手进行论述，而关于“屋”的文学话语其实并未穷尽。

关于“屋”的文学话语其实还有很多可开拓的空间，在文学中可以进行延伸的写作话题和新的生长点我们略提一二，作为当代作家艺术创作的一种参照，或者只是提出读者的一种阅读期待。

例如，关于空间的争夺与拓展主题还有待于更多的关注和表现。空间就是财富，人与人之间的竞争归根到底都是空间的竞争。古往今来的战争对人类造成了深刻的创伤性记忆，而实际上所有的战争几乎都是为了争取“生存空间”。达尔文考察了整个动物世界进化史，同样得出了动物之间的竞争目的就是为了获得“生存空间”的著名结论。在社会学家看来空间具有两种形式，或者说分为两类：一种是现实的、实在的空间，比如城市、乡村都是一种特定的空间，住宅、小区更是一种特定的空间；另一种空间是虚拟的、心理的空间，比如个人隐私、网络聊天室、科层制等。这两种空间对人们的思想、行为、心理都会产生影响。无论是现实的还是虚拟的空间，根据使用者人数的多少一般可以分为公共空间和私密空间两类。根据使用空间的人数多少还可以分为小公共空间、大公共空间，前者如家庭的庭院、北京的大杂院，后者如街道、公园、城市广场等。私密空间也可以根据参与者的多少分为完全的私密空间——一种纯个人的私密空间和二人世界、三人世界的半私密空间。前者如个人秘密——绝对隐私；后者如家庭卧室、家庭隐私等。

现实和虚拟的两种空间其实都是人所需要的，在传统社会里，家庭没有个人的私密空间，社会没有家庭的私密空间。全社会只有处于政府监控之下的“公共空间”。当公共空间无限膨胀，压缩个人私密空间的时候，个人的所有生物本性——自私的、自利的，甚至“损人利己”的思想和行动都会暴露在他者的监控之下，使人失去做人的尊严，人因此也就变成了“动物”。[1] 因此，个人在私密空间中如何保持自己独特的生活方式，拥有个人的自由，同时具有独特个性的个人在社会中如何参与社会生活，联合成为一个理想的社会，

[1]　白友涛编著：《自由城市》，东南大学出版社 2004 年版，第 271—277 页。

与社会达成默契，这是人们想要合理解决的问题之一，同样也是文学所要表现的人性问题之一。

另外，房屋还与人的生命之间有着深层的联系，“房屋与生命”是个还未被充分展开书写的深刻的文学命题。房屋的存在，表明大自然允许人类生存于地球之上。房屋是人同大自然公开订立的一份契约，也是大自然向人求生存意志的一种妥协和默许。

房屋是人对生命的一种肯定。美国电影《生命如屋》，讲述的就是一个人将强烈的生存意志寄寓于一幢房屋的建筑过程中的故事。尽管他是位资深的建筑师，却没能拥有一座自己理想中的喜爱的住宅。主人公在生命的最后几个月作出了一个惊人的决定——他要重建自己的屋子。他毅然砸烂了痛恨的并居住了 25 年的屋子。虽然他早就想拆掉老屋，可生活中的种种因素都成为他实现个人意志和理想的羁绊，在他生命即将走到尽头的时候，他开始心无旁骛地实现他的诺言，并开始真正成为他自己。当他离开人世之后，那座崭新的、漂亮的、华光四射的住宅仿佛获得了新生命的人一样在海边迎风伫立，顽强的生存意志和对生活的热爱之情借助屋的诞生而获得生动永恒的表象。赵鑫珊在谈到什么是建筑风格时引用了路易·康的一句名言：当你建造了一座建筑物，你就是创造了一个生命，它会跟你谈天。[1] 作为人类求生存意志和表象的建筑，应当引起人们的哲学沉思。而中国当代文学对“屋”与“人”生命之间的关系的书写还有很多可以开拓的空间。

[1] 赵鑫珊：《建筑是首哲理诗——对世界建筑艺术的哲学思考》，第 199 页。

当代人的生活方式、生活状态、社会热点和新的社会问题都将成为文学的内容构成，尽管中国当代社会经过了近半个世纪的经济建设，尤其是改革开放后，人民生活水平得到了迅速的提高，但在当代消费社会的消费热点中，住房消费依然成为百姓生活中首当其冲的关注焦点。1998 年在长沙召开的“我国当前消费热点”研讨会提出我国城市居民消费需要的极大热点是：住房消费、汽车消费、信息消费和精神文化消费。[1] 在全球化和市场化的高速发展之中，房地产业正在经历着对于城市的再度改造的进程。一方面是“新”“富”中产阶级建构自身身份和生活方式的想象，乃是通过购买自己的房子来得以实现。他们急切地需要建立自己的空间，他们试图依赖自己的居所来标志自我，来想象自己和全球化的关系，来证实自己已经加入了一个全球的“流动的空间”；另一方面，房地产商也急切地通过将自己的房产变成“高级化”的社区，希望通过制造城市中的“飞地”来满足中产阶级对于安全、对于地位、对于“高雅”的消费需要。[2]

20 世纪以来，中国城市居民生活的最大变迁，事实上是以“屋”为中心展开的。城市居民住房条件的改善是有着巨大的成效的，[3] 这从某种意义上可以说集中代表了城市居民生活条件的变化。在我们今天的日常生活中，“购房”、“装修”、“家具”等词语，已经成为使

---

[1] 《瞭望》新闻周刊，2001 年第 6 期。

[2] 张颐武：《选择生活——全球化时代的日常经验》，《第三种生活》，新世界出版社 2002 年版，第 226 页。

[3] 从新中国成立时期人均住房面积不足 4 平方米到 2002 年城市人均住宅达到 22.93 平方米。数字来源于《人民日报》。

用频率最高的几个词语。但这并不意味着中国的住房制度和国家相关政策已经十分完善，住房问题已经得到解决，相反，它依然是当今社会问题的焦点之一。[1] 事实表明，语言是社会生活发展变迁的表意形式和符号，它不仅传达着人们对生活关注的兴奋领域，同时也表达了人们生活观念和对生活理解的变化。消费热点必将带来新的社会问题并构成文学所要关注的和表达的新的生活要素。

人们对于未来生存空间的设想已经具有了超越性的意味，但是幻想与现实之间的距离已经越来越近，想象变成现实的速度越来越快。未来我们如何居住？“新住宅运动”作为中国城市建设成熟标志的理念被普遍认同，[2]“新住宅运动”倡导多元的文化定位，提出“健康住宅”新概念，反映丰富多彩的地域环境特色和不同消费群体的价值取向。20 年前不同东西南北地域差别带来的城市风貌的差异，如今已经越来越小甚至消失，我们已经找不到一个具有个性的城市了，在跨国资本的左右下，不仅仅是城市的外部面貌，更重要的是城市内里的精神，传统的生活方式、生活经验正在以几何级的加速度消失和崩溃，城市生活经验开始惊人相似和一致，而我们对生活的理解力也被划一了。“有特点的房屋可以激发人的想象力。我不敢设想，如果全世界的房屋都成为一种模式，人类的文化是不是会随

[1] 近几年来，随着国内房地产市场快速发展，国内房价飙升，房价疯涨已经成了整个社会矛盾集中与容易激化的导火线。中国的房地产热成了 2005 年 3 月在北京举行的“两会”的热门话题之一。房价问题甚至写入了政府的工作报告中。报告特别提出要“重点抑制生产资料价格和房地产价格过快上涨”。

[2] 2000 年 6 月 24 日，500 多位来自世界各主要城市的开发商、建筑师、社会学家、经济学家和 IT 界人士在上海国际会议中心召开了“新住宅上海论坛”会议。“新住宅运动”的主题是：“明天我们将住在哪里？什么样的住宅才能满足明天的需要？”

之急剧地倒退以至衰亡？”[1] 因此，以文学的审美方式记录和讲述不同地区、民族具有地方性的、民族的、独特性的“屋”，屋内外的人们独特的生活方式、人际关系和人性存在，就不仅仅是具有“寻根”的文化意义了。

[1]　迟子建：《房屋杂谈》，见《清水洗尘》，第 306 页。

参考书目

《马克思恩格斯选集》，人民出版社 1995 年版。

〔德〕黑格尔：《美学》（第二卷），商务印书馆 1979 年版。

杨匡汉、孟繁华主编：《共和国文学 50 年》，中国社会科学出版社 1999 年版。

洪子诚：《中国当代文学史》，北京大学出版社 1999 年版。

洪子诚：《问题与方法》，三联书店 2002 年版。

陈思和：《中国当代文学史教程》，复旦大学出版社 1999 年版。

赵园：《城与人》，北京大学出版社 2002 年版。

曹文轩：《20 世纪末中国文学现象研究》，北京大学出版社 2002 年版。

蔡翔：《日常生活的诗情消解》，学林出版社 1994 年版。

陈晓明主编：《现代性与当代文学转型》，云南人民出版社 2003 年版。

陈晓明：《表意的焦虑——历史祛魅与当代文学变革》，中央编译出版社 2002 年版。

陈晓明：《仿真的年代——超现实的文学流变与文化想象》，山西教育出版社 1999 年版。

张颐武：《从现代性到后现代性》，广西教育出版社 1997 年版。

孟繁华：《众神狂欢——世纪之交的中国文化现象》，中央编译出版社 2003 年版。

曹书文：《家族文化与现代文学》，中国社会科学出版社 2002 年版。

汪晖、陈燕谷：《文化和公共性》，上海三联书店 1998 年版。

唐小兵主编：《再解读》，牛津大学出版社 1994 年版。

张旭东：《批评的踪迹——文化理论与文化批评》，三联书店 2003 年版。

朱大可、张闳主编：《21 世纪中国文化地图》第一、二卷，广西师范大学出版社 2003 年版。

李欧梵：《上海摩登——一种新都市文化在中国》，北京大学出版社 2001 年版。

李洁非：《城市相框》，山西教育出版社 1999 年版。

王绯：《画在沙滩上的面孔——九十年代—世纪末文学的报告》，山西教育出版社 1999 年版。

徐坤：《双调夜行船》，山西教育出版社 1999 年版。

王岳川：《中国镜像——90 年代文化研究》，中央编译出版社 2001 年版。

南帆：《文学的维度》，上海三联书店 1998 年版。

戴锦华：《犹在镜中》，知识出版社 1999 年版。

赵鑫珊：《建筑是首哲理诗——对世界建筑艺术的哲学思考》，百花文艺出版社 1998 年版。

赵鑫珊：《建筑：不可抗拒的艺术》，百花文艺出版社 2002 年版。

费孝通：《乡土中国》，三联书店 1985 年版。

〔美〕卡斯腾·哈里斯：《建筑的伦理功能》，华夏出版社 2001 年版。

舒阳、李海英：《建筑·传统与诗意的文本》，中国纺织出版社 1999 年版。

张宏：《性·家庭·建筑·城市——从家庭到城市的住居学研究》，东南大学出版社 2002 年版。
韩增禄、何重义主编：《建筑 · 文化 · 人生》，北京大学出版社 1997 年版。
徐千里：《创造与评价的人文尺度——中国当代建筑文化分析与批判》，中国建筑工业出版社 2000 年版。
蒋蓝 / 文，曾礼、顾斯嘉 / 图：《凝固的华章——正在消失的建筑》，中华工商联合出版社 2003 年版。
王绍周、陈志敏编：《里弄建筑》，上海科技文献出版社 1987 年版。
魏毅东：《A 空间：关于建筑》，厦门大学出版社 2002 年版。
〔法〕本雅明：《发达资本主义时代的抒情诗人》，张旭东、魏文生译，三联书店 1989 年版。
〔法〕让－欧仁 · 阿韦尔：《居住与住房》，齐淑琴译，商务印书馆 1996 年版。
〔美〕弗雷德里克 · 詹姆逊：《快感：文化与政治》，中国社会科学出版社 1991 年版。
〔英〕弗吉尼亚 · 伍尔芙：《一间自己的屋子》，王还译，三联书店 1989 年版。
〔法〕杜拉斯：《物质生活》，百花文艺出版社 1997 年版。
〔法〕西蒙 · 波伏娃：《第二性》（全译本），陶铁柱译，中国书籍出版社 1998 年版。
张京媛主编：《当代女性主义文学批评》，北京大学出版社 1992 年版。
陈惠芬：《神话的窥破》，上海社会科学院出版社 1996 年版。
张岩冰：《女权主义文论》，山东教育出版社 1998 年版。
刘慧英：《走出男权传统的藩篱》，三联书店 1995 年版。
〔英〕罗素：《婚姻革命》，靳建国译，东方出版社 1988 年版。
〔匈〕卢卡契：《审美特性》（第一卷），中国社会科学出版社 1986 年版。

〔德〕霍克海默、阿多诺:《启蒙辩证法》,洪佩郁、蔺月峰译,重庆出版社1990年版。
〔美〕马泰·卡林内斯库:《现代性的五副面孔》,商务印书馆2002年版。
〔英〕弗朗西丝·马尔赫恩编:《当代马克思主义文学批评》,刘象愚、陈永国、马海良译,北京大学出版社2002年版。
〔德〕顾彬讲演:《关于“异”的研究》,曹卫东编译,北京大学出版社1997年版。
〔斯〕斯拉沃热·奇泽克:《意识形态的崇高客体》,季广茂译,南京大学出版社2001年版。
〔法〕布迪厄:《艺术的法则》,刘晖译,中央编译出版社、三联书店1999年版。
〔英〕拉雷恩:《意识形态与文化身份:现代性和第三世界的在场》,戴从容译,上海教育出版社2005年版。
〔英〕安东尼·吉登斯:《现代性的后果》,田禾译,译林出版社2000年版。
〔英〕布莱恩·特纳:《身体与社会》,马海良、赵国新译,春风文艺出版社2000年版。
〔法〕米歇尔·福柯:《规训与惩罚》,三联书店2003年版。
〔美〕赫尔伯特·马尔库塞:《爱欲与文明——对弗洛伊德思想的哲学探讨》,黄勇、薛民译,上海译文出版社1987年版。
汪民安、陈永国、马海良主编:《后现代性的哲学话语——从福柯到赛义德》,浙江人民出版社2000年版。
汪民安:《福柯的界限》,中国社会科学出版社2002年版。
〔美〕刘易斯·芒福德:《城市发展史》,倪文彦、宋俊岭译,中国建筑工业出版社1985年版。

〔美〕伊利尔·沙里宁：《城市——它的发展、衰败与未来》，顾启源译，中国建筑工业出版社 1986 年版。

〔英〕安东尼·吉登斯：《社会的构成》，三联书店 1998 年版。

〔美〕R. E. 帕克、E. N. 伯吉斯、R. D. 麦肯齐：《城市社会学》，宋俊岭等译，华夏出版社 1987 年版。

白友涛编著：《自由城市》，东南大学出版社 2004 年版。

纪晓岚：《论城市本质》，中国社会科学出版社 2002 年版。

郑也夫：《城市社会学》，中国城市出版社 2002 年 6 月。

〔法〕让·鲍得里亚：《消费社会》，刘成富、全志钢译，南京大学出版社 2001 年版。

〔美〕戴维斯·麦克罗伊：《存在主义与文学》，沈华进译，春风文艺出版社 1988 年版。

〔美〕凯文·林奇：《城市形态》，华夏出版社 2002 年版。

章清：《大上海亭子间：一群文化人和他们的事业》，上海人民出版社 1991 年版。

罗苏文：《上海石库门：寻常人家》，上海人民出版社 1991 年版。

麻国庆：《家与中国社会的结构》，文物出版社 1999 年版。

包亚明主编：《现代性与空间的生产》，上海教育出版社 2003 年版。

蒋述卓等：《城市的想象与呈现》，中国社会科学出版社 2003 年版。

易晖：《“我”是谁——新时期小说中知识分子的身份意识研究》，百花洲文艺出版社 2004 年版。

罗钢、王中忱主编：《消费文化读本》，中国社会科学出版社 2003 年版。

罗岗、倪文尖编：《90 年代思想文选》，广西人民出版社 2000 年版。

王晓明：《半张脸的神话》，广西师范大学出版社 2003 年版。

林建法、傅任选编：《中国当代作家面面观》，华东师范大学出版社 2002 年版。

《为了报仇写小说——残雪访谈录》，湖南文艺出版社 2003 年版。

李桂梅：《冲突与融合——中国传统家庭伦理的现代转向及现代价值》，中南大学出版社 2002 年版。

后　记

最初在各种能够激发研究兴趣的文学“意象”的寻找过程中，我并没有意识到“房子”所蕴涵的无限深意，它因为在现实中的无处不在而显得稀松平常。然而越是与我们的生活水乳交融又不引人注目的平凡的事物，越有可能蕴藏着无限的丰富性和可能性，这是我在做博士论文过程中越来越深的感触。

导师杨匡汉先生帮我选定的这个博士论文题目是适合我的。对于现实主义文学作品，我的阅读倾向性比较明显，伴随成长的二十世纪八九十年代文学作品的阅读积累也在写作中体现出优势。正是“房子”存在的普遍性和它自身强大的“包容性”使我在研究过程中感受到了可发挥空间的宽阔与自由。而且因为“房子”所牵涉到资料和学科众多，哲学、美学、文艺学、社会学、伦理学、城市学……包括一个以前很少涉足的新领域——建筑学，大量建筑艺术的书籍阅读令人耳目一新，建筑艺术自身的魅力开始逐渐向我展露出来，它引起了我的极大兴趣。在构思和动笔写作的过程中我感受到了思考和创造的乐趣，心情时常是愉快和兴奋的。尤其是“人与物”的关系须深入到当代哲学问题中进行探讨，拓展了文学研究的空间和视野。当然其中也有进展艰难和思路不畅的时候，有时对于问题的认识限于现象的表象而无法更深入一步，使我清楚地看到自身理性思考和理论功力上的不足，尽管努力去弥补和完成，但因才力局限，问题的阐释与理论的分析仍不够圆熟与老道，使我深感遗憾。

在本书的写作过程中我得到了很多人的帮助与指点，在此我对他们表示深深的谢意。白烨、王绯、陈福民、李兆忠、黎湘萍等等诸位老师在我开题的关键时候都给予了我很多指导意见，让我深受启发，开阔了视野和思路；导师杨匡汉先生的督促与鼓励对我是最大的鞭策，他对我的论文指导耗费了很多心血，从关键的选题到结构的设定，从例证文本的选择到具体的文字……他的指导详细到提供具体的文学作品篇目，使我在文本的阅读上少走了很多弯路。在和导师的探讨交流过程中，我受益匪浅，常常会茅塞顿开；王绯老师两次阅读我的论文，并对论文不足之处提出了切中肯綮的意见，在此我对她的悉心指导表示深挚的谢意！张柠、陈福民老师对我的指点有独到和精辟之处，他们的睿智和敏锐都是我所钦佩的；王红旗师姐、李红强、刘为钦师兄也都对我的论文提出了有益的参考意见，正因为能够集思广益，书稿在构架上才不至于局限于一孔之见。

此书出版不仅是我一直以来的心愿，也是我的导师和师母的殷切期待。在此我特别要感谢的是我的师母李桂芳老师，她既是我尊敬的师长又是可以信赖的朋友，在学业中的每一个阶段、在生活上，事情不论大小巨细，她都放在心上，并及时给我提醒和教导。导师和师母给予我的无微不至的关怀和帮助，使我在京城求学期间时刻感受到“家”的温暖和依靠。对他们的感激之情我无以言表，只能感谢命运对我的眷顾。家人的鼓励是我坚强的精神支柱，我的丈夫也一直在身后默默支持我的求学之路和书稿的写作，我深怀对他的感激。田美莲、徐坤师姐和张小龙师弟对我的关心也是我要感谢的。

毕业后忙于对一个新的城市和工作环境的适应，书稿搁浅下来，但它始终是心头一项重要的未完成的任务，在日常任何不经意的阅读或授课中都会浮现，提醒我去将之继续充实完善，对此书稿的修订和补充在几年间虽工程并不算很大，但也一直在做。我的师兄李红强先生多次提点我鼓励我，让我内心常怀感激之情；同时也非常感谢商务印书馆的丁波先生、肖尧先生、刘颖女士、王希女士，以及幕后的文字编辑，他们不辞辛苦、耐心细致地多次与我联系，商议书稿的审阅和出版事宜，最终使我的多年心愿得以付梓。感谢他们的辛勤付出！未来的路还很长，我愿意在我喜爱的专业领域里继续前行，以辛勤的劳作获得更多的收获。

邓玉环

2012 年 8 月于广州华南师范大学